TAKE
SHOBO

喪女と魔獣
呪いを解くならケモノと性交!?

踊る毒林檎

Illustration
花岡美莉

MOON DROPS

喪女と魔獣　呪いを解くならケモノと性交!?

Contents

第一章

騙《だま》された！　―ロゼッタ・レイドクレーバーの長い夜―

1　BLじゃないなんて騙《だま》された！　私、泣いちゃう！

「ロゼッタ・レイドクレーバー！　お前との婚約を破棄させてもらう‼」

――それは収穫祭が終わり、朝晩の風が肌を刺す氷の棘と化した季節。宮廷舞踏会会場で。

声高らかに叫ぶ金髪碧眼《へきがん》の美青年の名前は、レオナルド・マッケスティン。

私の幼馴染《おさななじみ》であり、ここ皇教国カルヴァリオの名誉ある騎士団長の一人だ。

レオナルドが緊張した面持ちでゴクリと息を飲むと、彼の煌《きら》びやかな金髪が軽やかに揺れる。

彼はこの国の皇子様だと言われれば、誰もが納得するルックスをしていた。

私は彼の制服姿を見るたび、金獅子隊の騎士服はレオの為に作られたのではないか？　と思ってしまうくらいだ。彼が着ている黒を基調とした騎士服と金の甲冑《かっちゅう》、赤いマントが、第二等民の彼を皇子様たらしめている。

レオナルドは今夜も惚《ほ》れ惚《ぼ》れするほど、完璧ペキペキパーフェクトで非の打ちどころがない私の婚約者様だった。

「すまない、ロゼッタ。……俺は、もう自分の気持ちに嘘を吐《つ》く事ができない。俺達の婚約は親同士が決めたもので、そこに愛はない。頼む。どうかこの婚約破棄を飲んではくれないか？」

レオナルドは切なげに眉を寄せると、苦渋に満ちた瞳でそう吐き捨てながら首を左右に振る。

気が付けば、ダンスホールを流れる弦楽器の音楽が止まっていた。

――ホール中の視線が今、私達に集まっている。

シーンと静まり返る会場で、私はグッと両の拳を握り締めると声高らかに叫んだ。

「喜んで!!」

「は？」

私は呆然《ぼうぜん》とするレオの隣に立っている短髪の騎士――アレンの前まで行くと、彼のたくましい背中をバンバン叩《たた》く。

「アレン、ついに決心してくれたのね！　私の幼馴染をどうぞよろしく!!」

「えっ、え？」

戸惑いの色を隠せない様子で狼狽《うろた》える、大柄な騎士の名前はアレン・ランベルティーニ。

レオナルドの親友でもある彼は、筋肉質な体軀《たいく》に浅黒い肌をしている。頬にある刀傷がセクシーな美男だ。

私、ちんちんとか生で見た事ないけど、アレンは多分巨根だと思う。ガタイ良いし、何だかとってもイイカンジの腰付きしてるし。

アレンはレオナルドの左腕で、戦場では何度も二人で死線を搔《か》い潜《くぐ》った仲である。ちなみに頬の刀傷もレオナルドを守った時にできたものだ。――はい、これはもうＢＬ決定ですね！　ビバ、男の友情！　今日もごはんが美味しいです!!

「プロポーズはどっちから!?　ああ、そんなのどっちでもいいか。この国はそういうのが厳しいから色々問題があるかもだけど、大丈夫よ、私、応援しているから！　全力で応援するから!!」

「え、いや、俺は……」

ごほん！

困り果てた表情のアレンがレオナルドに視線をやると、レオナルドは一つ咳払《せき》いをする。

彼の頬には一筋の汗が伝っていた。

「ロゼッタ、聞け。俺に想い人ができたのは確かだが……それはアレンではない」

その言葉に、私はレオナルドの後ろで困惑しきった表情で佇《たたず》んでいる、騎士見習いの少年に狙いを定める。

(なるほど、こっちか！)

彼の名前はカストロ・ラヴィトリアーノ。美少女と見紛う美少年である。

カストロには、女と間違われ裏路地でならず者達に犯されそうになっていた所を、颯爽《さっそう》と現れたレオナルドの手によって救出されたと言う過去がある。その後、彼は憧れのレオナルドに近付く為に騎士団に入ったと言う、根っからのレオ信者だ。

さて、ここまで話せば察しの良い皆さんはおわかりになっただろう。

もう、この運命的なエピソードだけでホモ確定である。確定である。確定である。大事な事なので3回言った。

彼がレオナルドゾッコンらぶなのは周知の事実だ。毎晩レオをオカズにシコシコしこってるに違いない。

まだ何も知らないような無垢《むく》な瞳をしているが、きっとベッドでは人が変わるタイプだと私は見ている。いわゆる年下攻めと言う奴である。

「従騎士《エスクワイア》カストロか！　ショタ攻めいいね!!」

「違う」

「わかった！　同期のライバル騎士団長、ガチムチ雄《お》っぱいウーゴだ!!」

「違う」

「ま、まさか……、恐れ多くも皇帝陛下ミカエラ様!?」

「違う」

彼は感情を含まない冷たい瞳でそう言い捨てると、騎士団長らしい優雅な手付きで一人の女性をこちらに招き寄せた。

「こちらの女性だ。――エステル様」

「初めまして、ロゼッタ様。わたくし、エステル・フェルル・ニア・モーゼ・フォン・ラッセンヘッセと申します」

レオナルドとアレンの合間から現れた線の細い美少女に、私は絶句する。

「こちら、ラッセンヘッセ伯爵家のご令嬢だ」

レオナルドは、エステル嬢とやらの美貌と爵位が誇らしいのか、得意げな顔で髪をかき上げる。

確かに私と比べると月とスッポンの美少女だ。

――しかし悠然と微笑む令嬢は華奢《きゃしゃ》で、こう言っては何だが胸がない。Bカップの私よりも乳肉《ちちにく》がない。

彼女の真平な胸を目に入れた瞬間、稲妻の様な激しい衝撃が私の中を駆け抜ける。――そう、ある種の可能性が私の中に浮上した。

「ぐふっ……でゅ、デュフフフフ……こ、これは、キタな、キタわ。あー、なるほど、そう来たか」

溢《あふ》れてくる涎《よだれ》を袖で拭《ぬぐ》いながら、私はエステル嬢の股間を舐める様な視線で見つめる。

きょとんとした表情を浮かべ、ご令嬢と目線を合わせるレオナルドに、私は「すべてを理解している」「安心しろ」と慈愛に満ちた微笑みを浮かべて返した。

「わかってる、わかってるわよレオ。あんたとは長い付き合いだしね……今流行の男の娘《こ》って奴でしょ？」

「は？」

そっと耳打ちすると彼は間の抜けた声を出す。

「だから男の娘。ちんちん生えてるんでしょ？」

「生えてない！」

「またまたぁ、そんな事言ってー」

憤慨するレオナルドをスルーして、私は彼女の前まで来た。

「失礼」と言って、こちらもまたきょとんとしているご令嬢のまたぐらを掴む。

「きゃん!?」

（おや、おかしいな？）

ない。ないのだ。――肉棒的な物が。

もみもみもみ。

「あっ、ん……ロゼッタ、様？」

「えっ、嘘《うそ》でしょ？　棒もなければ玉もない⁉」

真っ赤になるご令嬢の股間を真顔のまままさぐり、揉《も》みしだく私の手をレオナルドが掴む。

「お前はさっきから一体何をしている⁉」

「は、生えてない⁉　ちんちんが！　ちんちんが生えていない‼」

「だから生えていないと最初から言っているだろう‼」

「ちんちんがなかった！　ちんちんがなかった！　なんで！　どうして⁉　レオ、血迷ったの⁉」

「だから以前から何度も言っているだろう！　俺は異性愛者だ‼」

「い、いや、でも、そんな受けっぽい顔しといてホモじゃないとかありえないよね⁉　ありえないっしょ⁉」

「……前から思っていたが、俺は一体どんな顔をしていると言うんだ？」

「すべての男達の劣情を擽《くすぐ》る、デュフ、デュフフフ……」

言い終わる前に、私の頭の中では男達に組み敷かれるレオナルドの図が展開されていた。

思わず垂れて来た涎を拭う私を見て、レオナルドは「はあああああ」と長く、大きな溜息を吐く。

「――俺は、エステル様を心から愛している」

真面目な顔に戻ると真剣な眼差しでそう告げるレオナルドに、私は我に返り、張り詰めた瞳で叫ぶ。

「でも、そんなの……そんなの酷いよ！　ありえない！」

「確かに、お前には申し訳ないと思っている……しかし」

「BLにマストアイテムの肉棒がないなんてありえない！」

「なるほど、そう来たか」

「レオはそれでいいの!?　そんなんで満足できるの!?　毎夜若い男の勃起肉と、白い劣情の雄液を求めて蠢《うごめ》く魔性の臀孔《アナル》はどうするの!?　その男根なしじゃ生きられない淫乱ビッチ体質は一生モノなのに、真剣にどうするの!?　お母さん心配でなりません!!」

「ええい、いい加減にしろ！　これだからお前は嫌なんだ!!」

血の涙を流さんばかりの憤った思いで詰め寄ると、彼は血相を変え、唾を飛ばしながら叫んだ。

「お、お噂《うわさ》通りユニークな方ですのね」

「あああああすみませんすみませんすみませんエステル様!!　婚約破棄の場とは言え、こんな腐臭を撒《ま》き散らかす歩く不健全図書女にっ、息を吸うように辺りの空気を汚染しては凍らせる、有害変人魔導士に会わせてしまって!!」

「い、いえ」

「デュフ、デュフフフ……わた、私、皆のアイドル総受けレオたんに褒められてる？」

「褒めてない！　……ロゼッタ、君のそういう所がもう無理なんだ、もう限界なんだ」

彼は疲労の色の濃い瞳で、やるせなさそうに首を振りながらこう言った。

「――頼む、ロゼッタ。この婚約破棄、どうか受け入れてはくれないか？」

――そして。

「うわあああああ！　騙されたああああああああああああああ!!　ホモだと思ってたのに!!　ホモだと思ってたのに!!」

帰宅後、私は自室に戻るなりベッドの上に突っ伏して、泣き叫んでいた。

そんな私を見る使い魔――黒猫のメケメケの目は冷たい。なぜかとっても冷たい。

「……婚約破棄されたのよりもそっち？」

「そっちが大事に決まってる！　あんな顔してる癖にBLじゃないなんてふざけてる！　あの顔は絶対受けでしょ!?　クールビューティー系の受け！　声からして絶対受けだと思ってたのに!!　普段はツンツンしてるけど、ベッドの中では甘えん坊で乱れまくる淫乱系の受けちゃんボイス!!　なのに女とティーンズラブ!?　詐欺も良いところだ!!」

「うーん、詐欺なのかなぁ」

「詐欺だよ！　騎士団員達の顔を見ればすぐにわかるでしょ!?　金獅子隊のメンバーは全員レオのファンで、あそこは実質レオファンクラブでレオは総受けだと言う事に!!」

「君の頭の中では長らくそう言う事になっていたらしいね」

「レオが女と婚約したのよ!?　なのにヤンデレモードになってレオを監禁したり、相手を手にかけたりする男が一人も現れないなんて一体全体どういう事!?」

「……団員達は皆、レオナルドの幸せを願ってるんじゃないのかな」

「なるほど、涙を飲んで祝福する系か……でも、でも、そんなのつまらないよ! 皆もっと頑張ろうよ! 男を見せようよ! 一人くらい病みホモ登場しようよ!? レオを監禁お仕置きエッチに持ち込もうよ!! なんならそのまま心中して想いを遂げようよ!? 最近の草食系男子は本当にだらしねぇな畜生っっ!! !!」

「毎日そんな事ばっかり言ってるからフラれるんだよ、君」

「酷いよレオ! 私はレオとアレンの純愛を応援する為に、あなたと偽装結婚するのも辞さない覚悟だったのに! 裏切られた!! 裏切られた気分だ!! こんな手酷い裏切りは生まれて初めてだ!!!!」

「…………」

コンコン!

その時、ノックの音と共にやつれた顔で私の部屋に入って来たのはうちのママ上様だった。

「ついにレオ君に振られたか」

「振られたよぅ、ついに振られちゃったよう! 慰めてママ上!!」

母の豊満な胸にダイブして泣き叫ぶと、彼女は虚ろな瞳で何やらぼやき出した。

「この娘は絶対に嫁の貰《もら》い手はないだろうと、先手を打って親友の息子と強引に婚約を取り付けたが、……やはりこの馬鹿娘では駄目だったか」

「酷いよママ上！　まずは婚約破棄された可哀想な娘を慰めようよ！　レオが、レオが、ホモじゃなかった!!　ボーイズラブじゃなかった!!」

ボロボロと大粒の涙を溢《こぼ》しながら訴える私に、ママ上様は大きな溜息《ためいき》を吐《つ》く。

そして小脇に抱えていた一枚の姿絵を取り出した。

「オルフェウス殿下。第一二四皇位後継者、皇族の方よ。新しい婚約者にどう？」

「どうって」

この国は、昔から皇子と皇女がやたら多い。皇帝陛下になるまでには、血みどろの戦いがあるらしい。

宮廷魔導士の私の友達も何人か皇族と結婚しているし、皇族との結婚はそう珍しいものではない。しかし彼女達は貴族の娘だったり、裕福な商家の娘だ。

うちの様な財もなければ爵位もない平民の娘の所に、そんな縁談が回って来る事はまずないのだ。

恐らく訳あり物件なのだろう。

それよりも何よりも、私がそんな簡単にアレ×レオを忘れられるはずがない。

私はそんな軽い女じゃない。私の中でアレ×レオは推しカプなのだ。そう簡単に他のCP《カップリング》に心動かされる訳が……、と思ったのだが。

（おっ、これは、これで……）

私は、思わず生唾をゴックンしてしまった。

姿絵の中には、輝く金髪《ブロンド》にアメジストの瞳のそれはそれは美しい皇子様が描かれている。レオとはまた違ったタイプの受け子ちゃんだ。多分強気受けだろう。

思わずぽーっとなって見つめていると、いつの間にやら私の部屋にやってきたパパ上様が、なぜかこちらもママ上同様やつれた顔で言う。

「ロゼッタ、聞け。お前からしてみても悪い話ではないはずだ」

――それからパパ上様は、その皇子様の境遇について語り出した。

ここ、皇教国カルヴァリオでは同性愛が禁止されている。

しかし例え法で禁止されたとしても、恋する気持ちは止められるものではない。この皇子――オルフェ様も例外ではなく、同性を愛してしまったらしい。しかしそれは許されざる恋。禁断の恋を貫く為に、二人は森の奥深くにある古城で暮らしているのだとか。

彼は今、名ばかりの妻かつ、古城の管理をしてくれる女を探しているのだそうだ。

「つ、つまり彼と結婚すれば毎日ＢＬ見放題!?」

「そうだ」

――なんて理想的な結婚相手！

「立候補します！　オルフェ皇子とその恋人の住む古城へ、今すぐ嫁《とつ》ぎに行きます!!」

「うん、あんたならそういうと思ったわ」

「うちの娘ってこういう子だよね、ママ」

「あと条件として、皇子は優秀な魔導士を求めているんだって。あんた魔法だけは得意でしょう？」

「うん」

こう見えても私はこの国で一、二を争う魔導士だ。

思い返せば、私は何だかんだ言いながらもレオの事が好きだった。受けとしての彼を心から素晴らしいと思っていた。――だからこそ、レオには初体験で痛い思いをさせたくないと常々思っていたのだ。レオには初夜からアナルで感じてちんちんで気持ち良くなってアンアン啼《な》いて欲しい。そんな熱くひたむきな想いから、私は媚薬《びやく》の研究をはじめた。

そして気が付いた時、私はこの国の薬草学の権威になっていた。

「容姿や家柄は関係ない。皇子は男同士の恋愛に理解があって、強力な魔力を持っている女と名ばかりの結婚がしたいのだとか」

「パパ上様、ママ上様、今までお世話になりました。私、今すぐオルフェ様の所に嫁ぎに行きます」

「行ってらっしゃい、お願いだから出戻って来ないでね」

「大丈夫です！　私、幸せになります!!　世界一幸せな花嫁になる予感しかしません!!!!」

――かくて。私は単身、東にある「夜鳴き鷲《わし》の森」に向かう事になった。

ちなみに使い魔のメケメケは「面倒くさい」と言って家に残った。

猫は家に着くと言うが、それにしてもなんて薄情な使い魔だろう。

2　人間じゃないなんて騙されたと！　て、獣チンかよ！

荷造りを終えた私はデュフデュフ笑いながら、単身、東にある「夜鳴き鷲《わし》の森」に向かった。

王都から森まで、大の大人の足でも通常ならば数日かかる。

しかし､私は魔導士だ。大地に魔法をかけて動かし､馬車よりも早いスピードで帝都を出ると「夜鳴き鷲の森」に入った。

この森は昔、夜の魔女が住んでいたと言われている曰《いわ》く付きの森で昼なお暗い。

「夜鳴き鷲の森」と言うだけあって、森に入ってしばらくすると、どこかから夜鳴き鷲の鳴き声が聞こえて来た。

辺りは夕闇で満ち、夜になろうとしていた。森の中は更に闇が深かったが、私は爛々《らんらん》と瞳を輝かせながら足早に獣道を歩く。

森に入って早々道は消え、しばらく歩くと獣道すらなくなってしまった。――しかし道なき道を自らの手で開拓して切り開くのは、私達クソ腐女子のライフワークだ。問題ない。

しばらくすると嵐が吹き荒れ、稲妻が光り、雷鳴が轟《とどろ》きだした。

暴雨に吹かれながらも、私は真っ直ぐ前を向いて歩いた。

地図はなかったが､私にはオルフェ様のお城がどこにあるのかわかった。私の腐ったレーダーが、この森に入ってからずっとビンビン鳴っているのだ。この方角で間違いないと、私の第六感が告げている方向へアタリを付けて、道なき道を突き進む。

夜の森には凶悪な魔獣が出る。しかし今の私にはさしたる問題ではなかった。

私は新しいＢＬに出会いたい。そして一刻も早く、左右を固定しなければならない。これはもう、私に課せられた義務――いや、使命だ。

『で！　オルフェ様は受けなの攻めなの!?』

『いやぁ、流石《さすが》にパパ達にはそこまでわかんないよね』

『自分の目で、直接確かめて来れば良いでしょう』

なんでもパパ上様とママ上様はオルフェ様の恋人の容姿やキャラ、そしてどちらが右か左なのかについて詳しくは知らないと言う話だった。

しかし、私はオルフェ様は右――つまり、受けだと信じて疑わない。

両親の話によるとオルフェ様は気位が高く、美しい者しか愛せないワガママボーイなのだとか。その話を聞いた時、私は「キタキタキタ、キタわー、性癖ドンピシャだわー」と思った。

その手のワガママボーイは、ちょっと強引な攻めちゃんに押し倒されて、ちんちんずぼずぼアンアンさせるしかない。それはＢＬ界の理《ことわり》であり、ホモの三大原則であり、腐海の法則と言っても過言ではない。

それよりも何よりも私が歓喜したのは、「その古城はＢＬで溢《あふ》れている……」と言うパパ上の話だった。

なんでもオルフェ様のお城は、この国で行き場のないＢＬ男子の最後の砦《とりで》なのだそうだ。そこには美少年（全員ＢＬ）達が肌を寄せ合い、慎ましく暮らしているのだとか。

――楽園かよ！　想像しただけで鼻血が止まりません！　ゴッド、マジグッジョブな‼

私は鼻血やら涎《よだれ》やらを垂れ流しながら、襲い来る魔獣達を魔術でブッ放なし歩き続けた。

なんだか途中で妖魔？　とかも出てきた様な気がするけど、今の私の前では雑魚《ざこ》同然である。

腐女子と言う生き物をあまりナメないで戴きたい（ドヤッ）。

ややあって。

「ここか‼」

私は蔦《ツタ》に覆われた、なんだかそれっぽい古城を発見した。

「オルフェ様、オルフェ様！　いらっしゃいますか⁉　あなたのロゼッタです、宮廷魔導士のロゼッタ・レイドクレーバーです！　結婚しましょう！　と言うか、今すぐ結婚してください‼　掃除洗濯家事育児、仮面夫婦でも何でもやります‼　すべてはあなた様達の崇高なる愛を守る為に‼」

育児？　と疑問に思ったあなたは少々古い。最近のＢＬ界にはオメガバースと言うジャンルがあり、男でも頑張れば子供が産める時代が到来した。

この城にも何人か可愛いオメガちゃんがいて、既に出産していると私は踏んでいる。

「あっ魔術なら得意です、任せてください‼　私、この国一の魔力を誇る魔導士です‼」

ガンガンガンガン!!

夜分遅いし、王族相手だし、流石にちょっと無礼かなーと思わない訳ではなかったが、今は急を要する事態だ。今夜は大目に見て戴きたい。

中々開く気配のないドアに、私は魔術をブッ放してドアを破壊して侵入しようかと悩み始めた時だった。

「……誰だ？」

地鳴りのような低い声と共に、ガチャリとドアが開く。

「へ？」

そこには世にも恐ろしい顔をした魔獣が立っていた。

熊と猪《いのしし》と狼《おおかみ》とゴブリンとオークと水牛と空飛びマントヒヒと砂鮫《すなざめ》をミックスした様な顔の、正体不明の魔獣――いや、私が知らないないだけで新種の獣人なのかもしれない。彼はまるで蛇の様な縦長の瞳孔を開き、私を見下ろす。

背丈は二メートル以上か。身長は一六〇cm少々しかない私からすれば見上げる様な巨体だ。

獣さんはワインレッドのジュストコールに、金の糸の刺繍《ししゅう》が美しいジレと洗練された装いをしていた。なんだかとってもお洒落《しゃれ》さんだ。

格好だけならどこかの王子様と言った装いだが、彼がオルフェ様の訳がないだろう。恐らくオルフェ様の召使いか何かか。

――い、いや、まさか……？

ある可能性に気付いてしまい、私はハッと息を飲む。

(まさか彼が左？　獣人攻め!?　獣人×美青年《オルフェ様》!?　じゅ、じゅじゅじゅじゅ獣姦《じゅうかん》!?)

人外獣姦モノ……正直に言おう、大好物だ。性癖ド直球のドピュッシーだ。困った。

私は鼻息荒く、その強面の魔獣？　獣人？　の召使いさんに詰め寄った。

「夜分遅くに申し訳ありません！　オルフェ様は!?　オルフェ様はご在城でしょうか!?　私、彼と結婚したいんです!!　結婚して欲しいんです!!」

「は？」

間の抜けた声を上げる召使いさんに、私はマズったと思った。

彼が攻めでオルフェ様の恋人だった場合、誤解を生んでしまったかもしれない。

私は二人の愛を邪魔するつもりなど毛頭ないのだ。……たまに寝室を覗《のぞ》かせて欲しいだけで。

「先日皇教国カルヴァリオ帝都カルカレッソ魔導士組合《ギルド》帝都本部に極秘裏に配られた、例のお触れ書きを見てこちらに参りました！　あ、私、こう見えても宮廷魔導士です！　魔術なら超得意なので任せてください!!」

「ほ、本当に……？」

「はい、本当です！　掃除でも洗濯でもなんでもいたします！　料理も得意です!!　得意料理はジャガイモの煮っころがしです!!　宜《よろ》しくお願いします!!」

「私はそのような下々の者が口にする様な、粗野な料理は好まん」

煮っころがし美味いのに！　……まあ、言われてみれば獣人さんの食べ物ではないのかもしれない。

「そうですか！　なら好きな食べ物を教えて下されば、何でもお作りいたします！　私、この素敵なお城に住みたいんです!!」

「素敵……？」

獣人さんはいつ崩れ落ちてもおかしくない城の岩壁や、蜘蛛《くも》の巣の張った天井に目をやり唸《うな》る。

「す、素敵だと思います！　蠍《さそり》の月のカボチャ祭りを彷彿《ほうふつ》とさせるこのゴシックでホラーな感じ！今にもお化け的なものが出て来そうなこの雰囲気！　とってもお洒落ですよ!!　このアンティーク煉瓦《れんが》の組み合わせとか、もう、魔女っ子心にビンビン来ちゃいますよね!!」

言って玄関の壁をバンバン叩《たた》いていると、石がガラガラと崩れ出した。

「ひぎゃっ!?」

私は慌てて崩れる壁を背中で押さえて、誤魔化《ごまか》す様に笑顔を浮かべる。

どうやらアンティーク煉瓦ではなく、ただの年季の入ったボロ石だったらしい。

しかし彼は私が壁を壊した事は大して気になっていないらしく、顎の下に手をあてながら言う。

「……本気で言っているのか？」

「本気です！」

まるで不審者を見る様な目で私を見下ろす獣人さんに、私は最悪の事態に気付いてしまった。

「もしかしてもう遅かった!?　他の女にオルフェ様の妻の座は奪われてしまった!?」

確かに条件面だけで言えば、ライバルがたくさんいてもおかしくない。

同性愛が禁じられているからこそ、この国ではBLは流行っているし私のようなクソ腐女子も多い。……お国柄、隠れ腐女子がほとんどなのだが。

「出遅れたか！　くっそおおおおおおおおおお!!」

思わず玄関前で頭を抱えうずくまる私を見て、その獣人さんはおずおずと言う。

「い、いや、そんな事は……、あのお触れ書きを見て、ここまでたどり着いたのは君一人だ。護衛は？　もしやたった一人でここまで来たのか？」

「一人です。本当は使い魔も来る予定だったんですけど、ブッチされました！」

えへへと笑う私を見る獣人さんの目は、やはり疑わしげだ。

「今夜は森の獰猛《どうもう》な獣や魔性たちが血に酔い、荒れ狂う赤の月夜だ。本当にたった一人でここまで……？」

「オルフェ様や、この城で暮らす素敵な住人達に一刻も早くお会いしたくて頑張りました!!」

「…………」

彼はしばし、何か信じられないものを見るような目で私を見ていた。

もしかしたら私は不審者そのものなのかもしれない。

何か身分証明書的な物を持って来ただろうかとバッグを漁るが、困った。バッグの中には見事に薄い本しか入っていない。

嫁入り道具にと、お気に入りのBL本をつめこめるだけつめこんで来たんだよね……、どうしよう、身元を証明できる物が何もねぇわ……。

「君は、本当に……？」

琥珀《こはく》色の瞳が、一瞬だけ希望の光に輝く。――しかし、その光はすぐに消え失せて、彼は絶望の色の濃い瞳で頭を振った。

「いや、そんな事ありえないか」

「はい？」

彼は何かを諦めた様な瞳で溜息《ためいき》を吐くと顔を上げる。

「君に良い知らせと悪い知らせがある。どちらから聞きたい？」

「では良い知らせから」

「オルフェの妻の座は空白のままだ」

「よっしゃあああああああっっ!!」

「では次に悪い知らせの方を。――私がオルフェウス・マーク・スター・インチェスティー・ドゥ・レ・バルテ・オルドー・ヒストリア＝カルヴァリオ。君のお探しになっている王子様さ」

「は？」

私達の間で時が止まった。

3 【閑話】夜の魔女と生命のランプ

むかしむかし、あるところにそれはそれは美しい皇子様が住んでいました。

夜目にも煌《きら》びやかな金の髪は絹のように艶やかで、深いアメジストの瞳はガラスのように透き通っています。城の者達は皆、皇子様の姿を目にするたび、胸をときめかせ熱い溜息《ためいき》を洩《も》らします。

彼は子供の頃から大変美しい子供で、両親からも召使い達からも溺愛されて、甘やかされて育ちました。

恐らくそれがいけなかったのでしょう。——皇子様はとても我儘《わがまま》で、傲慢《ごうまん》な青年に育ちました。

醜い者を何よりも忌み嫌い、城にも美しい者しかおかないと言った徹底っぷりです。

衣服や城の装飾品《オブジエ》もそうです。気に入らなければすぐに「美しくない」と言って、破り捨て、叩き壊してしまいます。

しかし城の者達は誰も怒りません。

何故なら、怒る気も起きないほどその皇子様が美しかったからです。

——そんなある日の晩、一人の老婆が皇子様の城を訪ねて来ました。

激しい雨が窓を打ち、雷鳴轟《とどろ》く不吉な夜でした。

雨に打たれた老婆はびしょ濡《ぬ》れで、どぶねずみの様なみすぼらしい格好をしていました。

土色の肌は油気がなく、顔には深い皺《しわ》が刻まれています。あちらこちら欠けている歯は黄ばんでおり、魔女の様な醜い鉤《かぎ》鼻には大きなイボまでついています。腰はひん曲がり、骨が浮いた枯れ木の様な体からは、鼻が曲がるような酷い悪臭がしました。

あまりもの醜さに顔を顰《しか》める皇子に、老婆は言いました。

「酷い雨に打たれ、寒くて寒くて仕方がないのじゃ。このままでは凍え死んでしまう。哀れな老いぼれに、一晩宿を。できれば温かいスープを与えてはくれませぬか？」

「この世の富と美を集めるだけ集めた、格式高い私の城に泊まれるだけの宿代がお前に払えるとは思えないな」

「このツギハギだらけのローブを見ればおわかりになりますじゃろう、私はとても貧しい身の上じゃ。今はこのランプ一つしか持っておりませぬ。――しかし、この老いぼれに親切にして下さるのならば、あなたにはこの貴重なランプと祝福の祈りの言葉を捧《ささ》げましょうぞ」

例え一晩だとしても、皇子様はこんなに醜く、薄汚い老婆を自分の城に泊めたくありません。ゴミ捨て場から拾って来たような、古ぼけたランプも欲しいとは思えません。

皇子様は老婆の醜さと不潔さ、そしてランプの安っぽさを理由に彼女の申し出を断りました。

老婆は鷲《わし》の様な瞳でギョロリと皇子様をねめつけると、「人や物を見てくれで判断するのは、あまりよろしい事ではないですぞ？」と忠告しましたが、彼は聞く耳も持ちませんでした。

「どうしても泊めてはくれぬのか」

「しつこいぞ、醜い物乞《ものご》いのババアめ。私は醜い者が何よりも嫌いなのだ。さっさと私の前から消え失せるが良い」

彼がドアを開き、嵐の中へ老婆の背中を蹴り出したその時——、

「……噂通り、ゾクゾクするほど下種《ゲス》な男ね」

老女のひしゃげた声は透き通るような美しい女の声に、汚物のような悪臭は芳しい花の香りに、世にも醜い姿は目が覚めるほど美しい少女の姿に変わりました。——老婆の正体は、この森に棲《す》む〝夜の魔女〟でした。

「これは、なんと美しい！」

老婆が美しい娘の姿になった途端、皇子様は態度を一変させ「一泊とは言わず飽きるまで滞在するといい。今すぐ城の者達を叩き起こし、豪華な食事を作らせましょう」と彼女に言いました。

しかし、その娘はいつまで経っても城の中へ入ろうとはしません。

驚くほど冷たい瞳で、豹変《ひょうへん》した皇子様の様子を見ています。

なんとしてでも彼女を城に招き入れたい皇子様は、「流行の観劇には興味はないですか？」「宝石はお好きですか？」と魅惑的な誘いをかけます。

しかし、彼女はうんともすんとも言いません。

吹き付ける暴雨が彼女のローブを濡らし、艶めかしい体のラインが透けるのを見た皇子様は、もう我慢ができなくなってしまいました。

皇子様は彼女の腰を抱くと、甘い愛の言葉を囁《ささや》いて言葉巧みにベッドへ誘います。

　魔女は美しい皇子様の甘美な誘いに頬を赤らめる訳でもなく、うっとりする訳でもなく、冷たい瞳でこう言いました。

「……これだから男って嫌いなのよ」

「え？」

　次の瞬間、耳を劈《つんざ》く雷鳴が辺りに轟《とどろ》きました。

「――巡り巡れ言の葉よ、廻《まわ》り廻れ言の葉よ
　呪い呪われ舞い落ちろ、黒き呪いの言の葉よ」

　魔女の体は宙へ浮かび上がり、彼女を中心に黒い竜巻が吹き荒れだしました。

　城の窓ガラスはすべて割れ、城内の装飾物は壊れ、辺りは酷い惨状です。

「性根の腐った皇子は、その心の醜さに相応しい醜い獣の姿に。今まで見目で人を判断していた皇子は、これからたくさんの人達に見目で判断されて、疎まれ、蔑まれ、忌避され、憎まれるように。――今までこの男が傷付け、苦しめ、踏みにじった人々の胸の痛み分だけ、彼の者に痛みを！　苦しみを！　黒い呪いの言の葉よ！　傲慢で心醜き皇子の元へ舞い落ちろ‼」

　魔女は次に彼をそのように育てた召使い達に、そして最後にその城全体に呪いをかけました。

　なんという事でしょう。皇子は二目とも見られぬ醜い魔獣の姿に、召使いたちは家財道具の姿になってしまったのです。豪華絢爛《けんらん》で煌《きら》びやかな城も、もはや見る影もありません。

　黒い嵐が収まると、魔女は床に降りました。

　そして先程の古ぼけたランプを彼らに渡しました。

「このランプの名前は〝生命《いのち》のランプ〟です。あなたはこのランプの中の炎が消える前に、『真実の愛』を手に入れなければなりません。そうしなければ、あなたにかけた呪いは解ける事はありません。ランプの炎が消えたその時、あなたもこの城の召使い達の命の灯火も消えるでしょう」

「なんだと？」

「その醜いけだものの姿でも、あなたの事を愛してくれる心優しい女性を見つける事ができればいいわね。――さあ、たっぷりと苦しむといいわ！　心も体も醜い醜い皇子様！」

そう言い残すと、魔女は哄笑《こうしょう》を上げながらどこかに消えてしまいました。


美しい物を何より愛していた皇子は、鏡の中の醜いけだものの姿に苦悩し、泣き暮らしました。

そんな皇子様の姿に、召使い達も皆悲嘆に暮れ、今までの事を後悔しました。

こんな事になるのならば、皇子様を甘やかすだけでなく、時には心を鬼にして厳しく接するべきだったのです。

しかし、いつまでも泣いている訳にはいきません。

泣くのに疲れたある日、皇子様はお触れ書きを出しました。――自分を心から愛してくれる女性を探している、と。

絵画の様に美しい、稀代《きだい》の美青年と評判の皇子様と恋仲になりたいと言う女性は国中にいました。

お触書を見た女性が、たくさん皇子様のお城へやってきました。

でも、女達は皆、皇子様の醜い姿を一目入れた瞬間、悲鳴を上げて逃げ帰ってしまいます。

皇子様は絶望しました。――そして、後悔しました。

今まで自分は、何故人を見た目で判断していたのだろう、と。美しくなくても、貧しい身なりをしている者でも、もっと優しく親切にするべきだったと。

けれど、今までの事をどんなに悔いも、謝ってみても、魔女が彼の元へやってきて呪いを解いてくれる事はありませんでした。

また醜いけだものの姿の皇子様を愛してくれる女性も現れませんでした。

それから、数百年の月日が流れました。


――ランプの残り火は今、消えようとしています。

「最後にもう一度だけ、お触れ書きを出しましょう」とポットになった元大臣は言います。

「もう、何度お触れ書きを出したと思っている。こんな醜い化物の私を愛してくれる女性なんている訳がないのだ」

「皇子、最後まで望みを捨ててはなりませぬ」

「最後にもう一度だけ、奇跡を信じましょう！」

「お願いです！　私達も死にたくないんです！」

皇子は自分の醜い姿を見て、若い娘達に悲鳴を上げられたり、「化物！」と罵倒《ばとう》されるのが辛くて辛くてたまりません。できるならば、誰にも会いたくありません。

しかし召使い達の痛切な訴えに、最後にもう一度だけ頑張ってみる事にしました。

「大丈夫です。不幸中の幸いと言うべきか、四百年前とは少々事情も変わって来ています」

「つまり？」

「旅人の話によると、この国にも魔術が普及しはじめているのだそうです」

「私の呪いを解ける術者がいるかもしれないと言う事か」

「そうです。噂では、魔導士組合《ギルド》と言うものが帝都にできたそうです。皇帝家《ほんけ》に通達を送り、そこにお触れ書きを出しましょう。『強大な魔力を持ち、魔の術を使いこなす国一の魔導士を求む』と募集するのです。――女性限定で」

「女性限定？』

「もしかしたら呪いを解く事ができなくとも、その過程で愛が生まれるかもしれません」

――そして、彼らはお触れ書きを出しました。

数日後。あの夜を思い出さずにはいられない雷鳴轟く嵐の晩、彼らの前に一人の少女が皇子様のお城にやってきました。

魔導士ローブを身に纏《まと》った、栗《くり》色の髪にぱっちりとした瞳の可愛らしい少女です。――しかし、何やら少し様子がおかしいような……？

「美少年は!?　美少年達は一体どこに!?」

「……ええっと、このポットの爺《じい》や壺《つぼ》の執事は、呪いをかけられる前はとても美しい男だった」

「なるほも！　ＢＬの園にかけられた呪いを解くのが私の役目なのですね!!」

「びーえる？　……最近の街の流行語には疎《うと》いのでよくわからんが、お前にこの呪いが解けるのか？」

「任せてください、こう見えても私はカルヴァリオ一の魔導士です！　自慢になりますが、今まで私に解除できなかった呪いはありません!!」

「なんと！　それは頼もしい！」

「呪いをかけられた日の事を詳しく教えてくれませんか？　皇子に呪いをかけた相手の容姿や特徴、その時の状況、あとは相手の唱えた呪文などがわかると助かるのですが……」

「誰か覚えている者はいるか？」

「ええっと、どこかにメモ書きがあったような……どこにしまいましたっけ？」

「なんせ四百年近く前の事ですしねぇ」

「四百年？　それかかなり強力な呪いですね。……でも私、負けません！　頑張ります!!　皆さんのお役に立ちたいんです!!　すべては崇高なる愛の為に!!」

「は、はあ？」

――そして、その魔導士の少女――ロゼッタ・レイドクレーバーは、皇子様のお城で彼らと一緒に暮らす事になったのです。

4　その顔でリバなんて騙された！　を、結局受けな！

「あなたがオルフェ様？」

「ああ」

私は玄関先に立つその獣人の顔をマジマジ見つめる。——こう言っちゃ何だが、ママ上に見せられた姿絵の中の、月の雫《しずく》をかき集めて作ったような美青年とはまるで別人だ。なんとか頑張って類似点を見つけるとすると、……鼻穴の数は同じかな、みたいな。

（ちょっとこれは驚いたな）

流石《さすが》の私もこの事態には驚きを隠せない。

ヒト科の雄×雄の正統派ＢＬを読もうとしてたら、いきなりケモーでモフモフな奴が来ちゃった感じだ。

切ない目をした美少年が二人、仲良くパンツの上からちんちんを擦り合わせてる表紙の薄い本を買ったら、なぜかペットの犬に二人とも八〇一《やおい》穴犯されちゃったよ……、しかもホモシーンゼロだよ……、って時の気分に近い。

「ええっと、すみません。私は今少々混乱しています」

「それはそうだろう。結婚しようとしていた男が、こんなおぞましい姿の化物なのだ。当然だ」

額を押さえて呻《うめ》く私を見て、その魔獣――獣《ケモ》オル様はしたり顔で頷《うなず》く。

なぜか傷付いた瞳で俯《うつむ》く彼の腕を私は摑む。

「違います！　そんな事じゃない!!」

「え？」

――騙されたと言う思いがない訳ではないが、そんな事よりも今は大事な事がある。

「オルフェ様は右の方《ほう》の方《かた》ではなかったのですか!?　左だったのですか!?」

そう、私はオルフェ様は受けだと信じていたのだ。

しかしこの雄々しいケモなお姿。――これはどう見ても攻めである。いや、もしかしたら受けでもイケるかもしれないが、個人的に彼にはガンガン攻めて欲しい。可愛い受けちゃんの八〇一穴をケモチンでガンガン攻めて欲しい。

「民族主義・国粋主義か、社会主義・共産主義かと言う事か？　現在の我が国の政治情勢ならば、ずっとこの森の中にいたので右も左も良くわからんぞ」

そう言えばうちのママ上様も、結婚前には宗教や政党の確認が大事だと言っていたような気がする。

しかし、今私が聞いているのはその右左の話ではない。

「ええっと、固定ＣＰの右左と言うものがありまして。今私は『この人攻めてるのかなー、それとも受ちゃうのかなー』と言うのがとてつもなく気がかりで」

「保守派が右で、急進派が左と言う考え方で合っているか？」

「合ってますね」

オルフェ様は顎の下に手を当てると、何やら真剣な顔で考え出した。

何か嫌な事でも思い出したのだろうか？　彼は痛みを我慢するような、何かを後悔しているような瞳になり、目を伏せる。

「そうだな……、この姿になる前の私は、右派の傲慢な血統主義の皇子だったように思う。皇族の既得権益を重視する、保守派の人間だった」

「右だ！　やっぱり右だった！　私の勘は間違っていなかった!!」

私は両の拳を握り締めると、オルフェ様はなぜかやるせなさそうな顔になり首を左右に振った。

「しかし今の私は、特権階級の者達が自身の権利を守る為に民をガチガチに締め上げた息苦しい階級社会もどうなのだろうと思うのだ。富の再分配や階級社会の見直しは必要なのではないか、と。

……これは左寄りの思想になるのだろうか」

「と言う事は、左……になっちゃうんでしょうか……？」

(こ、これはリバ？　リバなのか……？)

困った。想像以上に悩ましい展開になってきた。

「しかしだ、国粋主義ついて考え出すと、右だと言わざるを得ない。私はこの国を愛している」

「ええっと、つまり右……と言う事で合っていますか？」

「ああ、恐らく合っている」

「それは良かった！　実は私もオルフェ様は右寄りの方だと信じておりました!!」

「あ、ああ」

オルフェ様は戸惑いの表情を浮かべながらも、私をお城の中へ招き入れてくれた。

お城の中は薄暗く、ホールの天井のシャンデリアは傾いてるわ、壁にかけられている鏡は割れているわ、なんだかとってもホラーな雰囲気だ。

気のせいでなければ、さっき通った廊下に置かれていた置物の鎧《よろい》の目が光ったような気がする。

「寒かっただろう、湯を浴びると良い」

「そんな事よりも私、もっとあなたの事が知りたいんです！」

「そ、そうか？　しかしこのままでは風邪を引いてしまう、頭だけでも拭くといい」

オルフェ様はここで待つようにと、私を応接間らしき所に置いて部屋を出て行った。

「ん？」

何だろう、誰もいないはずの部屋なのにさっきからあちらこちらから視線を感じる。

「これは、呪いの気配……？」

この森に入った時から、違和感はあったのだ。

(だとしたらかけた人は相当なプロの呪術師ね)

プロの呪術師と言う生き物は、呪いの標的にも、その周囲の人間にも悟られないように呪うのだ。

――そして、静かに殺す。それが一流の呪術師のテクだ。

呪術には呪い返しと言うものがあるので、呪いをかける方には常にリスクが付きまとう。

なので標的に気付かれないように呪いをかけ、気付かれる前に死に至らしめるのが彼らのやり口である。

ちなみに呪術はいろいろな種類がある。

その中でも有名なものが「血の呪い」と「言《こと》の葉《は》の呪い」と呼ばれるで――って、やっぱりこの部屋なんかおかしいぞ。

「今、このポット動かなかった？」

私は穴の開いたソファーから立ち上がると、テーブルの上のティーポットを指でツンツンつつく。

ガタン！

大きな物音に後を振り返る。

私の後には何もない。――何かあるとすればこの大きな金の壺だけだ。

「もしかして君も動いた？」

その壺を手に取り調べてみる。

（やっぱり、この壺からも呪いの気配がするわ）

――その時、

「何をやっている？」

オルフェ様が戻って来た。

私は彼が持って来た布で頭を拭きながら、改めて彼の顔をマジマジと見つめた。

（彼にも呪いがかけられている……）

彼だけではない。この城全体に呪いがかけられている。

『あと条件として、皇子は優秀な魔導士を求めているんだって。あんた魔法だけは得意でしょう？』

『うん』

『容姿や家柄は関係ない。皇子は男同士の恋愛に理解があって、強力な魔力を持っている女と名ばかりの結婚がしたいのだとか』

その時脳裏に蘇《よみがえ》ったのは、ここに来る前両親が私に話した内容だった。

――もしかしたら、これは縁談でも何でもないのかもしれない。

(仕事かな？)

私は宮廷魔導士ロゼッタ・レイドクレーバーの顔になる。

「さっきからこの部屋の置物が動いている気がするんです」

「き、気のせいではないか？」

彼は何か隠しているのだろうか？

声が上擦っている。

(まあ、いいか)

――私はすぐにただの一腐女子の顔に戻った。

「オルフェ様、先程の話の続きをしましょう」

彼は意外そうな顔になると、一緒に持って来たワインやら何やらをテーブルの上に並べる。

「あんな話が楽しかったのか？」

「ええ、もっと聞かせてください。あなたの事がもっと知りたいんです」

オルフェ様の恋人は一体どちらにいらっしゃるんでしょうか？　そしてその属性は？　と、私は彼に聞きたい事がたくさんあった。しかし――

「政治の話が好きだなんて、変わった女だ」

「は？」

なぜかそれからオルフェ様は、政治談議をはじめた。

四百年前の何とかの乱とかなんとかの変とか。うん、なんかそれ、歴史の教科書で習った様な気がするぞい。

(ええっと、今私はなんでこの人とこんな話をしているのかな？)

意味不明だ。私達はついさっきまで仲良くホモについて語りあっていたと言うのに。

「あの頃の話をするのは楽しいな」

赤ワインを舐《な》めながら楽しげに語るオルフェ様の様子に、まあ、いいかと思う。

萌えキャラの情報は大いにこした事はないのだ。誕生日、血液型、好きな食べ物、嫌いな食べ物、趣味にいたるまで。

私はニコニコ――いや、ニヤニヤしながら彼の話に相槌《あいづち》を打った。

「お前は本当に変わった女だな、こんな話が本当に楽しいのか？」

「楽しいです」

「そうか。……だが、何故そんな顔で私の顔を見るのだ。そんなに私の顔はおかしいか」

「いや、オルフェ様可愛いなあ、可愛いなあって思って」

「はっ!?」

オルフェ様がギョッとした瞬間――

「ついに！　ついに女神が訪れた！」

「いけますぞ！　このお嬢さんならきっと『真実の愛』を！」

「真実の愛！　真実の愛！」

「皇子！　頑張ってください！」

(やっぱり、あのポットたちしゃべってるよ……)

もはやただの家具のフリをする気もないらしい。

ワイワイ騒いでいる家具達を横目で見ながら、私は言う。

「で、この方達は何なのですか？　何やら呪術の匂いがするのですが……」

「呪いがかけられているとわかるのか？」

瞠目《どうもく》するオルフェ様に私は頷く。

「君は魔導士と言ったな、呪いには詳しいのか」

「私は呪術師ではないので専門ではありませんが、それなりに」

――って、大事な事を忘れてた!!

「――そうだ！　その前に私もオルフェ様に聞かなくてはならない事があるんです!!」

私は一番大事な事をまだ聞いていなかった事を思い出し、テーブルに前のめりになり彼に迫った。オルフェ様は私が前のめりになって接近した分だけ、背中をそらして後退する。

「な、なんだ？」

「美少年は⁉　美少年達は一体どこに⁉」

オルフェ様は、私が何の話をしているのかわからないと言った顔になった。

「ここにはたくさんの美少年美青年美中年がいらっしゃると聞きましたが、それは嘘偽《うそ》りだったのですか⁉」

だとしたら、私はいますぐ実家に帰りあのクソジジイとクソババアに文句の一つでも言わなければならない。両親に騙されてタダ働きさせられるのはいつもの事なのだが、BL美少年達の住まう城と言う話まで嘘だったら、流石の私も今回ばかりはあの二人を許せそうにない。

オルフェ様は少々戸惑いがちに、後でワイワイ言っている家具達を振り返った。

「……ええっと、このポットの爺や壺の執事は、呪いをかけられる前はとても美しい男だった」

「なるほも！　BLの園にかけられた呪いを解くのが私の役目なのですね‼」

よっしゃ！　ロゼッタちゃん、俄然《がぜん》やる気が出てきたぞ‼


それから私はオルフェ様と家具になった召使いさん達によって、かつてこの城で起こった惨事の説明を受けた。

壁にかけられたオルフェ様の肖像画や、ポットの大臣や、壺の執事、燭台《しょくだい》の騎士の人間だった頃の姿絵を見て、私は一層萌え……いや、燃えた。

これは一刻も早く彼らを元の姿に戻してホモホモさせるしかない。

すべてのホモは私の腕にかかっている。

不幸中の幸いか、私は魔術だけは得意だ。

だてに帝都一の変人奇人魔導士として二つ名を轟かせて来ていないので、魔術に関する事なら私に任せて欲しい。

私は長らく媚薬専門でやってきた系女子なので、正直呪い的なものはあまり自信がないのだが、……まあ、なんとかなるだろう。魔導士学校でもいつもトップだったし。

＊　＊　＊　＊

オルフェ様達の話によると、彼らもただ無為に長い時を過ごして来た訳ではないらしい。

この四百年間、呪いを解こうと必死に色々な手がかりや資料を集めて来たのだという。とは言っても、この数十年はだいぶ自暴自棄になって怠惰に過ごして来たらしいが。

「では、まずそちらの資料を見せてくれませんか？」

「ああ、構わない」

席を立つオルフェ様に続いて立ち上がろうとする私を、彼は無言で首を横に振って制する。

オルフェ様は呆然《ぼうぜん》としている私の椅子を引いて、椅子の脇に置いていた私の荷物を持ってくれた。

「私、自分で持ちますよ？」

「女性に重い荷物を持たせる訳にはいかん」

ぶっきらぼうに言い捨てるオルフェ様に、私は自身の頬が赤らんで行くのを感じた。

オルフェ様が小脇に抱えたバッグの中には、私の薄い本《夢と希望》がいっぱいに詰まっている。

中身が中身なので（当然成人指定の本《ぶつ》だ）流石の私も少し気恥ずかしくて、目を泳がせてしまった。……中身、バレないと良いんだが。

そんな私達の様子に、召使いさん達が後でボソボソと「これは、冗談抜きでイケるのでは？」「脈ありすぎて、山脈ができる勢いでは？」と意味不明な事を言っている。

オルフェ様は彼らをギロリと睨《にら》んだ後、仏頂面のままドアを開けてくれた。

「ど、どうも」

「フン」

鼻を鳴らしてそっぽ向くと、廊下を歩き出す無愛想な背中を小走りで追いかける。

私とオルフェ様とでは、身長もだが足の長さもだいぶ違う。彼はすぐにその事に気付いたのか、歩幅を合わせてゆっくり歩いてくれた。

（案外、優しい人なのかも）

その後もオルフェ様は階段を降りる時には私の前に立って、手を差し出してくれた。

なぜか私が手を取る前に、ハッとした表情になり引っ込めてしまわれたが。

流石は元皇子《プリ》と言った所か、オルフェ様は紳士だった。

私はというと、オルフェ様の洗練された仕草にドギマギしていた。こんなに無愛想でイカチー顔をしているのに、その実、紳士的な人外キャラ。きっとこのギャップに、たくさんの受けちゃんがキュンキュンして落とされたに違いない。

生身の男に興味のないはずの私も、ちょっとばかしときめいてしまったくらいだ。

「こっちだ」

そう言ってオルフェ様は、ぼろ板のような木の扉を開ける。

扉の向こうには、長い回廊が続いていた。

この回廊を抜けた先が図書館になっており、呪いを解く為の手がかりや資料を置いてあると彼は言う。

そう言えば、このお城の左脇には高い塔が聳《そび》え建っていた。

恐らくその塔が、この回廊の先にある図書館なのだろう。

いつの間にか嵐は止んだようだが、回廊の壁に一定間隔で備え付けられている燭台の蠟燭《ろうそく》の炎は消えていた。横叩きに吹き付けた雨のせいだろう。

私達の後をピョンピョン跳ねて着いて来た召使いさん達の中から、燭台《ジランドール》の衛兵さんが私達の前方に飛び出すと、自身の頭で燃える炎を、蠟燭に移しながら歩く。

「この廊下は雨の後、滑るから気を付け……」

ステーン！

「ぎゃあ！」

オルフェ様が言い終わる前に、私はその場で転倒し腰を強《したた》か打ってしまった。

「いてててて……」

腰をさする私に、オルフェ様は戸惑いがちに手を差し出した。

「大丈夫か？」

「ありがとうございます」

彼の毛むくじゃらの手を取って起こしてもらうと、オルフェ様は狼狽《ろうばい》を顔に漂わせる。

「……私が怖くないのか？」

「はい？」

「いや……」

しばらく彼は、夜道で亡霊にでも出会ったかのような顔で私を見下ろしていたが、「このまま私の腕に摑まって歩くといい」と言い捨てて歩き始めた。

彼の腕に摑まって歩きながら、今度は私が躊躇《ためら》いの声をあげる。

「良いんですか？」

「嫌なら無理にとは言わん」

「いいえ、助かります！　ありがとうございます！」

正直、彼の恋人《オトコ》に申し訳ないような気がしたが、この廊下、氷のようにツルツル滑るのだ。ここはありがたく、彼の申し出を受ける事にしよう。

しばし、無言で回廊を歩く。

半分程度回廊を渡ると、オルフェ様はおずおずと口を開いた。

「すまない。何か役に立つものがあれば良いのだが」

詳しく話を聞いていると、どうやら彼は自暴自棄になっていた期間を悔いているらしい。

申し訳なさそうな顔になるオルフェ様に、私は慌てて首を横に振る。

「それは仕方がないと言うか、当たり前ですよ。オルフェ様達と同じ呪いをかけられたら、誰だってきっとそうなります。お休み大事」

「しかし」

頭を振り苦渋に満ちた目を伏せるオルフェ様は、ママ上様に聞いた話とは違い、とても真面目で誠実なケモに見える。

「私は今、絶望の中でも自ら命を絶つ事なく、懸命に生きてくれたあなたの強さに感謝しています」

「え？」

「生きていなかったら、こうしてお会いする事もお話する事もできませんでした」

私が生まれる前に、ＢＬの園が滅んでたとか想像するだけで恐ろしい。

彼の足が止まる。

「……君は、本当に何者なんだ？　一体何が目的だ？」

満面の笑顔の私を振り返る彼の目は、並々ならぬ不信感が溢れていた。

「皇帝に何か言われて来たのか？」

「は？」

「先程政治の話をしていたが、私を政治利用したいのなら残念だったなとしか言いようがない。今の私には権力なんてあってないようなものだ」

「はひ？」

（ちょっと待てくれ、オルフェ様。私は右か左かの話をしたかっただけなのに、政治の話をはじめたのあんただろうが！）

しかし、今の私はただの不審者なのだろう。ぶっちゃけ、私も自分が不審者に見える自覚はある。

休日私服で王都をうろつけば、巡廻兵《じゅんかい》に不審者扱いされて詰問されたり、持ち物検査されるのが日常だったし。持ち物は主に薄い本や怪しい葉っぱ（媚薬用）なので、いつもぶっちぎって逃げてたけどさ……。

「私が信じられませんか？」

「信じられない」

オルフェ様がそう言って私の腕を振り払った瞬間、暗い空の端がピカッと光る。

「お前は何者だ？」

閃《ひらめ》き落ちる稲妻の青白い光で照らし出された魔獣は、憤慨していた。

牙を剝《む》き出しにしてグルルル……と唸り、威嚇する様子は、大の大人でも裸足で逃げ出すほど恐ろしい。その怒りに同調するように続け様砲声のような雷鳴が辺りに轟き、古城を激しく揺るがすと激しい雨が降り始めた。

ゴロゴロとそう遠くない場所に雷が落ちる音を聞きながら、私は横から打ち付ける小雨が燭台《ジランドール》の衛兵さんが点けたばかりの炎を消してしまうのを横目で見た。

（明日も雨かな）

そんな事を考えながら、正面の魔獣を見上げると、その瞳をジッと見据える。

――世にも恐ろしい顔をした魔獣の琥珀《こはく》色の瞳には、疑惑と困惑、そしてその奥には微かな期待と希望の光が見え隠れしていた。

「私を信じてください」

雨に打たれながら、私は振り払われた腕を掴み直す。

今の私は彼に真摯に訴える事しかできない。

内心「殺されないといいな……」と思いながら、私は続ける。

「自分でも怪しい自覚はありますが、まずは私を信じてもらわなければはじまりません。私を信じて、包み隠さずすべてを話してください。でないと解ける呪いも解けません」

「お前を信じて呪いが解けるのか？」

「解けるかもしれませんが、解けないかもしれません。でも、他でもないＢＬの園を救う為です。私の持ち得《う》るすべてを懸けて死ぬ気でやります」

その魔獣は驚目《きょうもく》を瞠《みはら》せ、しばし唖然《あぜん》としながら私を見つめていた。

私の（ホモを愛する）熱くひたむきな想いと、（ホモを愛する）切実な想いが伝わったのか、彼は小さく頷《うなず》いた。

「こっちだ、着いてこい」

「はい！」

差し出された手を取り、私は勢い良く頷き、微笑んだ。

＊　　＊　　＊　　＊

回廊を渡り、こちらもまた古びた鉄のドアを開けると、そこには夥《おびただ》しい数の魔導書があった。

壁面すべてに収納される魔道書や資料を見て、私は思わず歓声をあげてしまった。

「わあ！　凄い、凄いです！」

「そ、そうか？」

「はい！　こんなに本がたくさんあるなんて、なんて素敵なの!!」

魔導書好きの魔女っ子心を擽《くすぐ》られたというのも勿論《もちろん》あるが、木を隠すには森の中と言う言葉がある。――つまり薄い本を隠すには本の中なのだ。

実家には私の薄い本を隠せるほどのスペースはなく、両親やメケメケに冷たい視線を浴びながら暮らしてきたが、ここなら隠す場所がたくさんある！

「……そんなに気に入ったのなら好きにしても良い」

「本当ですか!?」

(聖人かよ、このケモ皇子!!)

さっそく私はその図書館の中で、調べ物をする事にした。

オルフェ様達は「まずは休んだらどうだ？」と言うが、私は早く生ＢＬが見たい。その為にここまで来たのだ。寝ている時間も惜しい。

「ふむふむ」

あんな事を言っていたが、これだけ資料があれば充分だ。オルフェ様達は自分達で呪いを解こうと、長年苦労を重ねて来たのだろう。

図書館には魔導書がたくさんあった。それも貴重で一般の人間の手には渡らないようなものや、帝国図書館にあったら持ち出し禁止の禁書の棚に置かれ、私でも上に許可を申請しなければ読めないような類のものまであった。

図書館に置かれた書物や、ノートやメモ、走り書きは彼らの長年の苦心の軌跡だった。

(辛かっただろうな……)

彼らの長年の努力や苦しみが伝わって来て、さっきから胸が苦しい。

何だか少し泣きそうだ。

ホモとかBLとかCP関係なく、私が呪いを解いてあげたいと思った。

私は先程オルフェ様達に聞いた、呪いをかけられた日の話を思い出す。

確かに話を聞くと、彼らの自業自得による部分は大きい。

でも、それでも彼らが四百年も苦しむ必要があったのだろうか？　オルフェ様達は、元はただの人間なのだ。人の寿命を越える苦しみを与える呪いは、流石にやりすぎた。

(夜の魔女……)

私は手に取った古文書のページを捲《めく》り、溜息を吐く。

図書館にある古文書は、主にオルフェ様達に呪いをかけた魔女――「夜の魔女」リリスについてのものだ。

「夜の魔女リリス。本当に存在したなんて」

次のページを捲り、私はもう一度溜息を吐いた。

――もしかしたら、流石の私でもこの呪いを解く事はできないかもしれない。……この呪いはちょっと厄介だ。

5　陰茎の落書き見られたんだよ！　は、はわわヤベ！

――夜の魔女リリス、別名はじまりの人。

はじまりの人とは、唯一神がはじめに作ったと言われているこの世で最も古いヒトであり、私達の人間の祖神でもある伝説の上の人物だ。

伝説にはこうある。唯一神はまず最初に男を作り、女を作った。最初の女リリスは男の妻となったが、彼女は男と仲違いをして自ら楽園を去った、と。

その後、神の使いに「楽園戻らなければ楽園に残した子供達を殺す」と脅されたリリスは、彼らの命と自分の運命を儚《はかな》んで自害する。

リリスが自害した後、楽園の外――つまり、私達が住まう世界に、夜と言う概念が生まれた。リリスの怨念が夜と言う名の闇になったと言われている。

伝説では男と神に復讐《ふくしゅう》を誓ったリリスが、魔物を生みだす「リリスの夜」となったと言われているが、本当の所は誰にもわからない。――ただ、「リリスの夜」が現実に存在する事だけは確かだ。

ここ数十年の目撃例によると、「リリスの夜」はカルヴァリオの南西に位置するリゲルブルク公国にある、ミュルクヴィズの森での目撃例が多い。次点で三大魔境の「死の砂漠」か。

（あれ、もしかして……？）

羽ペンを鼻の下に挟み唸りながら、私は資料のページを捲《めく》る。

これはこの資料を読んだ私の想像にすぎないが、「リリスの夜」は以前この「夜鳴き鷲の森」にあった。

その後、南西に移動したその闇は、ミュルクヴィズを拠点に生息しているのだろう。生息……その闇が生物なのか、そして生きていると言っても良いものなのか微妙な所だが。

（ミュルクヴィズに行ってリリスを探し、説得を試みてみるか？）

いや、無理か。この手のものは会おうとしてそう簡単に会えるものではない。

例え会えたとしても、「リリスの夜」に人語が通じるのか、「リリスの夜」に魔物を生み出す以外の意志があるのか私にはわからない。そもそも「リリスの夜」と「夜の魔女リリス」が、同一の物なのかすらわからないのが現状なのだ。

「リリスの夜」とは空を徘徊《はいかい》する、黒いプラズマを纏《まと》った球体の様なものだと言われている。

ポンポン魔獣を生み出しながら深夜の森を徘徊しているそのプラズマは、人の世に課せられた災厄の一つでもある。

その闇の中に吸い込まれたら最後、こちらには二度と戻って来る事はできないのだ。

（でも、オルフェ様たちの話によると、人間の女の子の姿らしいのよね……）

「リリスの夜」と「夜の魔女リリス」は同一の物なのだろうか、それとも別物なのだろうか？　まずはそこからだ。

私はリリスについて書かれてある文献をもう一冊手に取り、溜息を吐いた。

オルフェ様達に呪いをかけた相手がはじまりの人ではなく、リリスを名乗るただの魔女なら、恐らく私でも彼らの呪いを解く事ができるだろう。

幸い私には、魔女の呪いの解除実績なら何件かある。

魔女と言う生き物は一応魔の物に分類されるが、その体の作りや血の色は、人間とそう変りない。人間よりも少々魔力に恵まれ、寿命が長く、生きる時の流れが違う。それが魔女と呼ばれる生き物だ。

その肉は人間とそう変わらぬ脆《もろ》いものなので、彼女達はたくさんの使い魔を使役する。

人間魔導士と魔女との違いは、主にそこだろう。

人間は使い魔を一匹、頑張って二匹程度しか使役できないが、魔女は際限なく持つ事ができる。この差は大きい。

まあ、人間でも数体の使い魔を使役している者もいなくはないが、大体その手の魔導士は禁呪の類に手を染めており、魔導士組合には登録していない非正規の魔導士だ。

非正規の魔導士には制限がない。――つまり、禁呪の類を自由に使う事もできる。

なので彼らに正しい道を説き、正規の国の魔導士として登録させるのは私たちの義務の一つだ。仕事ではなく、義務。

何故義務かと言われれば、仮に彼らが魔族召喚などに手を出し、上級魔族などが魔界からやってきてしまったら人間界存亡の危機が訪れるからだ。

勿論お上の方は、戦時の戦力として魔導士を管理したいと言う思惑もあるのだろう。

ちなみに組合に登録すると、毎月「補助金」を名目に幾何《いくばく》かの金が口座に落りる。何か研究したいものがあれば、正式に申請すれば巨額な資金援助をしてもらえるなどの旨味はある。なので魔力がなくても、なんとか国家魔導士として登録したがる不届き者は多い。まあ、その手の魔導士は大体試験に落ちるのだが、賄賂で資格を取ってしまうなんちゃって魔導士がいるのも現状だ。

話を戻そう。

魔女の呪いならなんとかなると言い切ったのは、実はうちのひいひいひいばば上様が魔女だったというのも大きい。彼女が残した、人には伝わっていない秘密の呪文を私はいくつか継承している。ひいひいばば上、ひいばば上、ばば上、ママ上には魔力は遺伝しなかったようだが、なぜか私の代でいきなり魔力が復活した。

ちなみにお国柄バレたら火炙《あぶ》りにされてしまうので、この事は家族だけの秘密になっている。

魔女の血が流れている私は、ヒトより大きな魔力を持っているが、それでも純血の魔女と比べてしまえば微々たるものだ。

それでもただの魔女の呪いならば、私一人でなんとかならない事はない。

問題は彼女が、はじまりの人リリスの本物だった場合だ。

この場合、もうお手上げである。

はじまりの人。――彼らは姿形から魔力にいたるまで、すべてにおいて神の祝福と加護を受けた唯一の存在であり、ヒトであってヒトではない。

ちなみに三人存在すると言われているはじまりの人の失敗作が、楽園の外で生きる私達人間だと言う学説もある。楽園に住む事が許されなかった不完全で未完成な生き物。それが私達、楽園の外で生きる人間なのだと言う。

過去、神に愛された者だけが住まう楽園の住人であった彼女は、すべてにおいて完璧だったと言われている。

――だとしたら、その呪いの力は計り知れない。

そして城に漂うこの感じ。……非情に残念な事に、これはただの魔女の呪いではない。

太古の呪いの一つ「言の葉の呪い」の匂いがするのだ。オルフェ様達の話を総合しても、恐らく「言の葉の呪い」で間違いない。

言の葉とはある種の妖魔達が得意とする呪いだが、その元祖となったのはリリスその人だと言われている。

「言の葉の呪い」とは、術者の怨念が強ければ強いほど、その効力は高い。

「流石にはじまりの人の呪いを解いた人間の記録はないんだよなぁ」

以前、はじまりの人に興味を持った私は、帝都の図書館にある文献を読み漁った事がある。

しかし我らがカルヴァリオの帝国図書館でさえ、神話以上の何かを見つける事はできなかった。

人の身である私の魔力にも知識にも限界がある。

ちょっとこれは天才魔導士ロゼッタちゃんでも厳しいかもしれない。

（ううん、困ったわ）

使い魔のメケメケがここにいたら、森の妖魔達に何か聞いてくる事ができたのかもしれないが、彼は今家にいる。

本当に役に立たないクソ猫だ。

今度新しい使い魔を作る事があったら、もっと役に立ちそうな猫《使い魔》を選ぼう。

「はあ」

私は大きな溜息を吐く。

オルフェ様達には悪いが、どうもやる気が出ない。

なんと言うか、ホモ成分が尽きてきた。ホモを補充しないと、作業を続けるのは難しいかもしれない。無機物――燭台の騎士さんや、包丁の料理人さんを掛け合わせてニヤニヤする事もできなくはないが、今はそういう気分じゃない。私は今、肌と肌がパンパン打ち合い、汗と白濁液が飛び散るボーイズ達のラブが見たい気分なのだ。

気が付けば、術式をメモる為に羽ペンを走らせていたノートには、睦《むつ》み合う男と男のイラストが量産されていた。

10年以上、アレ×レオ自作漫画を描いて来ただけあって我ながら惚《ほ》れ惚《ぼ》れするほど上手い。

ただ、今私がノートに書いているのはアレレオでもカスレオでもなく、未だ見ぬオルフェ様と彼の恋人の熱い絡みである。

（そう言えば、オルフェ様に恋人について詳しく聞いてなかったな）

顔のない男に犯されてアンアン言っているオルフェ様の落書きも、悪くはないのだがすぐに飽きが来た。

仕方がないので、私は溜息混じりにオルフェ様のチンはこんな感じなのだろうか？　とひたすらちんちんの絵を描き始めた。

ちなみに今のオルフェ様のブツを想像するのは流石に難しいので、人間時代の人間バージョンの陰茎である。

今の彼のチンは一体ナニ科の動物の性器《もの》なのだろうか。亀頭球がある犬チンだろうか、それとも常時は総排出腔に収納しているヘミペニスだろうか。それとも魔獣らしく、なんかこう、ゴツくてぶっとい凶器的な感じでもいい。

(わからない。ああ、わからないよ……!!)

やっぱり考えれば考えるほど、彼は攻めでいて欲しい様な気がする。

そしてその自慢のケモチンで、可愛い受けちゃんをヒイヒイ泣かせてやって欲しい。……あっ、私は壁と一体化して、その場を温かくも優しい視線で見守る係と言う事でお願いしますね。母なる大地のようにすべての罪《ホモセックス》や過ちを許し、優しく包み込むような瞳で見守っていますので。

——その時。

コンコン、

「どうだ？　なんとか解けそうか？」

「オルフェ様！」

ノックの音と共に部屋に入って来たのは、銀のトレイを持ったオルフェ様だった。

トレイの上の天然木のプレートには、白い湯気が立つ芋の山があった。

どうやら彼はお夜食を作って持って来てくれたらしい。

「ええっと、これは何ですか？」

「ジャガイモの煮っころがしが好きではなかったのか？」

「作るのが得意なだけで、特段好きな食べ物と言う訳では……」

「そうか……」

言って沈黙するオルフェ様の耳とお髭《ひげ》がしょぼんと下がるのを見て、私は今の発言が失言だった事に気付いた。

彼はもしかしたら私が煮っころがしが好きだと思って、作ってくれたのかもしれない。

「嘘です、大好きです！　うわああこの芋クッソうめえ!!」

芋を手掴みで口の中に頬張ると、彼はほっとした顔付きになった。

心なしか耳も上向きに戻り、尻尾も揺れている。

獣人と言う生き物は色々な意味でわかりやすい。もしかしたら人間よりも付き合いやすいかもしれない。

「……気を遣わせてしまって、すまん」

「いえ、そんな事ないですよ！」

「お前は本当に変わった女だ」

「ほうでしょうか？」

むしゃむしゃと私が芋を頬張る音と共に、図書室に温かい空気が流れた。

「芋がついている」

ほっぺたについた芋を指で拭おうとしたのだろう。オルフェ様は私の頬に伸ばすが、頬に触れる直前でその指が止まる。

「取ってくれないんですか？」

「……先程も不思議だったのだが、私に触れられて嫌ではないのか？」

「何故？」

「何故。……私は、こんな化物の姿をしているのだぞ？　怖くはないのか？」

彼は戸惑いがちにそう言いながら、私の頬から芋の欠片を取る。

「私、ケモナーなので、モフモフさせてもらえるくらい仲良くなりたいな、とか企んでいるんですが」

「ケモ？　最近の帝都の流行は良くわからんな」

そう言って微笑らしきものを浮かべるオルフェ様は、やはりそんなに悪いケモではないように見える。ママ上達にオルフェ様はワガママボーイと酷い話をたくさん聞いていたが、こうやって接しているとそんなに我儘な気はしない。

（むしろ案外素直そう？）

何人か元職場の同僚にもいるのだが、育ちの良いお坊ちゃまやお嬢様とは案外素直な子が多い。

周りの者達に大切に守られて育つので、悪人に騙されるような経験も、誰かの悪意に晒《さら》される経験も少ない。よって他者の言葉を素直に信じるのだ。

そのまま成長すれば、庶民ならば必ずどこかで痛い目に遭うが、本物《マジ》の皇子《プリ》様なら違う。

優しい箱庭《セカイ》の中で、選ばれた人間にだけ囲まれて、幸せな生涯を送る事もそう難しい事ではなかったはずだ。

（きっと彼もそうだったんだろうなぁ）

きっとオルフェ様は周りの人間に大切に守られて、甘やかされて育ったのだ。それはこの屋敷の中の、置物と化した住人達を見ていればすぐにわかった。

彼は皆に愛されていた。

ただ彼らは、オルフェ様への愛情のかけ方を少しだけ間違えてしまったのだろう。――その結果、成長したオルフェ様は夜の魔女の逆鱗《げきりん》に触れてしまった。

（確かに呪いをかけられる前のオルフェ様は、最低な男だったのかもしれない。でも、こんな酷い呪いをかけなくても、……もっと他に、彼を軌道修正させる方法もあったんじゃない？）

そう思わずにはいられない私は、やはり甘いのだろうか。

何だかまた物悲しい気分になってきた。

「どうした？」

「いえ」

誤魔化《ごま》すように口元に笑みの様なものを浮かべと、オルフェ様は私の手元を覗き込む。

「この落書きは何だ」
彼の驚愕《きょうがく》に満ちた声に、私ははたと我に返った。
——彼が手に持つのは、私がさっきひたすら書き殴っていたちんちんの絵である。
(やっべえ。チンコの落書き、見られちまった……)
しかも血管とか裏筋とか妙に生々しく書いちゃった奴だよ……。
(——どうする私?)
図書館内に、気まずすぎる沈黙が流れた。

6　○○に犯されてるよ騙された！　な、なんだか変！

――よし、誤魔化そう。

私は内心の動揺を微塵《みじん》も顔に出さず、真顔のまま淡々と告げる。

「これは魔術の術式です、魔方陣的な感じの奴ですね」

しかしオルフェ様の疑わしげな視線のままだ。

「私は魔導の道には疎いが、絶対嘘だろう」

鋭いな、畜生。

「オルフェ様には魔力はありませんよね？　魔力がないと見えない事、聞こえない事、感じられない事って案外多いんです」

「この紙に描いてあるものは私の目にはただの陰茎にしか見んのだが、魔力のある者が見るとそうではないと言うのか？」

「はい、魔導の道とは奥が深いのです」

「……こちらの絵は裸の男達が絡み合っている様にしか見えない」

言って彼が手に取るのは、私がさっき書いていた人間バージョンのオルフェ様が、恋人にズコバコ尻穴を犯されている落書きだった。

（げひぃ！　ホモ絵まで見られてしまった‼）

「こっこれは心眼を鍛えていたら、なんか見えて来ちゃったんですよ」

「心眼。……この尻を犯されている青年は、人間時代の私に似ている様な気がするのだが」

「もしかしたら、オルフェ様の未来なのかもしれません」

適当な言い訳をしていると、ガチャガチャとポット大臣達も会話に参加してきた。

「未来予知の自動書記と言う奴ですかね？」

「ま、まあそんな感じッス」

「相手の男の顔は見えなかったと言う事でしょうか？」

「残念ながら」

「と言う事は、皇子のお相手は男と言う事か？」

「いや、そんなまさか」

「しかし、エリート中のエリートの宮廷魔導士殿がそうおっしゃるのです、何か関連性があるのでは？」

「魔導の道とは奥が深い」と唸る彼らに私は安堵《あんど》の息を漏らす。

（よし、何とか誤魔化せたっぽいぞ）

私は心置きなく落書きを再開する事にした。

まだ見ぬオルフェ様のケモチンを描き始めると、彼は訝《いぶか》しげに眉を顰《ひそ》めながら私の手元を覗く。

「今度は何を描いているんだ？」

「ああ、これはただのちんちんです」

「やっぱりか!!　何が魔術の術式だ！　何が心眼だ!!」

「やっべ、思わず口を滑らしちまった……」

「嫁入り前の娘が何故そんな破廉恥《はれんち》なものを書いているんだ!!」

　叫びながら彼は私のノートを取り上げる。

　――バレてしまっては仕方ない。開き直った私は、正直に白状する事にした。

「あー、実は私、学生時代から気が付いたらノートにちんちんを描いていると言う悪癖がありまして。テストの裏面にも無意識の内にちんちんやふぐりんを書いて提出してしまって、先生達には良く怒られたもんです」

「お前を受け持った歴代教師達が気の毒でならない」

「でもそのお陰で私、ちんちんを描くのだけはとっても上手くなったと思います。それだけはちょっと自信があります」

「確かに妙にリアル志向で腹が立つくらい上手いが……」

「魔導学校時代ちんちんをノートに書いて先生に怒られた回数なら、カルヴァリオでも私の右に出る者はいないと自負しております、任せてください」

「……なあ、なんでそんなに誇らしげな顔で、全く自慢にもならない事を言えるのか聞いてもいいか？」

「はあ、ちんちんが見てみたい……、死ぬまでに一度で良いから、美少年の生チンが見てみたい

「……」

「…………」


「美少年の生チン……、デュフ、デュフフフフ」と気持ち悪い笑みを浮かべるロゼッタの背後で、ポット大臣たちは歓喜していた。

彼らは啞然《あぜん》とした表情で「なんなんだこの女は」と漏らす主のオルフェウスを図書室の隅まで引っ張っていくと、ひそひそと耳打ちする。

「皇子！　これはベッドのお誘いの合図ですぞ!!」

「は？」

「彼女はオルフェ様が欲しいと申しております!!」

「多分違うと思うぞ」

「あんなにあからさまに男の陽物が見たいとおっしゃっているのですよ！　これはまたとないチャンスです!!」

「いや、絶対に違うと思う」

「皇子！　これ以上女性に恥をかかせてはなりませぬ!!」

「なんとかこのままベッドに誘い、『真実の愛』をメイクラブするのです!!」

「…………」

実は彼らは『真実の愛』云々《うんぬん》については、ロゼッタに説明していなかった。

この魔導士の女はなぜか自分の姿に驚きもしなければ、怯えもしない。更に結婚したいとまで言っている。何かが変だ。

しかし、自分と『真実の愛』を……などと話してしまえば最後、この城から逃げられるのではないか？　とオルフェウスは不安だった。

（変な女ではあるが、……まさか、本当に私が欲しいのだろうか？）

しかし、大臣達に背中を押されながらロゼッタの所へ戻るオルフェウスは少しドキドキしてた。

この姿になってから、色恋は愚か、年頃の娘に性の対象に見られた事なんてない。

（いや、しかしそんな事がありえるのか？）

何だか妙にソワソワする。こんな気持ち、一体何百年ぶりだろう。

オルフェウスは、咳《せき》払いをしながら彼女の所に戻る。

「オルフェ様、あの、お願いがあるんですが！」

笑顔でこちらを振り返る魔導士の女――ロゼッタの姿が、ランプの炎と窓から入り込んだ月明かりに照らし出される。

窓の外の雨は、いつの間にやら止んだらしい。

彼は改めて魔導士を名乗る少女の顔をまじまじと観察した。

肩口まで伸びた栗色の髪、同色の瞳。みずみずしい白い肌。中身こそおかしな女ではあるが、見目は悪くはない。

溌剌《はつらつ》とした言動と、生気でキラキラ輝く瞳が印象的な可愛らしい少女だ。

オルフェウスの喉がゴクリと鳴る。

「向こうで何をお話になっていたのですか？」

「い、いや。それよりもお願いとは何だ？」

「あっ、そうだった。実は私、ケモチンって奴を見た事がなくて」

「ケモチン？」

「獣チンポです」

「は？」

「オルフェ様さえ良かったら、私にちんちんを見せてくれませんか？」

——いきなり、物凄いド直球なのが来た。

思わず真っ赤になって絶句するオルフェウスの向こうで、召使い達が「イケイケ皇子！」「ぶちかませ！」と叫んでいる。

後ろを向いて一睨みすると、召使い達は大人しくなった。

(本当に、なんなんだこの女は……)

咳払いをした後、彼はまずは肝心の話を聞く事にした。

「ところで呪いの方は解けそうなのか？」

「あっ、ごめんなさい！　チンコを描くのに夢中になっていて、すっかり忘れていました！」

オルフェウスは頭が痛くなって来た。

「……この一時間、一体何をやっていたんだ。男根を描いていただけじゃないのか？　一体何枚あるんだ、この男根の絵は」

「全部で五十本くらいですかね」

「……描いてて良く飽きなかったな」

「BL成分が尽きたので、とりあえず自己発電して補充している所でした。しかし私の妄想ではやはり限界があるので、できたらオルフェ様にはパンツを脱いで協力して戴けると助かるな、と」

「良くわからないが、何故私がお前にイチモツを見せる必要があるのだ」

「このままじゃ魔力が溜《た》まりません」

「つまり、私がお前に男根を見せれば魔力が溜ると言うのか？」

「はい。……あれ、なんだかぼーっとしてきたな、体が熱い。本格的にホモが足りてないのか……？」

至って真面目な顔で頷いた後、わざとらしく額を押さえふらつき始める少女を冷たい目で一瞥《いちべつ》し、彼は踵《きびす》を返す。

「やはりお前は怪しすぎる。魔導士組合《ギルド》と言うところに連絡して身元確認をした後、お前を名指しにして聞いてみる」

「嘘でしたごめんなさい！　お願いなので組合にだけは連絡しないで!!」

「連絡されたら困るのか？」

「困ります！」

焦りに焦る魔導士の少女の様子に、オルフェウスは「やはりこの女は不審者に違いない、通報しよう」と思った。

「組合にこれ以上問題を起こしたら、月々の補助金を止めるって言われてるんです!!」

「は？」

バタン！　と背後で何かが倒れる音にオルフェウスが後ろを振り返ると、床には魔導士の少女が倒れていた。

「どうした!?」

慌てて抱き起すと、顔が真っ赤だ。

額に手を当てると、本当に熱があるようだ。

「酷い熱だ。Dr．ジークハルト、Dr．ジークハルトはいるか!?」

「はい、今ここに！」

オルフェウスが呼ぶと、聴診器になった元医者のジークハルトが床の上をピョンピョン跳ねながらやってきた。

「これは、……毒に犯されていますね。恐らくここに来る途中、森でマリハナナ草の刺で肌をひっかかれたのでしょう」

マリハナナ草とは獣や魔獣には無害だが、人間には有害な植物だ。

その穂先にある刺に刺されると高熱に苛まれ、妄想や幻覚症状が出る事があるらしい。

そういえば出会った時から彼女の言動は突飛だったが、もしかしたら既にマリハナナの毒の影響が出ていたのかもしれない。

「つまり彼女はマリハナナ草の毒に犯されていたから、醜い化物である私を嫌悪しなければ可愛いなどと言い、あまつさえ陰茎を見せて欲しいなどとおかしな事を言っていたという訳か……」

どんよりと暗いオーラを背後に漂わせるオルフェウスに、召使い達は口々に叫ぶ。

「い、いえ！　オルフェ様はよくよく見てみると、ファニーフェイスでコケティッシュと言えなくもない顔立ちをしております！」

「……無理に慰めてくれようとしなくていい」

「無理などしておりません！　ロゼッタ様は本当にオルフェ様のケモチンが見たかったのかもしれません！」

「そうです！　その巨体なのですから、さぞかしブツも立派な物なのだろうと年頃のお嬢様が、気にならないはずがありません!!」

「……だからもういいと言っている。ジークハルト、どうすれば彼女の解毒ができる？」

「『妖魚の池』に棲《す》んでいる一つ目魚の肝で煎じ薬を作れば、熱を下げる事ができます」

医師ジークハルトの言葉に、彼らは沈黙した。

「妖魚の池」とはこの森の奥にある、文字通り妖魚たちが棲まう池である。

一つ目魚と言う魚も当然ただの魚ではなく、小さいものでも大人の男ほどの大きさがある凶悪な妖魚だ。その鋭い牙と角で、水浴びに来た鹿や猪を仕留める。

「私が捕って来よう」

「しかし皇子、今夜は魔の物たちが活発になる赤の月夜です！」

「それに相手は、あの獰猛《どうもう》で有名な一つ目魚ですぞ！」

「今の私は人間ではない、幸い獰猛な魔獣の体だ。一つ目魚の一匹や二匹程度なんとかなるだろう」

そう言いながらジュストコールを脱ぐ主人を、召使い達は不安気に見守る。

残念ながらこの城には「妖魚の池」に行く主人の手助けができそうな召使いは一人もいない。皆、家具の姿だ。

「……この四百年、世にも醜い獣《わたし》の姿を見ても、悲鳴や罵声を上げる事なく、逃げ出さなかったのは彼女だけだった」

そう呟《つぶや》いて、彼は気付いた。

オルフェウスはロゼッタの事を全くと言って良いほど知らない。出会ってまだ間もないし、交わした言葉の数だってほんのわずかだ。

しかし、自分の事を普通の人間の様に接してくれる彼女に、自分の心はどんなに救われたか。――例えそれが、マリハナナ草の毒の影響だったとしても。

もしかしたらマリハナナ草の毒が消えて、熱が下がり正気に戻ってしまえば最後、彼女も他の女同様自分の事を嫌悪するかもしれない。目を覚ました彼女は、自分の顔を見て悲鳴をあげるかもしれない。「この化物！」「近付くな！」と罵《ののし》られるかもしれない。

（……でも、それでも構わない）

人間時代の癖でエスコートしようと階段で差し出した手を慌てて引っ込めた時の、彼女のきょとんとした表情。回廊の廊下で転倒した彼女に戸惑いながら差し出した手を、笑顔で握り返してくれた彼女に確かに感じたときめき。

その後、自分達はまるで恋人のように腕を組んで長い廊下を歩いた。腕に感じた彼女のぬくもりが妙に温かくて、泣きそうになった。召使い達は皆無機物だ。人の体温を感じるのは四百年ぶりだった。――このまま時が止まればいいと思った。

人肌に飢えすぎていたオルフェウスは、この体温をずっと感じる事ができるのならば、例え彼女が悪人でも構わないと思った。騙されてもいいとすら思った。

図書館に着いて彼女の手が離れた時、寂しさのあまり、思わず何か情けない泣き言のようなものを叫んでしまいそうになった。

その後、自分の失言を思い出したオルフェウスは、召使い達に指導を受けながら「ジャガイモの煮っころがし」なる物を作って彼女の元へ持って行った。

口元についた芋を取ろうと手を伸ばしたは良いが、触れてもいいものか躊躇《ためら》うオルフェウスを見上げる彼女は、怪訝《けげん》そうな顔をしていて。

驚く事に、「早くとれよ」と言わんばかりの様子で瞳を瞑《つむ》る彼女の顔は、安心しきった表情《もの》で。

――呪いをかけられ、世にも醜い獣の姿となった自分への憐《あわれ》みや同情心は、微塵も感じられなかった。

「行ってくる」

主人の決意を察したらしい家具達は、顔を見合わせると頭を下げた。

「皇子……どうか、頑張ってください」

「ああ」

「オルフェ様、この様子では恐らく朝まで持ちませぬ」

「わかった」

オルフェウスは熱にうなされる少女の頬に触れようとしたが、寸前のところでその手を止めて、召使い達を振り返った。

「無事、一つ目魚の肝を持って帰って来れたら、ガラでもないが彼女をダンスに誘ってみよう」

主のその言葉に、召使い達は歓喜に喉を振るわせ咽《むせ》び泣く。

「……こんな醜い獣がめかし込んでダンスに誘ったら、やはり笑われてしまうかな」

「そんな事はございませぬ！　ロゼッタ様ならばきっと‼」

「では私達は二人きりのロマンチックな舞踏会の準備をしておりますので！」

「オルフェ様、どうかご武運を！」

「絶対に一つ目魚をとって戻って来てくださいね！」

召使い達に涙ながらに見送られながら、オルフェウスは力強い表情で頷いた。

「ああ。お前達、ロゼッタの看病を頼んだぞ」

「任せてください！」

「行ってらっしゃいオルフェ様！」

――オルフェウスは首に巻いたクラヴァットを千切る様にして取り外すと、四本足の魔獣の姿になり、城のバルコニーから飛び降りた。


召使い達は主の背中が見えなくなるまで、バルコニーの上から主人を見送った。

彼らの背後――バルコニーの中央には、猫足の丸テーブルがあり、その上では「生命のランプ」が光っている。

ランプの炎はもう、人の小指の爪よりも小さい。

ティーポットの大臣はボン！　と音を立て、更に一回り小さくなった炎を見て静かに息を吐く。

「恐らくこれが、ワシ等にとってもオルフェ様にとっても最後のチャンスになるのだろう」

「ああ、恐らく今夜ですべてが決まる……」

宵の口の森特有の冷え冷えとした空気の中、召使達は無言になると夜空を見上げた。

今夜は空が雨雲で覆われ、星がないせいだろう。辺りは闇に包まれている。

ギャッギャッギャッと夜鳴き鷲の不気味な鳴き声が聞こえてくる中、誰もが口を噤《つぐ》んだ。

その時、ふいに雲間から覗いた紅い満月が、闇に包まれた世界をわずかばかりの光で照らす。

自分達の命を繋《つな》ぐ細い糸のような月の光に、彼らは祈りを捧げた。

(どうか、ご無事で)

7　皇子が頑張るなんて騙された！　さ、させないわ！

──赤の月の満月。

それは森の魔性達が本能のままに、血の宴を繰り広げる夜。

オルフェウスは向かい来る魔性達を薙《な》ぎ払いながら、四つ足で森の木々の上を跳躍した。

「ニンゲンくさい獣が来たよ」

「喰えるかな？　喰えるかな？」

「ヒヒヒッ！　殺してから確かめよう！」

グオオオオオオオオオオン!!

彼は雄叫びを上げると、自身の喉笛に喰らいつこうとしてきた狼型の魔獣をまた一匹振り払う。

（──青狼の群れか）

魔獣とは基本、単体で行動する生き物だが、稀に集団で行動する種族もいる。青狼はそれだ。

青狼は魔獣にしては小型の生物で、その大きさは普通の狼と大差ない。だからこそ彼らは狼のように群れを成して獲物を追い詰め、包囲し、少しずつ攻撃を仕掛けながら体力を消耗させて行き、衰弱した所を一気に狩る。

青狼達は一晩中走り続ける事も可能だ。

彼らは自分達の持久力を生かした、いやらしい狩りを得意とする。

（厄介な奴等に遭遇してしまった）

青狼は自分達よりも大きな体の獲物や、戦闘力のある獲物に、無理な攻撃は仕掛けない。

計算高い彼らはこのままオルフェウスを追いかけ回して体力を削り、弱った所を仕留める算段だろう。

（「妖魚の池」まで着いてこられたら、肝心の魚の肝がとれないな）

このままでは、目的を達成する事ができない。

魔獣の姿のオルフェウスでも、青狼を撒けるスピードは持ち合わせていなかった。長期戦に持ち込まれたら最悪だ。持久力では逆立ちしても敵わない。――オルフェウスが彼らと対等に張り合えるのは、純粋な戦闘能力しかない。

（……となると、ここで片を付けなければならない）

ザッ！

オルフェウスは足を止め、背後を振り返った。

注意深く辺りを見回すと、あちらこちらから狼の唸《うな》り声が聞こえて来た。――二十、いや、三十はいるかもしれない。

茂みの中で爛々《らんらん》と光る紅い目に、彼は全神経を研ぎ澄ませる。

（三十二匹か、多いな）

体を前のめりにし、背中の毛を逆立てて鋭い牙を剝き出しにして唸ると、彼らはオルフェウスがここでキメようとしている事に気付いたらしい。

互いにどちらから先手を打とうか、張りつめた空気が周囲に漂い、そして――、
グオオオオオオオン!!　……ガッ、ガ！　ガギャッ!!

オルフェウスが動く前に、青狼の群れが一斉に茂みの中から飛び出し彼に躍りかかる。

「くっ！」

流石に数が多い。

ザシュッ！

人間時代とは違う、オルフェウスの紫色の血飛沫《しぶき》が辺りに舞う。

肉を裂かれる痛みに顔を歪《ゆが》めながら、オルフェウスはなぜか彼女の事を――ロゼッタの事を思い出した。

『夜分遅くに申し訳ありません！　オルフェ様は!?　オルフェ様はご在城でしょうか!?　私、彼と結婚したいんです!!　結婚して欲しいんです!!』

『は？』

――思えば、出会った時から変な女だった。

だが、君はきっと、心も体も醜い自分では、釣り合いを取る事もできない美しい心の持ち主なのだろう。

――私は、君の事がもっと知りたい。

(こんな感情、生まれて初めてだ)

呪いをかけられる以前も以後も、オルフェウスはこんなにも誰かの事を知りたいなんて思った事はなかった。恐らくそれほど他者に興味がなかったのだろう。特段自分の興味を擽《くすぐ》るような者も周りにはなかった。

美しいだけの女も裸に剝き、すべてを知ってしまえばすぐに飽きが来る。

でも、不思議な事に彼女は――いや、彼女だけは、いつまでも自分の興味が尽きる事がないような気がするのだ。

（もし、できるのならば、もし君が嫌でさえなければ、私は――）

グオオオオオオオン!!

青狼の鋭い牙が、彼の肉を引きちぎる。

その時オルフェウスの脳裏に浮かぶのは、彼女の笑顔だった。

『私は今、絶望の中でも自ら命を絶つ事なく、懸命に生きてくれたあなたの強さに感謝しています』

『え？』

『生きていなかったら、こうしてお会いする事もお話する事もできませんでした』

君のあの言葉が、君のあの笑顔が、真実ならばどんなに良いと思っただろう。

――もしかしたら召使い達の言う通り、彼女は本当に自分の運命の女神なのかもしれない。

（ロゼッタ、私は君の事を死なせたくない……！）

一瞬彼の琥珀《こはく》の瞳が夜空の様なアメジストに、魔獣特有の縦長の瞳孔が丸みを帯びたものに変わる。

オルフェウスは自身の腕に喰らいつく青狼を地面に叩きつけると、キッと目を上げた。

(頼む、どうか間に合ってくれ……!!)

夜風に灰色の雲は流されて、赤い満月が顔を覗かせる。

彼らを頭上で照らす赤い月は、ただ静かに血の宴を繰り広げる魔物達を照らしていた。

＊　＊　＊　＊

ようやく「妖魚の池」が見えてきた。オルフェウスの体はボロボロになっていた。

背中の毛は毟《むし》られてハゲになっているし、金色の毛皮は所々血で染まり、ポタポタと黒い物が地面に垂れて彼が今来た道を示している。

運の悪い事に、青狼の群れを蹴《け》散らした後、オルフェウスは赤鼻獅子と四ツ角ヘラジカに遭遇し、死闘を繰り広げた。

「妖魚の池」まであともう少しだ。

オルフェウスは「良くここまで生きてたどり着けたものだ」と安堵の息を漏らした後、ふとある事を思い出した。

(むしろこの赤の月の晩、ほぼ無傷でこの森を渡って来た彼女は一体何者なのだろう……?)

マリハナナ草に引っかかれた、小さな傷が手の甲にあるだけなんて本当にふざけた女だ。

それが彼女の命取りになった訳だが、オルフェウスはなんだか笑えてきた。

ただの変な女だと思ったが、もしかしたら彼女は、彼女の言う通り本当にこの国一の魔導士なのかもしれない。

喉の奥でクックックッと笑いながら歩いていると、池が見えて来た。

ザアアアアアアアッ!!

池の畔に辿り着くと、血の匂いを嗅ぎつけたらしい一つ目魚《うお》が湖面から顔を出し、彼を歓迎してくれた。

紅い巨大な一つ目が、ぎょろりとオルフェウスを見下ろす。

額に生える一本の角には、バチバチと青白い凶悪な電流を纏《まと》っている。

一つ目魚とは、池に水を飲みに来た獣や人間を額の角から出す電流で感電させ、池に引きずり込む妖魚だ。――つまりこの池の魚達は帯電性がある。

今宵は彼らも活発になっているからだろう。

湖面からもバチバチと電流が弾け、「妖魚の池」は電流の池と化していた。

「さて、どうやって仕留めるか」

普段ならともかく、今宵はこの池の水に触れたら即刻アウトだろう。

――そして
ジュッ！

一つ目魚の角から発せられた強力な電流が、咄嗟《とっさ》に避けたオルフェウスの脇を通り抜け、彼の後ろの大木をなぎ倒す。

黒く焦げた幹から上がる煙に、彼は顔を引き締めた。

この電流が当たれば、恐らく今の自分でも即死だろう。

（ここが正念場か……）

オルフェウスは考えた。人間らしく知恵を使って仕留めるとするとなると、やはり一つ目魚を一度沼から引き上げるのが妥当だろう。

一つ目魚の生命力は高い。昔誰かが、地面の上に引きずり出した一つ目魚が、数メートル跳ねて池に戻ったと話していたのを聞いた事がある。

（数メートルで駄目なら、数十メートル先まで引きずって行けば良いだけだ）

一つ目魚は、所詮はエラ呼吸の水の中でしか生きられない魚だ。

沼から離し長時間置けばそれだけで弱り、いずれは死に至る。――地上戦にさえ持ち込めば、こちらに軍配が上がる。

「――一つ目魚よ、その生肝《いきぎも》頂戴する」

グオオオオオオオオオオオオオオオ!!

オルフェウスは獣性を剝き出しにした雄叫びを上げながら、先程一つ目魚が倒した大木を持ち上げる。

そしてそれを一つ目魚に目掛けて、振りかざした。

激しい水飛沫が舞い上がる中、彼は大木で一つ目魚を池からすくう様に持ち上げる。

（重い……!!）

大きさから言って、恐らく自分の倍、いや、三倍の重さはあるだろう。

「ぐっ！」

次の瞬間、彼の体を激しい電流がビリビリ流れる。

どうやら今夜の一つ目魚は、ウロコにも電流を纏わせているらしい。

――しかし、陸にさえ打ち上がればこちらのものだ。

ビチビチビチッ……！

草の上に転がる一つ目魚を見て、彼は口元に笑みを浮かべた。

口の中が、鉄の味で充満していて気持ちが悪い。どうやら歯を喰いしばった時、頬の肉を牙で噛んでしまったらしい。

草の上で跳ねながら必死に池に戻ろうとする一つ目魚を見下ろしながら、彼は地面に血を吐き捨てる。

「さて、もうひと仕事と行くか」

彼は大木を再度持ち上げると、角に雷撃を溜め攻撃準備に入る一つ目魚の頭を目掛けて振り降ろした。


――ややあって。

池の畔《ほとり》から少し離れた場所には、角のもげた一つ目魚の死体が転がっていた。

（皆、ロゼッタ。私はやったぞ……！）

動かなくなった魚の腹を裂いて、肝を取り出しながらオルフェウスは笑っていた。

（これで、彼女の命を救う事ができる）

――恐らく今夜、自分達は死ぬだろう。

召使達を人の姿に戻せなかったのは申し訳ないが、自分も彼らも充分生きた。

最後に彼女を救う事ができたのだと思えば、もう思い残す事もない。

「もう少しだけ待っていてくれ、ロゼッタ。今行くから……」

一つ目魚の肝を持って、ヨロヨロと歩くオルフェウスを呆然と見つめる少女がいた。

年の頃なら十五、六歳。人間には決してでない色の白金髪《プラチナブロンド》に蒼《あお》い瞳。白すぎるその肌は、彼女を血の通わない人形のように見せている。

唯一神の手によって生み出された非現実的な美貌を、黒いフードとマントで覆い隠している彼女の名前は――夜の魔女リリス。

「――そう言えば、そろそろ『生命のランプ』の炎も消えるだろうなと思って様子を見に来たら……嘘でしょう？　あの傲慢《ごうまん》な皇子が、最後の最後でこんなに健闘してるだなんて……」

少女は形の良い爪を噛むと、美しいその面を歪めた。

（しかもあいつ、本気で誰かの事を愛しちゃってる……。このままじゃ本当に『真実の愛』が完成してしまう）

オルフェウス本人は気付いていないようだが、肝を持って歩く彼の背中からは、淡い金色の光の粒がシャボン玉の様にフワフワと噴き出している。

呪いが解ける気配に、リリスは歯切りした。

（どうしよう、このままじゃ呪いが解けちゃうわ。そんなの嫌よ、あのクソ皇子をもっともっと苦しめたかったのに！）

――彼女の脳裏に浮かぶのは、何度殺しても殺し足りない、何度呪っても呪い足りない、憎くて憎い二人の男だった。

（傲慢な物言いとかあの命令口調とか、美しい者や完璧な者しか愛せない所とか、本当にあいつにそっくりなのよね。……もっと苦しめて苦しめて苦しめてから殺したかったのに）

少女が木の枝の上に立つと、蒼い月の様な瞳が今宵の月の様に赤く、血の色の様に染まって行く。

（――男なんて皆大嫌い。あんな奴等、全員死んじゃえばいいのよ）

「夜の魔女リリスの名において命じる、憎しみの申し子よ、箱庭の呪い在りし日の妄執、歴史の彼方、世界の終わりまで追い駈ける虚無の影輪廻を何度巡っても、永遠《とわ》に終わる事のない、黒き呪いの言の葉よ巡り巡れ、廻り廻れ。呪い呪われ舞い落ちろ、黒き呪いの言の葉よこの醜い世界に舞い落ちて、醜い獣《おとこ》を焼き尽くせ!!」

バチバチバチ……！

少女の華奢《きゃしゃ》な体が、黒いプラズマを纏いながら宙に浮かぶ。

リリスを中心に「夜鳴き鶯の森」の上空に巨大な闇が――「リリスの夜」が発生した。

黒いプラズマを纏った丸い闇が、赤い月を覆い隠す。

闇の中から新たな魔獣が次々に生まれ、地上に降り立っては、オルフェウスに襲い掛かった。

グオオオオオオオオオオオオオオ!!

突如頭上に生まれた闇に、そして闇の中から溢れるようにして生み出される魔獣達の姿にオルフェウスは息を飲んだ。

「リリスの夜！　そうか、あれはあの時の魔女か！」

(なるほど、私の邪魔をしに来たと言う訳か)

――しかし、負けられない。

自然と、一つ目魚の肝を入れたワインの瓶を抱く手に力が籠った。

「……この肝だけは、絶対に生きて持ち帰らなければ」

彼は獣性溢れる非寛容な双眸《そうぼう》で、黒い闇を見据えた。

「夜の魔女よ、そこをどけ」

低く嵩《かさ》にかかった口調で言うと、闇の中で少女がケタケタ笑う声がした。

「なーに？　私に命令する気？」

その声には聞き覚えがあった。――やはり、その闇は四百年前オルフェウス達に呪いをかけた魔女だ。

「ああ、そうだ。我こそはこの大陸の覇者、歴史の道標、偉大なるカルヴァリオの末裔《まつえい》、オルフェウス・マーク・スターー・インチェスティー・ドゥ・レ・バルテ・オルドー・ヒストリア＝カルヴァリオだ。――我が名において命ずる。魔女、そこを退け」

彼の通った声が、夜の森を震撼《しんかん》させる。

その王者の風格に満ちた姿に、彼女は血の様に真っ赤な唇を歪めて笑った。

「ああ、やっぱり見れば見るほどあいつにそっくりだわ。――ランプの炎が消えるまで待つまでもない、今ここで殺してあげる」

巨大な闇が、数多の魔獣達の群れが、オルフェウスに襲い掛かる。

8　【閑話】夜の魔女と古い絵本

——今でもあそこで暮らしていた頃の事を思い出す事がある。

当時の私は、箱庭での生活に何の不満も抱いていなかった。

雨もなければ嵐もない明るい空はいつだって澄み渡り、神殿の外には夢のように美しい世界がどこまでも続いてる。

豊かな緑と空の青の境界線の上には、幾重にも虹の橋がかかり、可愛らしい小鳥達が美しい声で囀りながら横切って行く。

暑くなければ凍える事もない快適な気候の中、たくさんの果実や木の実が実り、私達楽園の住人はそれを食べて暮らしていた。泉はどこの物も水底が鮮明に見えるほど透き通っていて、飲めない水なんて見た事も聞いた事もなかった。

当時の私は、下界で生きる人々に同情していた。

こんな素晴らしい楽園の中に入れてもらう事ができないなんて、なんて可哀想な人々なのだろう、と。

何でも下界とは冷たい雨が降り注ぎ、嵐が吹き荒れる事もあるらしい。干ばつが続き、大地が乾き水がなくなる事もあるらしい。緑の恵みは少なく、自ら田畑を耕さなければ果物もろくに実らないのだとか。

（……でも、仕方ないわよね。あの人達はお父様に愛されていないのだから）

ここは天上にある楽園。主《しゅ》、唯一神に愛された選ばれし者だけが住まう箱庭だ。

私は唯一神に――お父様に愛されている。

下で生きる生き物とは、全く違う別次元の生き物なのだと言う自尊心。自負心。……いや、今思えばただの自惚《うぬぼ》れか。思い上がりと言った方が良いのかもしれない。

そんな環境で私は生きていた。

何十年も何百年も自分の境遇や外の世界、そしてお父様に疑問を感じる事もなく、ただ生きていた。美しく、心優しく、賢い動物たちに囲まれて。――永遠に終わる事のない安寧の世界で、安穏とした日々の中、胸にほんの少しの退屈を抱えながら。


――きっかけは多分、偶然だった。

その日、お父様がまた下界にある人間達の国をメギドの炎で焼いた。

私はその日もメギドの矢を下界に向かって放つお父様の麗しい姿を、恍惚《こうこつ》の表情で見守っていた。

（ああ、今日も私のお父様はお美しいわ）

かつて天と地を創造し、混沌《こんとん》に秩序をもたらした偉大なる王、偉大なる光、この世で唯一無二の神。そんな素晴らしい方が私のお父様で、私は彼に選ばれた特別な存在で。――当時の私はその事実が何よりの誇りだった。

私はその国が何故焼かれたか知らない。

きっとその地に住まう者達は、お父様の逆鱗《げきりん》に触れる様な恐ろしい事をしでかしたのだろう。きっとそこは愚かな罪人達の国なのだろうと、私は信じて疑わなかった。

何故なら、箱庭の外で生きる者達は誰もが完璧ではないからだ。

それは天使達だって例外ではない。

下の生き物達よりは幾何かマシなだけで、箱庭の中で暮らす事のできない彼らも、結局はお父様の失敗作なのだ。

——下界とは、罪を犯した天使達を落とす穴の下にある奈落の世界だ。

「お父様、本日のお勤めご苦労様でした」

「ああ」

そのまま素っ気なく踵《きびす》を返すお父様ともっとお話をしたくて、私は小走りで追いかける。

「今日の炎も素晴らしかったわ！　流石はお父様です！」

「リリス、席を外せ。これと話がある」

「悪いなリリス」

「も、申し訳ございませんでした」

でもお父様は今日もアイツにべったりで。私を置いてお気に入りのあの男——私の夫を伴い、神殿の奥へと消えてしまう。

私の夫はお父様が初めて作った男だ。その為、一番思い入れの深い存在だとお父様は言う。

二番目に作られた女の私は、お父様の愛も二番目で。

「あんな男、大嫌い」

（……って、私、今何を思ったの？）

それは私がお父様に造られてから初めて持った、汚い感情だった。

私は自分の中に生まれたその恐ろしい感情に怯《おび》えていた。

私は完璧でなければならない。私は楽園の、箱庭の住人だ。そんな汚い感情《もの》を持ってしまったら、下界で生きる罪深い生き物たちと一緒になってしまう。

「…………」

自分の汚れた感情に怯えた私は、自分よりももっと汚れた罪人達を見て安堵しようと思った。

汚れきった彼らと自分は、全く違う生き物だと確認したい。

私は箱庭を出ると、羽切り場と呼ばれる天使達の処刑場に向かった。

不死である天使達にとって、羽切りは何よりも重い刑だ。

何でも彼らは羽根を切り落とすと、死よりも辛い激痛を味わう事になるらしい。そして不死ではなくなってしまう。

残念な事に本日の処刑はもう終わったらしく、羽切り場には誰もいなかった。

私は何とはなしに羽根を切った罪人達を落とす穴を覗き込む。

私は「女だから」と言う理由で、下に降りる事を禁じられている。――でも、アイツはお父様に伴って何度も下に降りている。

お父様達は「ここは薄汚い欲に溢れた獣《けだもの》達が跋扈《ばっこ》する醜い世界だ、女のお前が行って良い場所ではない」と言うけれど。

(私だって、お父様とご一緒して一度くらい下に降りてみたいわ)

お父様は「男だから」と言う理由でいつだってアイツを優遇する。

私とあの男に、一体何の差があると言うのだろう?

美しさ、能力、知性、すべてにおいて私達は同等の存在だ。

——今思うと、きっかけはそんな単純なもので。

私がお父様に課せられた禁を破って下に降りたのは、そんな幼稚な嫉妬心と、下の世界へ対する純粋な好奇心からだった。

(少しくらいならきっとバレないわ。例えバレたとしても、お父様ならきっと許して下さるわよね?)

二番手とは言え、私にはそのくらいお父様に愛されている自信はあった。

私は選ばれし者だけが住まう楽園の住人だ。——私はお父様に愛されている。私は他の生き物とは違う、選ばれた人間だ。

*　　　*　　　*　　　*

初めて降りた下界は、想像していたよりも悪い場所ではなかった。

下界とは毒の大気で満ち、地面からは瘴気《しょうき》やマグマが噴き出すと聞いていたけれど、石ころだらけの乾いた土地がどこまでも続いているだけだ。

（お父様が私に嘘をついた？　……そんなまさか。きっと私の降りた場所が比較的良い場所で、もっと酷い土地がたくさんあるのよね？）

そんな事を考え、悶々《もんもん》としながら荒れ果てた大地を一人で歩く。

風が冷たくて、少し肌寒い。

（「寒い」なんて、今まで感じた事なかったわ）

轟々と唸り声をあげながら、私の髪や衣服を引きちぎって持って行こうとする強い風が少し怖い。……でも、何だかとても新鮮だ。

しかし歩けば歩くほど、やはりここは人が住める様な場所ではないと私は確信した。ここで暮らしている人達は哀れだ。

途中、小さな田畑をいくつか見かけたが、こんなやせ細った大地を耕しても採れる物はたかが知れている。

きっと、毎日が苦労の連続なのだろう。

「――ここだわ」

しばし歩いた後、私は先日お父様がメギドの矢を落とした罪人達の国に辿り着いた。

――そして私は廃墟《はいきょ》の中で、一冊の絵本に出会う。

その本は、子供用の童話だった。

この地で生きる人間達の文字を私は読む事はできない。

しかし、紙に描かれている絵で大体の内容を理解する事はできた。

それは皇子様とお姫様の恋物語だった。

その絵本の最初のページをめくって、私は激しい動揺を覚えた。

それは天上では絶対に許されない類《たぐい》の物語だ。

上ではお父様以外に愛を捧げる行為は決して許されない。そんな事、死に等しい……いや、死よりも重い重罪だ。その禁忌を犯してしまった天使達の顔を私はいくつか知っているが、皆罪人の烙《らく》印《いん》を押され、羽根を切られて穴に中に落とされてしまった。

――でも、なぜか私は、その恐ろしい本を捨てる事ができなかった。

震える指先でページを捲る。

(何故このお姫様は、皇子様に愛されているの？　何故この皇子様はお姫様を愛しているの？)

そんな事、許される訳がないのに。

皆、唯一神《おとうさま》を一番に愛さなければならない。それがこの世の理だ。私達が愛を捧げる存在なんて、この世でお父様以外ありえない。――何故ならこの世界を創造したのも、私達を造ったのもお父様なのだから。

(下界では、お父様以外の存在を愛する事も許されているの……？)

やはりここは不浄の者達の住まう土地なのだ。ここはなんて恐ろしい土地なのだろう。汚れてる。

汚れきっている。こんな罪深い事が許される訳がない。

下界は私の想像を超えて不浄な土地だった。――お父様が私をここに連れて来なかったのは正解だったのだ。

こんな所からは一刻も早く立ち去って、楽園に帰らなければならない。

こんな所にずっといたら、私にも汚れが移ってしまう。……そう思っているのに。それなのに私は、なぜかその絵本を何度も何度も繰り返し読む事をやめる事ができなかった。

（私も、愛されたい）

――嘘でしょ？　私、今何を考えた？

（私も、恋をしてみたい）

――ねえ嘘でしょ？　私、一体何を考えているの？

私は今、とても恐ろしい事を考えてしまった。

こんな事を考えている事がお父様にバレてしまったら、私も楽園から追放されてしまうかもしれない。

羽根を切り落とされた天使達の、苦痛に歪んだ悪魔のように恐ろしい顔を思い出す。彼らのおぞましい悲鳴は耳を劈《つんざ》き、鼓膜どころか周囲の建物の壁をも震撼させて。

さっきから恐怖で胸がバクバク言っている。気が付いた時には奥歯が噛み合っていなかった。ガチガチと歯は音を立て、膝はガクガク震えていた。

――その時、

「まだ人がいた!?」

瓦礫の向こうから現れたのは、人間の男だった。

今となってはもう、顔も名前も思い出す事はできない。ただ、とても優しい人だった事だけは覚えてる。そしてその人が本を読む優しい声が私は何よりも好きだった。

「ああ、良かった！　君は先日のメギドの炎の生き残りだね！」

「え？」

「良かった！　一人でも生きていてくれて、本当に良かった！」

「――っ!?」

そう言って私の体を抱き締める男の頬は、涙で濡れていた。

その男の腕を、なぜか私は振り解く事ができなかった。

(なに、この感情は……？)

私の中で、何かが壊れて行く。

私が、私でなくなって行く。

「そんなに震えて……可哀想に、怖い物見たんだね」

「ち、ちが……」

「大丈夫だよ、何も言わなくていい」

青ざめ震える私の顔をその男は覗き込むと、優しく微笑んだ。

その後、男は震える私の肩に上着をかけて「寒いの？　何か温かい物を作ってあげよう」と言い、私の事を自分の家に連れ帰った。

駄目だ。着いて行っちゃ駄目だとさっきから頭の中で警報が鳴り響いている。――それなのに、私はその男の言葉に逆らう事ができなかった。

私は男の後を、木偶《でく》の坊の様にノロノロと着いて行った。


男の家は荒地の向こうにある簡素な掘っ建て小屋で、私は我が目を疑った。こんな酷い場所で、寝起きをしている者がこの世に存在するなんて信じられなかった。

しかし、どうやらこれが下界で生きる人々の極々平均的な居住地の様だ。

男に出された干し肉を削ったものと、その辺に生えている草を毟《むし》って入れたスープを飲みながら、眉を顰《しか》める。

やはりここは人の暮らせる世界ではない、この地に住まう者は皆野蛮人なのだと再認識する。

「美味しいかい？」

正直、人の食べる物ではないと思う。楽園の果物とは比べ物にならないほどまずい。……でも、これが彼らが普段食べている食べ物なのだ。

家の中を隅々まで見回さずとも、彼が爪に火を点《とも》すような貧しい生活を送っているのは一目瞭然だった。

彼は明日食べる物にも困るような生活を送っているのに、見ず知らずの私に食事を分け与えてくれたのだ。まずいなんて、馬鹿正直に言える訳がなかった。

　何が楽しいのかわからないが、私がスープと石のように固いパンを食べている間、男はずっとニコニコ笑っていた。

　食事が終わった後、私はふと廃墟で拾った絵本の存在を思い出した。

「あなた、この本が読める？」

「君は文字が読めないのかい？」

「失礼ね、普通の文字なら読めるわよ」

「普通の文字？　普通の文字？　君は異国から来たの？　そういえば珍しい毛色をしているね」

「……私は、上から降りて来たの」

「上って天界の事？」

「……ええ」

「確かに君は天使のように美しいね、天使が雲から足を滑らせて振って来たのかと思ったよ。たまにそういう事があるんだって」

　私が美しいのは至極当然の事だ。

　何故なら私の体はお父様がお造りになられたのだ。お父様が作った最初の女で、すべてにおいて完璧な存在。それが私。――私が美しい事なんて当たり前の事なのに。天使なんて下等生物と一緒にしないで欲しい。

　そう思いはすれど、なぜか頬が熱かった。

（なに、これ……？）

さっきから心臓がおかしい。ずっとドキドキしている。

もしかしたら、下界の大気に含まれている毒にやられてしまったのかもしれない。

男は真っ赤になって俯く私の隣に座ると、その古ぼけた表紙の絵本を開く。

「むかしむかし、ある所にとても美しいお姫様がいました。――あっ、このお姫様はなんだか君に似てると思わないかい？」

「そうかしら」

そして彼が私に読み聞かせてくれたのは、皇子様とお姫様の恋物語だった。――今思うとありふれた、どこにでもあるような、何ら変哲のない物語。

でも楽園の中しか知らなかった私にとって、その物語は夢の様なロマンスで満ち溢れていて、信じられないくらい刺激的で、感動的《ドラマチック》で、――そして、そのお姫様が羨ましくて堪らなかった。

（なんでこのお姫様は愛してもらえるの？　そんな事が、許されるの？）

気がついたら私は泣いていた。

「どうしたの？」

「私も、愛されたい」

「愛されたいって、君には親がいないの？」

「いるわよ、とびきり素敵なお父様が」

「お父さんには愛されていないの？」

「愛されているわ。……だから、私は素敵な楽園の中で暮らしているの。――ねえ、恋って何？

お父様以外の人を愛しても許されるの？」

「そんなの当たり前じゃないか、君は随分と不思議な事を言うんだな」

「私も一度でいいから、このお姫様みたいな恋をしてみたい。愛されてみたい。……でも、そんな事許される訳がないじゃない」

男はしばらく呆然としていた。

私が顔を覆って本格的に泣き始めると、無言で私の体を抱き締めた。

「な、なに？」

「……わからないけど、君の事を抱き締めたいと思った」

自分を抱きしめる男が怖かった。

ただの人間の男なのに。こんな奴すぐに消し炭にできるのに。私よりも無力でちっぽけなゴミみたいな存在なのに。――それなのに、なぜか無性にとても怖かった。

「ごめんなさい！」

「待って！」

私はそのまま彼の手を振り払うと、男の家を飛び出した。

＊　＊　＊　＊

幸いその日の事は、お父様にはバレなかったらしい。

お父様の事だからもしかしたら気付いているのかもしれないが、私に何も言わないと言う事はお咎《とが》めを受けるほどの事でもなかったのかもしれない。

私には夫がいる。

お父様が作った最初の男で、私と対になっている完璧な男。

――私が愛が欲しいと思った時、愛を求めるのならば見ず知らずの男ではなく彼だろう。不完全で不浄な人間の男などではなく、自分と同じ完璧な存在の彼しかいない。

しかし、私が「愛して欲しい」と言うと彼は驚愕《きょうがく》に目を見開いた。

「私に愛されたい？　リリス、お前は何を言っているんだ」

「私もそう思う。……でも、私、愛されたいの」

「正気に戻れ、私達が愛を捧げるのは主である父上以外ありえない。彼以外の存在を愛する事など許される訳がない」

「……そうね、ごめんなさい」

「そんな事を口にしてみろ、お前でも下界に落とされるぞ」

「…………」

下界の荒れ果てた大地を思い出す。

あんな酷い場所で、ひとりぼっちで生きていけるとは到底思えなかった。

「大丈夫だ、今日の事は黙っていてやる、安心しろ」

「ええ」

優しい夫はそう言って、青ざめ震えはじめる私の頭を撫でる。

目の前にある、月の光のような蒼い瞳をジッと見つめる。

私と彼はお父様が月の光でお造りになられたのだと言う。彼は私と同じ、月の光でできた美しい銀色の髪と蒼い瞳を持っている。お父様がヒトの美の見本として造った端正な顔立ち、象牙の様な白い肌、均整の取れた体付き。美貌、知性、能力、器量、優しさ。この世に彼以上に完璧な男がいるとしたら、それはお父様だけだ。

――でも、目の前の完璧な男にもう何も感じない。

そもそも私は、最初から彼に何も感じていなかったような気がする。何の感情も持ち合わせていなかった。

楽園には私と彼しかヒトはいなくて、お父様の命令通り夫婦になって、お父様の命令通り単調に子作りを繰り返して天使を産んだ。――私と彼は、本当にただそれだけの関係だった。

「先日のお前の悪戯《おいた》はバレている、あまり父上に心配をかけさせるんじゃない」

「……はい」

やはり、先日下界に降りた事はお父様にはバレバレだったらしい。

(忘れよう)

忘れなきゃ駄目だ。――なのに。どんなに頑張っても、私はあの人とあの人に読んでもらった絵本の内容を忘れる事ができなかった。

——あの人間の男の顔が、あれから寝ても覚めても私の頭の中から消えなくて。

ページを捲る、不器用だけど優しい手付き。眠りの世界に誘われる、耳心地の良い優しい声。

『あっ、このお姫様はなんだか君に似てると思わないかい？』

『そうかしら』

古ぼけた絵本の茶色い背表紙に置かれた手の甲には、太い血管と骨が浮き、指はゴツゴツしていて、全然美しくなんてないのに、なぜか目を離すができなかった。

隣に座ると、完璧な夫からは絶対しない汗と安い石鹸の匂いがした。

ほつれた麻布で作られたキトンから覗く鎖骨、本を読んでいる時微かに上下する喉仏は、彼が息つぎをしたり、息を飲んだ時に大きく上に動く。——なぜか、彼の一挙一動から私は目を離す事ができなかった。

また、あの人に会いたい。

また、あの人にあの絵本を読んでもらいたい。

（——そして、彼に触れてみたい……）

私は、その罪深い想いを止める事ができなかった。


翌日、ふらりと下に降りて来たものの私は後悔していた。

先日の事を夫に忠告されたばかりなのだ。

（お父様にお叱りを受ける前に、上に帰るべきなんだわ）

足は自然と彼の家がある方へと向かう。

しかし私には彼を訪ねる勇気はなく、彼の家の辺りを何時間かフラフラ歩いていた。

（帰ろう）

きっとそれがいい。

私が上に戻ろうと思ったその時――、

「君は、あの時の！」

背後から声をかけられて、ギクリとする。――その声を忘れる訳がない。あれから何度あの絵本を読む彼の声を思い出しては、溜息を洩らした事だろう。

「良かった、あれから君の事をずっと探していたんだ！」

「なん、で？」

「どうしても君に謝りたくて。……こないだはいきなり抱き締めてしまってごめんね、僕は君に嫌われてしまったかな」

「……別に」

「もしかして、また僕に会いにきてくれたの？」

「まさか、そんな訳！」

言いかけて、私はすぐに口を噤《つぐ》む。

「そう、ね……そうよ。私はあなたに会いに来たの。――この世界の本を、もっとあなたに読んでもらいたいの」

「いいよ。君が望むのならば、いくらでも読んであげる」

男がそう言って微笑みながら開くのは、あの日、私が彼の家に忘れて行ったあの古い絵本だった。

「この本、捨てないで持っていてくれたのね」

「うん、この本を大事に持っていれば、また君と会える様な気がしていたから。ふふ、大当たりだったね」

そう言って悪戯っぽく笑う男から感じるときめきは、お父様や夫からは感じた事がない感情《モノ》で。

――そして私は箱庭の外で、不浄なる人間の男と恋に落ちた。

「リリスか、良い名前だね」

「そりゃね、お父様がつけて下さった名前なんだから」

「君は本当にお父様が大好きなんだね」

「……それが、最近わからないの」

「ん？」

「私、もしかしたらお父様よりも、あなたの事が……」

彼の唇と唇が重なった時、私は恋を知った。――その感情は、一度知ってしまったらもう後戻りはできなくて。

彼と体を重ねたその夜、私は罪の果実の味を知った。――それは、楽園のどの果実よりも甘くて甘美な味わいで。

――私はもう、二度と楽園に戻れない。

「ねえ、もう一度読んで」

「君は本当にこの絵本が大好きなんだね」

「だって素敵なんだもの。ねえ、この物語みたいに私達も結ばれるかしら？」

「そうだね、僕は王子様じゃないけど。そうじゃないと面白くないだろう？」

「ええ、やっぱりハッピーエンドじゃなきゃ！」

しかし、私の罪はすぐにお父様にバレてしまった。

お父様は激怒した。

こんなに怒ったお父様を見るのは、私が生み出されてから初めてだった。

私達は逃げたが、すぐにお父様の追手の天使達に捕まってしまった。

――そしてお父様は、太古の神々を封じ込めた7つの宝玉の一つ〈煌煌の征服者〉を使い、あの人の家があった場所を国ごと焼いてしまった。

「いやああああああああああっ!!」

下界が炎で包まれるのを見て泣き叫ぶ私を見て、夫は困ったように微笑みを浮かべながら私の肩に手を置いた。

「リリス、何を悲しんでいるのだ？　罪人の街がまた一つ焼かれただけだろう？」

「なっ」

「もう安心だ。お前を誑《たぶら》かした罪人と、その罪人の国を父上が焼いて下さったのだから」

優しい夫に、私は初めて感情らしきものを感じた。――それは、憎しみと言う名の感情。

パン！

「私に、触らないで！」

いや、違う。私は以前からこの男の事が嫌いだった。大嫌いだった。そんな汚い感情を私が持つ訳がないと、自分でも気付かないふりをしていたけれど、ずっとずっと隠していたけれど、――私は、彼の事を憎んでいたのだ。

お父様に一番に愛されている彼が嫌いだった。

お父様が「完璧ではないから」と言う理由から、私が産んだばかりの天使達を楽園の外へ追い出しても、何も言わない彼が嫌いだった。温和な笑顔を浮かべ、お父様に従うだけの人形のような夫が嫌いだった。嫌いだった。大嫌いだった。それはもう、殺したいくらい。

「私に触れて良いのは、彼だけよ！」

「血迷ったか」

『リリス、君は、君だけは逃げるんだ。どうか生きて――』

灼熱の炎の中で、彼は最後にそう言った。

それが彼の望みならば、私は地の果てまで逃げよう。――そして、生きてやる。

――しかし、どんなに逃げても逃げても、お父様の使いの天使たちは私を追って地の果てまでやって来る。

「リリス様、どうかお戻りください」

「主も旦那様も、今なら許してやっても良いと申しております」

「……お父様とあの人が許すとか許さないとか、そういう問題じゃない」

私が彼らを許す事ができないのだ。

(もう、彼はいない。彼が私にこの本を読んでくれる事は、もうないのよ……)

彼が読んでくれたあの絵本を開くと、また涙が零れてきた。

「……あんな所、死んでも帰らないわ」

「戻らないのか、なら仕方がない」

――その時、天から響いた抑揚のない、体温の感じられない低い声はお父様の物だった。

まるでこの世の終りみたいな光の渦に顔を上げると、空には数多《あまた》の十字架が浮んでいる。

黄金の十字架に張り付けられ、泣き叫んでいる子供型の天使達は――お父様に言われるがまま、あの人と何の疑問を持つ事もなく作った、私の子供達だった。

「母様、助けて!」

「助けてください!」

すっかり忘れていた子供たちの存在に涙が溢れる。

「あなた達……」

「戻って来なければ、こいつらを一羽ずつ殺す」

産んでからもう何十年も会わせてもらっていない彼らの成長に驚くのと同時に、彼らと自分を切り離し、そして今人質に使おうとしているお父様に激しい怒りを感じた。

（そうか、私は内心お父様の事も憎んでいたんだわ……）

確かに彼らは完璧じゃなかったかもしれない。

でも、完璧じゃなくたって愛してくれたっていいじゃない。私、頑張って産んだのよ。下の人間達だってそう。命に優劣なんてあって良いわけがない。そもそもその「完璧」の基準だって、お父様がご自分でお作りになられたものだわ。

なんで私達がそれに従わなければならないの？

そんなにあなたは正しいの？

確かに私は箱庭の中でお父様に大切にされて育ったけれど、私だって「完璧」じゃなければ愛してくれなかったんでしょう？

（……あんたなんて、この世界を作っただけじゃない）

――私だって、道具《アレ》さえあれば世界くらい幾らでも作れる。

その時、私の中に生まれた感情は殺意だった。

（――いつか、この傲慢な男を神の座から引き摺《ず》り落してやる）

でも、私にはできそうにない。

（でも、アイツなら……）

私はお父様の隣に立つ、自分の対に目を向けて笑った。――多分、アイツならできる。お父様の一番の寵愛《ちょうあい》を受け、お父様が唯一心を開いているアイツなら、きっとお父様を殺せる。

――これは私なりの仕返しだ。

「……戻りません、私はあなたが憎くて憎くて堪らない。もうあなたの造った箱庭の中で、以前のように暮らす事はできません」

「リリス、父上になんて酷い事を！　謝るんだ！」

珍しく声を荒らげる夫を無視し、私はただ傲慢な神だけを鋭い視線でねめつける。

「これを全部殺すと言っても、もう楽園には戻らないのか」

「戻りません、お父様のリリスはもう死にました」

「…………」

「私は今からこの命をもって自分の罪を償います。だから子供たちの事だけはどうか許してやってください」

「リリス、馬鹿な事を考えるな。父上は謝って帰ってくればお前の事を許してやるとおっしゃっているんだ！　お前が頭を下げれば――」

いつになく焦った声で、こちらに向かって手を伸ばす男を見て私は笑った。

『リリス、知ってるかい？　言葉には力があるんだ』

『力？』

『だから良くない事はあまり言わない方が良いし、良い事はたくさん口にすると良い。――もし、いつか君が絶望の淵《ふち》に落ちる事があっても、その時、僕が隣にいなくて一人ぼっちでも、悲観したり自暴自棄になったりする事はないよ。その時は、明るい未来や希望を唱え続ければいい。そうすれば、いつか必ず願いは叶《かな》うから』

『魔法みたいね』

『ああ、これが僕達人間が使える唯一の魔法なんだ。――僕達人は、そうやってこの絶望の大地で生きて来た』

――最後に私は、あなた達に呪いの言の葉を残して行こう。

傲慢な神は、いつか最愛の人形《おとこ》に殺されるように。その後は、あなたが忌み嫌った不完全で醜い失敗作に生まれ変わるように。そしてこの不毛なる大地で、虫のように地面を這《は》いつくばって生きるあなたに、幾千万の苦しみが、不幸が降り注ぎますように。

傲慢な神の従順な人形は、いつか私と同じように愛を知り、私と同じように愛に苦しめばいい。

――そうだわ、こいつも愛した者に殺されればいい。何度生まれ変っても、愛した者に殺されますように。そして何度生まれ変っても、永遠に結ばれませんように。

――憎くて憎いお父様と、あなたが一番愛する人形に、終わる事なき永劫《えいごう》の苦しみを。

呪いの言の葉を唱えながら、私は一人、暗い海の底に落ちて行く。

＊　　＊　　＊　　＊

「ぐああああああああっ!!」

満身創痍《まんしんそうい》のその獣は、瓶を後生大事に抱えて地面に蹲《うずくま》る。

しかし彼はそれでも芋虫のように地面を這い、前に進もうとするのを決してやめない。

——ねえ、なんでそんなに頑張るの？

痛いでしょう？

辛いでしょう？

苦しいでしょう？

たかが人間ごときが私に勝てる訳がないじゃない。勝負はもう着いている。あなたがここで死ぬのは火を見るよりも明らかで。……なのに、それなのに、なんでそんなに頑張るの？　そんなにボロボロになってまで、必死にその瓶を守ろうとするの？　なんで前に進もうとするの？

夫は、私の事を唯一神《おとうさま》から守ってもくれなかったのに。

——ううん、違う。……守ろうとしてくれた人は、いた。

『ああ、お父様がお怒りになっている……もう、終わりよ』

『大丈夫だよ、君の事は僕が守ってあげるから』

泣き喚く私を抱き締める男の温かく力強い腕の感触を、何故今思い出すのだろう。

お父様の刺客から二人で手を取り合い逃げ惑ったあの日々を、何故今思い出しているのだろう。

『でも、そんな、の、無理に決まってる！　だって、私のお父様は……この世界をお造りになった創造主、唯一神なのよ!!』

『……僕は神なんて知らない。信じた事もないし、愛した事もない』

『え？』

『僕は自分の信じたいものを信じるし、愛したい者を愛する。……君は楽園の外で生きる僕達を哀れだと言うけれど、僕達人間はとても幸せだよ。多分君が思っているよりもずっと幸せだ。確かに僕達は神様の失敗作なのかもしれない。この地は神に見放された不毛の土地なのかもしれない。――でも、僕は自由だ』

『自由……』

『リリス、自由とはどうすれば手に入れる事ができるか知っているか？』

『わからないわ』

『勝ち取るんだ』

『勝ち取る？』

『戦うんだ。戦わないと自由を勝ち取る事はできない』

『戦う……』

炎に包まれながらも、彼は最後まで戦った。

『主よ、あなたの楽園はいつか崩壊するだろう。――何故ならば、人が自由を求める心も、誰かを愛する心も止められるものではないから』

黒い炭になりかけた腕で、私を穴の中に突き落としたあの人は、――ああ、そうだ。アメジストのように美しい瞳をしていて。

『リリス、君は、君だけは逃げるんだ。どうか生きて』

——もう、顔も思い出せないあの人のアメジストの瞳と、目の前の獣のひたむきな瞳が重なる。

グオオオオオオオオオオオオオオン!!

背中の肉を喰《く》い千切られても、足を折られても、彼は後生大事そうに瓶を持抱え、懸命に地面を這った。

「お願い。やめ、て、そんな目をしないで……」

(——これじゃ、私がやってる事はお父様と同じじゃない)

「ロゼッタあああああああああああっ!!」

(そうか……)

——きっと、彼のお姫様がお城で待っているのだろう。

そして彼がさっきから何度も読んでいるその名前が、そのお姫様の名前なのだろう。

気が付けば頬を熱いものが伝っていた。

(ずるいよ、私の王子様はもういないのに。……ずっとずっと待ってるのに、何万年待っても、いつまで経っても迎えにきてくれないのに)

「あああああああああああああ！　もうイライラするっ!!」

——夜鳴き鶯の森に巨大な闇が溢れ、黒いプラズマがバリバリと音を立てながら駆け抜けた。

9　私を助けて死ぬとか騙された！　な、逝かせない！

「オルフェ様！　オルフェ様が!!」

「オルフェウス様、お帰りなさいませ！」

「皆、皇子が帰ったぞ!!」

オルフェウスが城に戻ると、召使い達は皆城の入り口の前で待っていた。

「ジークハルト、一つ目魚の肝を持って来た。これでいいのか？」

「はい、確かに。今すぐ煎じ薬を作りましょう。皇子は傷の手当てを」

「いや、いい」

言って彼は夜鳴き鷲《わし》が鳴き立てる森を振り返り、目を細める。

(夜の魔女、一体何を考えている……？)

——あの時、
膨張した「リリスの夜」が弾け、世界が闇で溢れた時、オルフェウスは死を覚悟した。
しかし瞳を開くと闇は晴れており、目の前には女の黒い皮靴《メリー・ジェーン》があった。

『飽きた。……もう、いいわ』

冷めた声に顔を上げると、能面の様に無表情な夜の魔女がそこに立っていた。

『帰りなさい、あんたのお姫様の所に』

『何を考えている？』

『あなたの呪いは解けかけている。それはあなたが『真実の愛』を知ったからよ』

オルフェウスの問いには答えずに、彼女はどこか遠くの空を見つめながら話し出した。

『でも、それだけでは呪いは解けないわ、あと半分足りないの。あなたも『真実の愛』によって愛される必要がある』

『…………』

『どう？　そのロゼッタとか言う娘には愛してもらえそう？』

『さあ、どうかな』

そこで初めて魔女はオルフェウスに目を向けると、自嘲気味に笑う彼を何か見定める様な瞳でジッと見つめる。

『真実の愛によって結ばれた二人が、肉の契りを交わす事によってその呪いは解ける』

魔女の体は宙に浮かぶと、そのまま闇に溶けて行く。

『せいぜい頑張るといいわ』

『何を』

『あなたは……あいつとは違った。今までごめんなさい』

何度か呼びかけてみたが、返事はなかった。

――次の瞬間、オルフェウスは城の前にいた。


夜の魔女は主《あるじ》の帰還に歓声を上げる召使い達を、城の近くにある針葉樹の枝の上に立って見守っていた。

「オルフェウス・マーク・スター・インチェスティー・ドゥ・レ・バルテ・オルドー・ヒストリア＝カルヴァリオ。かつて神器の力を手に入れ悪政を強いた愚王を討ち、民衆を救済した英雄王エミリオ・カルヴァリオの末裔《まつえい》よ。――もしあなたに奇跡が起こせるものなら、起こしてみるといいわ」

（多分無理だろうけど）

「もしあなた達が奇跡を起こす事ができたのなら、私は――」

赤い月を見上げ、彼女は目を細める。

（――その時は私も、あなた達人間達をもう少し信じてみようかな）

人間なんて信じない。あの人以外の男なんて大嫌い。ううん、あの人だって嫌いよ。むしろ一番嫌いかも。もうずっと待ってるのに、いつまで経っても約束を果たしてくれないんだから。

（でも、もし奇跡が起きたなら。……私ももう少しだけ、あの人を信じて待ってみよう）

その時、彼女はふと懐かしい石の気配を感じ、城の窓を凝視する。

リリスの蒼《あお》い瞳は、眠るロゼッタの胸元へと注がれている。

「って、嘘《うそ》でしょ？　なんでこんな所にあの石があるの？」

＊　　＊　　＊　　＊

――凄い嫌な夢を見た。

ホモだと思っていた幼馴染兼婚約者が実はノンケで、ＢＬの園だと聞いてやってきた城の住人も実は全員ノンケで、「彼だけは……」と頑なに信じていたオルフェ様までノンケだったと言う、史上最悪の悪夢だった。

（悪夢だ、悪夢だわ。最悪の気分……）

目を覚ますと全身が汗でびっしょりだった。

額に手を当ててると、そこにはだいぶぬるくなってた布が置いてある。

恐らくしばらく前までは冷えた物だったのだろう。

（なんだろう、頭がぼーっとする）

ベッドから上体を起こし、私は絶句した。

「え……？」

ベッドの脇には、血だらけの獣が――オルフェ様が倒れている。

「オルフェ様！　一体なにがあったんですか!?」

「良かった、ロゼッタ……」

目を覚ました私を見て、彼は満足そうに目を細めて微笑んだ。

「体は、もう大丈夫か？」

「それはこっちの台詞です！　オルフェ様こそ大丈夫ですか!?　しっかりなさってください!!」

私は慌ててベッドから飛び起きると、虫の息のオルフェウスを抱き起こす。

「私が、怖くないのか……？」

「怖くないと何度言えばわかるんですか！　このお馬鹿!!」

彼は「そうか、君は本当に……」と何か言いかけて、すぐに気を失ってしまった。

「皆！　オルフェ様が……ッ!!」

叫びかけて、周りにただの家具と化した召使いさん達が転がっている事に気付き私は蒼白になった。

「えっ！　ちょ、なんで!?　どうしたんですか皆さん!!」

ティーポット大臣さんや壺執事さんをゆすってみるが、彼らが動く気配はない。

「一体、何が起こっているの……？」

（わからない。……ううん、わからないじゃ駄目だ、わからなきゃ駄目なんだ。冷静になれ、冷静になれ、ロゼッタ・レイドクレーバー）

私はまだ覚醒しきれていない頭で、必死に事態の把握に努める。

大きく深呼吸した後、寝室を見回す。

ここは……多分、大きさからしてオルフェ様のベッドでオルフェ様の寝室なのだろう。……と言う事は、毎晩この部屋のこのベッドで、可愛い受けちゃんのお尻にオルフェ様のケモチンがズボズボ！　前立腺ゴリゴリ！　S字結腸きゅんきゅんアンアン！　……じゃねえよ！　今はそれどころじゃないんだってば!!

自分の頭をボカスカ殴りながら、腐った妄想を脳内から追い払う。

そんなこんなをやっていると、ナイトテーブルに置いてある煎じ薬が目に入る。

「この煎じ薬は……！」

薬の隣には魔法薬の本が一冊、開いたまま置いてあった。

知ってる本だ。――ってかこれ、私が魔導学校の卒論で書いてイエスベル賞とった奴じゃん。

ページを確認すると、三四四ページの「マリハナナ草の毒」についての章だった。

私は本を閉じると、テーブルの上の煎じ薬に目をやる。

（この色、匂いからして、作ったばかりの煎じ薬だわ）

この国の薬草学の権威の私に、それがわからない訳がなかった。

「これは、一つ目魚の肝で作った煎じ薬ね」

（そう言えば「夜鳴き鷲の森」にはマリハナナ草の群生地帯があった。……状況からして、私はマリハナナ草の毒に犯されていて、オルフェ様達が助けてくれた……？）

「まさか私の為に？　なんで……？」

問いかけても彼らはもう答えない。もう動かない。

（どうすれば……）

何故こんな事になってしまったのか。

私はただホモが見たかっただけなのに、ホモを見る前に楽園が滅びかけてしまっている。

バタン！

その時、ふいに寝室のバルコニーのドアが風で開いた。

誰かに呼ばれた様な気がして、私はバルコニーに出る。

「夜鳴き鷲の森」を一望できるバルコニーの中央には、艶やかなマホガニー製の台があり、その上には炎の消えかけているランプがあった。

直感的にわかった。これは、この炎は、オルフェ様達の命だ。

「オルフェ様達の命が、消えようとしている……？」

バッ！

発作的に、私はローブの胸ポケットに入れていた懐中時計を握り締めた。

（これを、これを使えば……）

何かあった時の為に、いつもお守りとして持ち歩いていたひぃひぃひぃばば上様の残した懐中時計。

――別名、唯一神の七つの秘宝。神の石の一つ〈封魔の砂時計〉。

神の石とは、かつて唯一神が邪神を封じ込めた石だと言われている。

なんでそんな大層なモンを私が持っているのかと言うと、うちのひぃひぃひぃばば上様がなぜか持っていて、それが私の代まで代々レイドクレーバー家に家宝として伝わったからとしか言いようがない。

　ママ上様もばば上様もそのまたばば上様達も扱う事のできなかったこの石だが、なぜか私はこの石に選ばれてしまった。

　私の意志を確認する様に、懐中時計の中でサラサラと砂が流れる音がする。

　ゴクリと喉がなった。

　封魔は今、私に「時間を戻すか？」と聞いている。

　以前、大好きだったばば上様が亡くなった日、私はこれと同じ音を聞いた事がある。

　息を引き取ろうとしているばば上様に、「やめなさい、優しい子」と泣き笑いしながら嗜《たしな》められて、その日、私は石を発動する事を断念した。

　〈封魔の砂時計〉。この懐中時計を開くと、石に選ばれた者は三の単位で時を巻き戻す事ができる。

　三分、三時間、三日、三十日。それ以上時を巻き戻した人がいるのかどうかは、ひいひいひいひいばば上様の残した日記には載っていないので私にはわからない。

　感覚的は話になるけれど、多分やろうと思えば私にもできるんだと思う。ひいひいひいばば上様にも多分できたんだと思う。ただ彼女は三十日以上時を巻き戻した事はないようだ。そしてそれ以上は禁忌だと書かれてあった。

　物心ついた頃から〈封魔の砂時計〉をお守りの様に持ち歩いていた私だったが、実際この石を使うのは初めてだ。

　何故ならこの石は、巻き戻した時間に百を掛けた分だけ持ち主の命を吸うからだ。

（私に……できるかな）

石の発動に失敗した時、持ち主を待ち受けているのは、――死だ。

（できるかなじゃない、できるに決まってる。だって私、カルヴァリオ一の魔導士だもん）

自然と〈封魔の砂時計〉を握り締める手に力が入った。

私は部屋を振り返り、床に倒れているオルフェ様を見て唇を噛み締める。

彼は今生きているのが不思議なくらい、ボロボロだった。綺麗《きれい》に裂けた二の腕の肉から覗く白いものは、もしかしなくても骨だろう。

「オルフェ様……」

（熱のせいで朧気《おぼろげ》だし、夢だと思っていたけど、なんとなく覚えてる……）

手もないのに試行錯誤しながら布を絞って、氷枕を作って、私の事を懸命に看病してくれた皆。

――そして、危険を顧みず「妖魚の池」に一つ目魚の肝を捕りに行ってくれたオルフェ様。

「BLの為にいっちょ頑張るか」

（お願い。封魔、私に力を貸して）

ブワッ!!

私の心の声に答える様に、その懐中時計は滅紫色の禍々しい光を帯び出した。

（――いける！　できる……っ！）

「……我に眠る魔女の血よ、覚醒せよ」

そう言って上蓋のくすんだ紫色の石に触れた瞬間、カチャリと嫌な金属音と共にその懐中時計は開いた。

「くっ！」

ブワッ！

〈封魔の砂時計〉から、数十匹の大蛇が暴れる様な滅紫色の光が飛び出した。

光の中懐中時計は宙に浮かび上がり、カラカラと音を立てて、時計の針が滅茶苦茶に回り出す。

——瞬間、頭の中に膨大な記憶が飛び込んで来た。

産声を上げ産まれた赤ん坊が、あっという間に大人になって、老いて死ぬ。それが物凄い早さで、何度も何度も繰り返される。

（これは、今までの石の持ち主の人生……？）

女の悲鳴、男の罵声、群衆の野次、目の前に迫る業火、耳障りな笑い声、暗い夜の森、血のような赤い月、辺りに舞い散る血飛沫、首のない男の子。

（この記憶は……）

走馬灯のような記憶の渦に混乱しながらも私は悟る。

——〈封魔の砂時計〉の発動に成功した。

ひいひいひいばば上様のノートに書いてあった通り、石を発動させた私は、今自分が何をすればいいのかちゃんとわかっていた。

私はテーブルに置かれていたランプを手に取ると、時計の針が回る毎にパラパラと零れる光の砂の下に向けて翳《かざ》す。

するとすぐに頭の中に秘密の呪文《アルカナ・ワーズ》が浮かび、口が勝手に開いて、唇が動きはじめた。

「永遠の牢獄《ろうごく》、時の砂漠を彷徨《さまよ》いし異邦の王よ
混沌《こんとん》司る大蛇を打ち滅ぼした、偉大なる王よ」

ゴオオオオオッ!!

次の瞬間、ランプの中から黒い炎が吹き出す。

「っ！」

失敗した!?　と一瞬ひやりとしたが、違う。――これは、このランプにかけられた呪いが〈封魔の砂時計〉の力に拒絶反応を起こしているのだ。

(負けないっ!!)

「封魔！　続けろ!!」

私は歯を喰いしばりながら、自分の腕を焼きながら光の砂から逃れようと暴れるランプを押さえ〈封魔の砂時計〉に翳し続けた。

熱い。ジリジリと黒い炎で腕が焼かれて行く。

自分の手の皮膚が溶け、ローブの布の繊維と肉が焦げる嫌な臭いに唇を噛み締める。

「こら！　大人しくしろってば!!」

しかしこのランプもなかなか強情だ。ガタガタ暴れながら火を噴くランプに、私は舌打ちすると、燃え盛る黒い炎のランプを胸に抱き締め、光の中に飛び込んだ。

――その時、

ボーン！　と、古い柱時計からする様な不気味な音が辺りに鳴り響く。
（よし、三分戻った！）
部屋を横目で確認すると、ほんの少しだがオルフェ様の傷が癒えてきている。
ビクビク動きだす家具の召使さん達に、私は安堵《あんど》の息を吐いた。
（せめて、三時間は戻したい……！）
それにしても熱い。と言うよりも痛い。
さっきから毒針で全身をチクチク刺されているようだ。
全身の毛穴と言う毛穴から汗が拭き出し、心臓がバクバク言っている。
（こりゃ死ぬな）
炭化しかけている自分の手に気付き、苦笑じみたものが頬に浮かぶ。
既に、手の痛覚はなかった。
（でも、いいや。オルフェ様達が助けられるんなら）
それでこの国のＢＬ美少年達が守れるのなら、一腐女子として本望だ。
「ロゼッタ、何をしている!?」
その時、背後から悲鳴じみた声が上がる。
どうやらオルフェ様が目を覚ましたらしい。
「おはようございます、オルフェ様！」
「おはようじゃない！　君は、一体何を……!?」

「あと、ちょっとだけ、待っててくださいね！　今度は私が、オルフェ様達を助けます!!」

「君は……」

今の私は傍目にも酷い姿をしているらしい。

彼は泣いていた。

厳めしい顔をした魔獣が、ボロボロと子供のように涙を流す様子がおかしくて私は笑った。

「今すぐそのランプから手を離すんだ!!」

「頼む！　お願いだから、今すぐそのランプを捨ててくれ!!」

(オルフェ様、ごめんなさい。――あなたの頼みでも、私、手を離さない)

パパ上ママ上、親不孝ばかりしてごめんなさい。

それと最後にメケメケ。最近餌代ケチって、安い猫缶ばっかでごめんよ。

ゴオオオオオオオオオオオッ!!

ランプの中からひときわ大きく吹きだした黒い炎が、悪魔の舌の様に頬を舐《な》め、眼球を炙《あぶ》る。

私は目をカッ開いたまま、ランプを頭上に掲げた。

「――封魔の魔女、ロゼッタ・レイドクレーバーの名において命じる！　このクソ生意気なランプの時間を巻き戻せっっ!!」

――「夜鳴き鷲の森」に黒い炎の渦が巻き上がり、滅紫色の光が爆発した。

10　ＢＬも獣チンもない騙された！　い、いじけるぞ！

「あれ？　俺達死んだんじゃなかったの？」

「呪いは解けてないけど、動けるぜ？」

「生きてる⁉　やったあ‼」

（う、ん……？）

何だか辺りが騒がしい。

「ロゼッタ！　ロゼッタ‼」

重い瞼《まぶた》を開くと、ボロボロと涙を溢《こぼ》しながら笑う魔獣の顔が目に飛び込んで来た。

（オルフェ様……？）

――綺麗《きれい》だな、と思った。

彼の後には、星々が輝く夜空がどこまでも広がっていた。

きらきら光り輝く星達が、長い光の尾を引いて何本も流れ堕ちて行く。

流れ星と一緒に零れ落ちる彼の涙も、水晶か何かの様にキラキラと光り輝いて。

「良かった、目を覚まして‼」

涙を拭おうと伸ばした手をそのまま握り、抱き締められる。――って、

「あれ、私生きてる……？」

「ああ！　生きている!!」

言われて、改めて自分の姿を確認する。

意識を失う前は炭化していた腕どころか、焦げ落ちたローブまで再生していた。

死んだと思ったが、どうやら助かったらしい。

（そうか。あの時、私も封魔の砂を浴びたから、私の体の時間も三日戻ったって事か……なるほも。ほもほも）

とどのつまり、今の私の体は三日前のものなのだろう。

体は三日前のものだが、三日×百、寿命は縮んでいる。一年弱寿命が縮んだ……と言う事であってるのかな。

そんな事を冷静に考える私の手を、オルフェ様はギュッと握り頬擦りをする。

「無茶をして」

彼の口元には、顔中の毛と髭《ひげ》では隠しようのないほどの微笑みが浮かんでいた。

「ロゼッタ、君が私達を魔法で助けてくれたんだろう？　礼を言う」

「それを言うなら、私もです。オルフェ様達が私の事を助けて下さったんでしょう？」

その時、パンパン！　と音を立ててバルコニーの上に花火が上がった。

恐らく城の召使さんの誰かが上げたのだろう。

「お祝いだ！　ひゃっほう！」

「舞踏会の準備の続きをしなくては！」

「ほらほら、皇子」

「あ、ああ」

ポットの大臣さんに急かされ、オルフェ様はごほん！　と咳払いをする。

心なしかその頬が赤らんで見えるのは気のせいだろうか？

「ロゼッタ、君を歓迎するパーティーを今から開こうと思っている」

「ほへ？」

「ずっとこの城で、私達と一緒に暮らしてくれるんだろう？」

どこか不安に揺れるアメジストの瞳が、可愛いと思った。

(あれ、なんだか目の色が変わってないか？)

この城に来た時は、確か琥珀《こはく》色だった様な気がするんだけど、……まあ、魔獣の瞳の色が変わるのはそう珍しい事でもない。

「私がここで暮らしても良いんですか？」

「勿論《もちろん》だ、君は私と結婚したくてここに来たんだろう？」

「ええ。オルフェ様が許して下さるのなら、私と結婚してください」

私の言葉に、なぜかオルフェ様は喉を詰まらせて、背後の召使さん達は歓声を上げた。

「いやったあああああああ!!」

「キタキタキタキタ！　ついにキタ!!」

「愛！　愛！　『真実の愛』!!」

「皇子、皇子！　決めるのです、今夜ここで決めるのです!!」

「うるさいぞ!!」

オルフェ様が鋭い声で一喝しても、飛び跳ね歓声を上げる彼らは騒ぐ事をやめなかった。

「ランプの炎はなぜか戻っていますが、それでもいつ消えてもおかしくない。できれば今夜の内に……」

「あ、ああ」

硬い表情で頷くオルフェ様に、大臣さんが何やら耳打ちをする。

しかし、地獄耳の私にはその会話は筒抜けであった。

オルフェ様の膝の上で横たわっていた私は、首を捻りランプのあった場所を確認する。

古ぼけたランプは、変わらずテーブルの上にあった。――その中には小指の爪ほどの炎が燃えている。

――ランプの炎も三日前のものに戻っている。

(つまり、三日以内にオルフェ様の呪いを解かなければならないのね)

私の頭が冷静さを取り戻して行く。――しかし、

「ロゼッタ様、こちらにおいでください、ドレスに着替えましょう」

「え？」

「ほら、皇子も早く！　お召し物を着替えましょう！」

「あ、ああ」

すっかりお祭りムードで出来上がっている彼らに「今から図書館に行って調べものをしてきます」とは言い出しにくい。

(良くわからないけど、……一晩くらいなら、まあいいか？)

私は花瓶の召使いさんに引っ張られながら、同じくモップの犬に引っ張られているオルフェ様と顔を見合わせて笑った。

――折角助かったんだし、今は私もこのお祭りムードを楽しもう。


「これ、変じゃないかな」

「そんな事ありません！　お綺麗ですわロゼッタ様！」

私は全身鏡に映った自分の姿をマジマジと見つめながら唸る。

かび臭い図書館の奥で、頭に埃《ほこり》をかぶりながら煤《すす》汚れたローブに身を纏《まと》い仕事をしているのがデフォだった私には、この上質で趣味の良いシフォンのドレスは何だかしっくり来ない。

元々、魔導士とは日陰者なのだ。

未だ魔女狩りがあるお国柄、魔力を持つ人間も実はあまり良くは思われていない。

魔導士とは魔力のある選ばれた者しか就く事ができない職業ではあるのだが、魔導士とは基本的に変人奇人、変わり者、陰キャラがほとんどだ。

ちなみに第二等民の間では、騎士や王宮のメイドがリア充の花形職業になる。

そういう訳で私達カルヴァリオの魔導士は、なんと言うか、こう、路地裏の影と一体化する様な地味な衣服を好む。

「ピンクなんて私には可愛らしすぎる気が……」

「そんな事ありません！　とてもお似合いです!!」

「そうです！　明るく朗らかなお人柄のロゼッタ様にぴったりです!!」

「黒とかとどめ色の、もっと地味な奴ないの？」

借り衣装感が漂っている鏡の中の自分に戸惑いながらそう言ってみるが、「ロゼッタ様はお若いので、華やかなものが良いでしょう」「そうですね、若いお嬢さんの特権です」と言われ、私は更に豪華な、金貨顔負けのキンキラ黄金ドレスに着替えさせられてしまった。

「こ、これは流石に派手すぎない？」

「この位で丁度良いのです！」

もはや何も言うまいと思いながら私は溜息を吐く。

（オルフェ様に笑われないといいなぁ）

憂鬱に思いながら、深い紺色の絨毯《じゅうたん》が敷かれた長い廊下を歩く。

ふとある事に気付き、私は自分のドレスの裾を持って歩く花瓶さん達を振り返る。

「そう言えば、あなた達はその姿になる前は女性だったの？」

「はい、そうですが……それが何か？」

「この城には女の人もいたのね」

「はい？　城の人間の半分は女性ですよ？」

「へ？」

ここはBL城ではなかったのだろうか？

私がそれを彼女達に問いただす前に、私達は広い舞踏会会場へ辿り着いてしまった。

目に飛び込んで来たその夢の様に美しい光景に、思わず私は歓声を上げげる。

「うわあああ、凄い……」

城の最上階にあるそのホールには壁がなかった。

壁の代わりに、柱と柱の間には巨大な窓ガラスが設《しつら》えられており、窓ガラスの外には壮大な星空が広がっている。

天井のシャンデリアが、星空と競い合う様に煌《きら》びやかな光を撒《ま》き散らす様を呆然《ぼうぜん》と見上げると、どこからともなくロマンチックな音楽が流れ出す。

ごほん！

咳《せき》払いの音に振り返ると、そこには白いタキシードに身を包んだオルフェ様が、少し緊張した面持ちで立っていた。

タキシードを彩る金の刺繍《ししゅう》に、私は「なるほも」と心の中で手を打つ。

私のドレスの色と色を合わせているのだ。誰がコーディネートしたのか知らないが、良い趣味をしている。明るい部屋では派手すぎる私のドレスも、月星とシャンデリアの光がメインのこのホールでは、程良い色合いに――いや、このドレスしかありえないと言っても過言ではない、絶妙な具合になっている。

「私と踊ってくれないか？」

「喜んで」

――そして、二人きりの舞踏会がはじまった。

「オルフェ様、ダンスがお上手ですね」

「君は案外下手だな」

「う、うるさいな。……仕方ないじゃないですか、こんなの初めてなんですから」

「いいよ、私が教えてあげよう」


――星空を映すガラスの天井の上で、夜の魔女はメヌエットを踊る二人を呆然と見守っていた。

「驚いた。本当に奇跡を起こしちゃうなんて」

(人間って、本当に面白いわ)

その時、赤い月を真っ黒な雨雲が覆い、下のホールが闇に包まれる。

「野暮な雲《やつ》ねぇ、折角の舞踏会の夜なのに」

彼女が手を空高く掲げると、月星を覆おうとしていた大きな雲が流れて行き、空はまた満点の星空に戻って行く。

光が戻ったホールの中で、踊り続ける二人を見て彼女は目元を和らげた。

（私ももう野暮な事はやめるとしましょう）

彼女は目を伏せ笑うと、夜空に溶けて消えた。

＊　　＊　　＊　　＊

――そして
「ロゼッタ、愛してる」

なぜか今、私はオルフェ様にベッドの上に押し倒されている。

ドレスを脱がし、素肌を滑る大きな手の動きを呆然と見守りながら私は考えた。

（えっと、なんでこうなったんだっけ？）

正直、さっきから頭の中にクエスチョンマークが浮かんでいる。

「キスをしてもいいか？」

「え？　ええ」

頷《うなず》くと獣の黒く大きな唇に唇を塞がれる。

口腔《こうくう》内を侵入してきた大きな舌に、くぐもった声が上がった。

（ほ、ほう。これが噂《うわさ》のディープキス……）

明らかに人間の物よりも太くて長い舌を受け入れる。瞬間、自ずと限界まで口を大きく開かされた。もうこれ以上は口を開く事はできないと思ったその時、口の端から涎《よだれ》が垂れる。

　ザラザラしている獣の舌に口腔内どころか、喉奥まで舐め回されていると、頭がぼーっとしてきた。

（きもちいい……）

　人間の男とキスした事がないので、普通のディープはどんな感じなのかわからないけど、なんだかこれ、クセになりそうだ。

　今まで知らなかった何かが、私の背筋をゾクゾクと這いあがる。

「はっ……ぁ」

　――って、ちょっと待て。

（なんで私がオルフェ様とキスしてるんだ⁉）

　私は慌てて胸毛ファサーなオルフェ様のモフモフした雄《お》っぱいを押し返した。

「ぷはぁ！」

「どうした、ロゼッタ？」

　少し不満げな顔をして、唇を寄せようとするオルフェ様に私は頭を振る。

「ま、待ってください！　あの！　これ、おかしいですよね⁉　なんか絶対間違ってますよね⁉」

「何がだ？」

「なんでオルフェ様が私を押し倒してるんですか⁉」

「君は私と結婚してくれるんだろう？」

「しますよ！　その為にここに来たんですから!!」

「では、私達が今から真の夫婦になるのに、一体何の問題がある？」

さも当然の様に言うオルフェ様に私は混乱を極めた。

「え、えっと……私を抱いたらオルフェ様は恋人に怒られるのでは？」

「恋人？　君のような変わり者がそう何人もいる訳がないだろう」

「え、え？」

（ＢＬは？　男の恋人は？）

ワケがわからない。

「男性の恋人はいらっしゃらないのですか？」

「さっきから君は何を言っている？　私は異性愛者だ」

「は？」

——今、オルフェ様は物凄い爆弾発言をした様な気がする。それも核爆級の。

しかし私は酔っていた。

もしかしたら、さっき召使いさん達に勧められて飲んだ葡萄酒《ぶどうしゅ》がいけなかったのかもしれない。

（いせいあいしゃって事は、オルフェ様は異性しか愛せない人で、……えっと、ＢＬはどっちだっけ？　いせーあい？　どうせーあい？　ええっと……）

——その時、下肢に伸びた手に思考は中断される。

既に蜜で溢れた恥裂をなぞる指に、背筋がしなった。

頷くとオルフェ様の太い指が、自身の体でありながら今まで触れた事のなかった場所への侵入を
「怖くないか？」

(私を抱いているって事は両刀なのかな？)

駄目だ。思考が、頭がろくに働かない。

人がいたって事か？)

(あ、あれ？　でもオルフェ様、さっき男の恋人はいなかったと言ってたよね。って事は、男の愛
なんだかとっても気持ち良くなってきたぞ。

流石オルフェ様。毎晩恋人（男）と致してきただけはある。なんか凄いテクニックをお持ちだ。

「っ、ん……」

「ロゼッタ、可愛い」

「やっ、な、なにして……？」

隠すものが何もなくなってしまった敏感な尖《とが》りを、指の腹で優しくなぞり始めた。

彼は喉で笑いながら、転がしていたものの上に被さっていた細い三角の苞を剝き上げると、身を
「嫌か？」

「それ、……や、やだ、っ！」

人よりも太くて大きいが、優しい指が、苞《ほう》の下の疼《うず》きたつ肉の芽を転がして弄ぶ。

私の反応《こえ》にオルフェ様は笑ったようだった。

「ひあっ！」

開始した。鋭い爪は収納できるらしく中に引っ込んでいる。

「や、やっぱり怖い……っ！」

バタバタ暴れ出すと、彼は肉のはざまから指を引き抜き、子供を宥《なだ》めるような目付きで「では、こちらにしよう」と言った。

何をするのかと思えば、オルフェ様はまた、鋭い感覚のかたまりを指で転がす作業に戻った。

「っ！　あ、いやぁ……っ！」

肉の芽を弄ばれながら、ねっとりと胸の尖りを舐め回されれば、乳房が付け根の辺りからむず痒《かゆ》くなって行く。

気が付いた時には腰が砕け、呼吸がせわしなくなっていた。

(な、に……？)

さっきからお腹の奥の方が、甘く疼《うず》いている。

生まれて初めて感じる妖しい高ぶりに、自然と喉が引き攣《つ》った。

「オルフェ様、な、なんだか！　体がへんです、やっぱり怖い……っ」

涙目で彼の首に抱き着けば、彼の喉がごくりと鳴る。

「大丈夫だ、安心して私に体を預けるといい」

優しく頭を撫《な》でられて、しゃっくりを上げながら頷くと、オルフェ様は「ロゼッタは初めてなんだな」と感極まったように呟いた。

「は、はい、だから、優しくしてくださ、いっ」

「優しくする。絶対だ。約束しよう」

優しい瞳でそんな事を囁《ささや》きながら、オルフェ様は私の足を大きくくつろげさせた。

「私が君に全部教えてあげよう」

（へ？）

目を覆いたくなるほどのあられもない格好をさせられて、私が何か叫ぶ前に、彼は私の秘所に顔を埋めた。

「ま、待っ！　だ、だめ……っ！」

ちうっと音を立てて敏感な芽を直に吸われ、甘い悲鳴が上がる。

ベッドのスプリングが弾み、体が大きく跳ねる。オルフェ様は、反射的に浮付いて逃げだそうとする私の腰を力強くも大きな手で押さえると、秘所に舌を這わせた。

「ロゼッタが感じてくれて嬉《うれ》しい」

「いや、はずか、し……」

「今は何も考えないで、私だけを見て、私だけを感じて欲しい」

「ひっ、あ、ああッん、やぁ……っ！」

（い、今、イった……？）

良くわからないが、ザラザラした分厚い舌で花芯を舐められた瞬間、背筋が痺《しび》れるような快感がびりびりと全身を駆け抜けた。

私が達した事に気付いたらしいオルフェ様は、獣ながら艶やかに微笑む。

「ロゼッタは、本当に可愛いな」

気が付けば、もう耐えきれないほど奥が疼いていた。

「もう、大丈夫か？」

訳もわからず頷いてみれば、オルフェ様は蜜でぐずぐずに蕩《と》けた場所に指を滑り込ませる。

「つぅ、んんっ……！」

太く長い指で膣内《ナカ》を掻き回されると、ジンジンして辛かった疼きが和らいでいくのを感じた。

（どうしよう、気持ち良い）

中で指を折り曲げられてお腹の裏側を刺激されると、気持ち良くて、良すぎて、生理的な涙がブワッ溢れた。

（これ、もっと、して欲しい……っ）

体の奥底から衝きあげてくる衝動に身震いしながら、半ば手放しかけている理性の糸を必死に手繰り寄せる。

駄目だ。何がなんだかわからないほど、フワフワした気分だ。私処女だけど、男とか正直そんなに興味ないけど、さっさとチンコを突っ込んでくださいモードになってきたぞ。指でこれだけ気持ち良いんだから、ちんちんを突っ込まれたら、きっとありえないくらい気持ち良いんだろう。

（そうだ、折角だしこの機にオルフェ様のケモチンを見なくては）

私はずっと、彼のケモチンがどんな感じなのか気になっていたのだ。これはまたとないチャンスだ。

しかし残念な事に、この部屋大変暗いのである。暗い。灯りが欲しい。今すぐ欲しい。そして君のケモなチンを見せてくれオルフェ様。

「あかり、を……」

息も途切れ途切れにそう言うと、彼はわかっていると言った顔で頷くとナイトテーブルに置いてあった燭台の炎を消してしまった。

「残念だが、君が恥ずかしいのなら灯りは消そう」

（いや、違う、違うんだ。そうじゃない）

私は君の生のケモチンが見たかったんだよ！　なのになんで灯りを消すかな!?

逆だ！　逆なんだ！　灯りを付けてくださいオルフェ様!!

「あっ……ぅ、ち、ちが……ん！　んん！」

しかしそんな私の心の声は、淫らな指の抜き挿しによって中断される。

「ひゃん！　あ、ッああぁ！」

「……もう限界だ、ロゼッタが可愛いすぎてもう我慢ができない。大丈夫だ、多分入る。たぶん……」

何やらブツブツ呟きながら、オルフェ様は私の脚を持ち上げた。

グッ
熱い肉が濡れそぼったその場所に触れ、めり込んで行く。

だいぶほぐされたとは言え、未通の肉が太い物に押し開かれてゆく壮絶な痛みに、思わず私は我に返って叫んでしまった。

「いってえええええええええええええ!!」

「す、すまない」

オルフェ様の動きが止まった。

「無理です！　こんなのはいりません!!」

「え？　あ……」

色気のない悲鳴を上げて騒ぎだした私を、オルフェ様はオロオロとした表情で見下ろす。

「や、やめるか……？」

「へ？」

眉を八の字に下げて、お髭もしょんぼりさせて、そんな今にも泣き出しそうな顔をしないで欲しい。

困る。これじゃ、なんだか私が悪い事をしているみたいだ。

(まあいいか、今流行りのケモチンだし、私ケモナーだし。一度くらい試してみるのもいいのかも……？　可愛い受けちゃんが、いつもどんな風に感じてるのか知りたいし)

なんかそう考えるとドキドキしてきたな……。

「い、いえ……が、頑張ります！　でも痛いのは嫌なのでなるべく早く終わらせてくださいね」

「わ、わかった」

ぐぐっと音を立てて獣の凶器が侵入を再開する。体を引き裂かれるような激痛に私が唇を噛み締めたその時——

パアアアアアアアッ!!

突如、オルフェ様の体が眩い光に包まれた。

「ああ、呪いが解けていく……!!」

「は？」

私は間の抜けた声を上げ、事態の成り行きを見守った。

光が止んだ時、私の目の前にはそれはそれは美しい皇子様がいた。

波打つ金の艶やかな髪に美しいアメジストの瞳、筋の通った高い鼻梁、女のような艶やかな唇、整った顔立ち、彫刻の様な均整の取れた体付き。

一糸纏わぬ姿であるのに、なぜか全体的にゴージャスで、金のかかりそうな匂いのする雰囲気の美青年だ。——どこかで見た事がある顔だなと思ったら、ママ上達に見せられた姿絵の美青年……オルフェ様だった。

「ああロゼッタ！　私の愛しい人！　私の運命の女神！　私の呪いを解いてくれてありがとう!!」

その皇子様は涙を浮かべながら私の事を抱き締める。

「ええっと、オルフェ様……？」

「ああ、私こそがオルフェウス・マーク・スター・インチェスティー・ドゥ・レ・バルテ・オルドー・ヒストリア＝カルヴァリオ。君の夫になる男だ」

おい、ちょっと待て。

「ケモチンは？　ケモチンはどうなったの？」

私はまだ彼のケモチンをちゃんと見てないのだ。

と言うか、終わったら明るい所でじっくり見せてもらおうと思っていたのだ。だから痛いのも頑張ったのに、なのになんだこれ？

（マジかよ、嘘だろ……？）

思わず真顔になってしまう私に、目の前の美しすぎる美青年は困ったように微笑んだ。

「これでは駄目か？」

脈動する肉を私の中から引き抜くと、彼は自分の分身を私に見せつける。

まだ仄かに発光している美青年の後光で、そのチンコは仄暗い寝室でも良く見えた。

なんと言うか、オルフェ様はこちらのお顔もとてもゴージャスな感じだった。

大きな宝石付きの黄金のリングとかピアスが、とても良く似合いそうな感じのチンコだと思う。

今度是非、彼にはそんな感じのペニスアクセサリーをつけていただきたい。

「おおう、流石オルフェ様！　大変ご立派な物をお持ちになっていらっしゃる！」

「ありがとう。私のこいつを君が気に入ってくれたのなら、私も……その、嬉しい」

「嬉しいじゃねえよ！　ふざけんな馬鹿やろう!!」

「ロゼッタ？」

「私は！　ケモチンが！　獣チンポが見たかったんです!!」

私が目の色を変え、はにかんだ顔で笑う皇子に迫ると、彼はキョトンとした表情を浮かべた。

「もう、あの姿には戻れないんですか!?」

「ああ。君が呪いを解いてくれたからね」

「そんな！　私まだケモチン見てないのに!!」

「ロゼッタ、私のこれでは駄目か？」

「駄目とかそういう問題じゃなくて!!」

さっさとチンコしまえよこの皇子!!

困ったように微笑みながら自慢の息子さんを手に持つオルフェ様に、私は怒りを押し殺した声で言う。

「……うん、そうですね、駄目ですよね」

気が付けば、体の奥底で燻っていた妖しい熱はすっかり冷めていた。

「私の何がいけないんだ？　自分で言うのも何だが、私より美しい男は世界にそう何人もいないと思う」

「……ええ。なんつーか、確かにすげー美人ですよね、オルフェ様。ですが、そうじゃなくてですね」

「うん？」

何だか酔いもさめて来た。

頭が冷静に戻ると、先程の聞捨てならない言葉を一刻も早く確認しなければと思った。

「さっき、オルフェ様がおっしゃっていた事をもう一度確認したいのですが？」

「なんだ？」

「オルフェ様は……ノンケ、というか、異性愛者なのでしょうか？」

「そうでなければ、君を抱かないと思うが」

——猛烈に嫌な予感がする。

『そう言えばあなた達はその姿になる前は女性だったの？』

『はい、そうですが……それが何か？』

『この城には女の人もいたのね』

『はい？　城の人間の半分は女性ですよ？』

『へ？』

あの花瓶夫人達との会話で、既に嫌な予感はしていたのだ。

「もしかして、この城に住まう召使いさん達も、皆、異性愛者……？」

「当然異性愛者だ。同性愛は我が国で禁じられているからな」

さも当然の様な顔付きで答えるオルフェ様に、私は頭を抑えて叫んだ。

「話が違う!!」

「は？」

私の脳裏に、舌を出して嗤《わら》う両親の顔が浮かぶ。

(あんのクソジジイ、クソババアあああああああっ!!)

「騙された‼　‼」

――ロゼッタの悲痛な叫びが夜鳴き鷺の森の古城に響いた。

第二章

カルカレッソの憂鬱

1　いやないね！　君はレオを愛しとこうよ！

――あの後、

「ＢＬでも獣チンでもモフパラでもねぇなら守備範囲外だわ、さようなら！」

「えっ？　ま、待って!?」

そう言って、着の身着のままの城を飛び出した私だったが、――困った。今の私は、全裸にマントと言う変質者ばりの酷い格好をしている。それよりも何よりも困った事に、動揺のあまり命よりも大切な薄い本を忘れて来てしまったのだ。

(ほとぼりが冷めた頃にでも取りに行かなくては……)

流石の私も、今このタイミングでオルフェ様の元に戻れるほど面の皮は厚くない。

(しかし、困ったな)

私の頬に一筋の汗が流れる。

――私は今、現在進行形で生命の危機に直面していた。

グルルルル……、
森の中で、魔物の群れに囲まれながら全裸にマント姿の私は腕を組む。

(杖だけは忘れてはいけなかったのに)

杖を持たない魔導士とは実質無力だ。

私レベルの天才魔導士になると、杖がなくても簡単な魔術を使う事ができる。しかしそれでも使えるのは、難易度の低い初級魔術に限る。大技は杖がなければ発動する事ができない。

今の今まで、簡単な術で騙し騙しやってきたが、天才魔導士ロゼッタちゃんも流石にそろそろ限界を感じていた。

私は世間で地味と評価が芳しくない土属性の魔導士だ。

とは言ってもそれは世間の評価で、私個人は土属性の魔導士ほど美味しい職業はないと思っている。

何故なら補助・援護がメインの術となるので、滅多な事がなければ戦争に連れて行かれる事もない。同じく攻撃向きではない水属性でも、向こうは回復役で戦争に連れ回される事もあるが、土属性とは平和なものだ。防御向きの術が多いので、城の警備に配置されるのが主になる。

そんな土属性の私でも、地面から岩槍《やり》を付突き出したりする攻撃系の術が使えない訳ではないのだが、杖がなければそれも難しい。

（また目眩《めくら》ましに土埃《ぼこり》を巻き上げるとしても、周りを囲まれちゃってるんだよなぁ）

つまり土埃で煙幕を張っても、完全に囲まれてしまっているので逃げる場所がないのだ。

レオやアレンの様な凄腕騎士なら可能だろう。しかし魔導士の私は、気配を消して魔獣達の間をすり抜けて逃げる様な身体能力は、流石に持ち合わせていなかった。

（ああ、アレレオ……そういえばあの二人は今何をやっているんだろう）

昔ハマったＣＰを思い出し、わびしさに打ちひしがれる。

今の私の心境を述べると「あいつら絶対デキてると信じていたのに、最終回ヒロインとくっつい
ちゃったよ」的な感じだ。

——その時、なぜかオルフェ様の顔が私の脳裏に浮かぶ。

（なんで今、あの人の事を思い出すんだろう）

ホモじゃないのに。

ＢＬじゃないのに。

『頼む！　お願いだから、今すぐそのランプを捨ててくれ!!』

泣き顔や、

『良かった、目を覚まして!!』

『あれ、私生きてる……？』

『ああ！　生きている!!』

泣き顔。

『無茶をして』

やっぱり、思い出すのはどれも泣き顔だった。

（なんか私、あの人の事泣かせてばかりだったような気がする）

オルフェ様と私はまだ出会ったばかりだ。

この短時間で、あんなに泣かせてしまった男が他にいただろうか？　否、いない。

ふと、今来た道を振り返る。

(……あの人、また泣いてないかな)

なぜかはわからない。わからないけれど、胸がズキンと痛んだ。

(なんであんなに親身になってくれたんだろう？)

自分で言うのも何だが、私は深夜突然やってきた、身元証明するものも何もない怪しい女だ。

そんな事を考えていると、唸りを上げた青狼が驚くほど接近していた。

「ひっ」

思わず息を飲んだ瞬間、魔獣の群れが一斉に飛び掛かって来た。

——その時、
ザシュッ!!

「無事か、ロゼッタ！」

(え？)

赤い月をバックに現れた頬に刀傷のある騎士の名は、アレン・ランベルティーニ。

私の元婚約者レオナルドの親友かつ左腕で、金獅子隊の副隊長殿だ。私が長らくアレレオの攻め役として愛でて来た、攻めキャラでもあった。

「な、なんでアレンがこんな所に？」

「迎えに来た、帰るぞ」

「へ？」

そう言って、アレンは大剣を構えると魔獣達をバッタバッタと薙《な》ぎ払ったのであった。

＊　＊　＊　＊

魔の物たちは血の匂いに敏感だ。

魔獣の群れを蹴散らした後、アレンは私を芋袋を持つように脇に担ぐとその場から駆け出した。

「とりあえず、ここまで来ればもう大丈夫だろう」

数十分走って現場から離れた後、彼はほっと溜息を吐きながら私を大地に降ろし、――そして赤面すると、声を荒げた。

「な、なんて酷い格好をしているんだ!!」

そうでした。

そう言えば私、ただ今全裸にマントと言う変質者もびっくりの姿をしておりました。

「魔導士たるもの、人生で一度くらいは全裸にマント姿で深夜徘徊《はいかい》しなければならないな、と思って」

「とりあえず、ちゃんとボタンくらいしておけ」

割と本音なのだが、彼は憮然《ぶぜん》とした表情になると私のマントの前のボタンを一個ずつ閉めて行く。

ああ、この面倒見の良さ、懐かしいね。

彼はいつもこんな風に、実は結構ズボラな所のある隊長殿《レオ》の面倒をみていたもんだ。

ホモじゃないのに、ホモじゃないのに……と思いはすれど、萌えが再発してしまいそうだ。受けは、受けは誰にしようね……。

「助けてくれてありがとう。でも、なんでアレンが私の事を迎えに来たの？」

アレンが自分を迎えに来たと言う事態に、私は少々混乱していた。

ぶっちゃけた話をしてしまうと、今までの人生、私とアレンに接点らしい接点はほとんどないのだ。

元婚約者のレオナルドの親友で、相棒だと言う彼とはたまに顔を合わせる事はあった。その都度私の脳内で腐った妄想のオカズになってもらってはいたが、彼がそれを知っているはずもない。

「お前の両親に、お前が森の古城の偏屈皇子に嫁いだと聞いて」

「うん。でも話が違うから帰ろうと思ってた所だよ」

「そうか、では帰るぞ」

なぜかアレンは安堵の表情を浮かべ、私の頭に手を置いた。

ワシャワシャ頭を撫でられながら、彼が良くレオナルドの頭もそうやって撫でまわしていた事を思い出す。

(だ、駄目だ。ＢＬじゃないのに！　ＢＬじゃないのに！　萌えが再発しかけている……!?)

にやけ出す口元を押さえ、私は言う。

「いや、だからなんでアレンが私の事を迎えに来たのさ？」

「良いから帰るぞ」

「いや、そうは言われても……うちのパパ上、ママ上には出戻って来ないでって言われているし、正直実家にも帰りにくいんだよねぇ」

「世界一幸せな花嫁になる予感しかしません!!」と言って家を飛び出して、まだ毛ほどの時間も経過していない。

流石の私もこの事態はちょっとばかり恥ずかしい。

「なら俺の家にくればいい」

さらりとんでもない事を言い出したアレンに、私の中にある疑惑が浮上する。

「もしかして、レオに私の事を迎えに行けって頼まれた？」

今夜の彼の言動は、全く持って意味不明だ。

しかし彼がレオナルドに頼まれて、私を迎えに来たと言うのならば納得が行くのだ。

アレンの家とは、恐らく騎士寮の事だろう。寮にはレオも暮らしている。

自分が婚約破棄をしてしまったせいで、変な所に嫁がせられたと言う元婚約者に、きっとレオは同情したのだろう。

しかし今のレオは婚約者がいる身分だ。私を迎えに行ったら角が立つ。――と言う訳で、一番信頼している親友騎士に私の迎えを頼んだのだろう。

私はそう思ったのだが、なぜかアレンは不機嫌そうに顔を顰《しか》めた。

「あいつは関係ない、ここには俺が来たくて勝手に来たんだ」

「そうなの？　なんで？」

彼は硬く唇を結び、私から目を反らした。

夜の森に、しばし気まずい沈黙が少々流れた。

私達の頭上にある木の枝から、夜鳴き鷲が鳴き立てながら飛び立つのを見送る。

アレンはと言うと、未だ沈黙を貫いている。

私がどうしたもんかと思い始めた頃、アレンは大きく息を吸って吐いた。

彼は何か覚悟した様な強い瞳になると、ごくりと息を飲む。——そして、こう言った。

「俺は……お前の事がずっと好きだった」

「…………は？」

——私の中で時が止まった。

（え、えっと、今こいつは何と言った……？）

私の頭の中に、無数のクエスチョンマークが浮かぶ。

「あの日、お前に想いを告げようと思ったのだが、お前はすぐに帰ってしまうし」

「あの日？」

「あの舞踏会の夜の事だ」

不貞腐れた様な顔で言うアレンに、私はレオに婚約破棄された舞踏会の夜の事を思い出す。

（そう言えば、）

——あの日、

『レオがホモじゃないなんて騙されたあああああああああ!!』

『ロゼッタ、待て！』

舞踏会会場を泣きながら飛び出した私を、誰かが追いかけてきた様な気がする。

『ホモじゃないレオのチンコとアナルに一体何の価値があるんだこん畜生っ!! アレンの肉棒だってそうだ！ 意味を持たないただの肉の棒だ馬鹿野郎!! うわあああああんっっ!!』

『話がある！ 待て、待ってくれ!!』

(なるほど、あれがアレンだったのか)

なんだかウザかったので、土魔法で地面を動かし、高速ダッシュでぶっちぎって帰宅したのだが。

「レオにエステルの話は聞いてはいた。……俺は、反対した。おまえがレオナルドを愛している事を知っていたから」

「は、はあ？」

遠い目になりあの日の夜の事を思い出していると、アレンは苦渋に満ちた表情で何やら話を続けていた。

「だが、いつもお前が物陰から俺を見つめる熱い視線に、ある種の希望を感じずにはいられなかった……」

そう言ってアレンは妙に熱っぽい瞳で私の肩を抱く。

うん、それはあれだな。長年君の事を攻めキャラとして愛でてたからな。

君達カッポーのストーキング歴なら十年選手だ、任せてくれ。

「もしかしたら、お前は俺の事を愛しているのではないか？ と」

ないないないない、それはない。

「いや、それはないですね」

真顔で告げるが、彼は上気した頬のまま続ける。

「だが、いつもあんな熱い視線で、剣術の稽古をしている俺を見ていただろう？」

「見てたね、うん、見てたよ。君とレオが稽古してる所」

でもそれは稽古中のレオとアレンが、とてもホモホモしかったからだ。それ以上でもそれ以下でもない。

「やはり俺の事が好きだったのではないか？」

「いやいやいや、それはないです。レオとセットで愛でていただけで、正直君単体にはそんなに興味がないよね」

「ああ、レオから聞いてお前の性癖の話は大体知っている」

「あ、どうも」

（……あの野郎、ふざけんな。ホモじゃないだけならいざ知らず、私の性癖までバラしやがったとかふざけんな）

怒りに打ち震える私の顔を、アレンが覗き込む。

「なあ、ロゼッタ。俺とレオが裸で絡みあうのを想像していたと言う事は、……本当は俺の体にも興味があるんじゃないか？」

「うっ」

興味がないと言えば嘘になる。

でも、それは自分が犯されたい訳ではなく、素材として興味があるだけだ。

正直、私は受け攻めのどちらかに感情移入してBLを楽しむタイプではない。

こう、神のように天から見下ろして楽しみたいタイプだ。

傲慢な神のように時には二人に試練を与え、そしてある時は恋のスパイスやらエッセンスをこっそり与えたりして楽しみたいタイプなのである。……レオの飲み物に媚薬を混ぜたり、アレンの弁当に性欲増強剤を振りかけたり。その状態で二人を寝室に閉じ込めて、アナルパールやバイブをそっとドアの隙間から置いて行ったり、色々したよね。うん、色々したわ。

アレンはゴホン！　と咳払いをすると、頬を赤らめながら口を開いた。

「……お前が、ノートに全裸の俺の絵を描いていた事を、俺は知っている」

死んでいいかな。

「まじか。あれ、アレンさん見ちゃったんデスね……」

「お前はいつも俺の方をニヤニヤ見ながら、俺の息子の絵を描いてたしな」

バレてたのな。うん、死んでいいかな。

「丁度いいな、ここなら誰も来ないし」

トン。

（え？）

次の瞬間、私の体はアレンによって大地に押し倒されていた。

「俺の事、知りたかったんだろ？　教えてやるよ」

そのまま浅黒い大きな手が、私の前を隠していたマントを剝ぎ取った。

「こんな格好をして、男を誘っているとしか思えない」

「あっ、アレン？」

舌なめずりして嗤《わら》いながら、アレンは私の胸に顔を埋める。

「ちょ、ちょっと待って！」

(なんでこうなるの!?)

静止の声を上げるが、アレンは聞かない。乳房を絞り上げる様に揉《も》みほぐしながら、もう片方の手で胸の飾りを指先でツンと弾く。

「ひゃあ!?」

「鈍感な女だとばかり思っていたが、どうやらこちらの方はそうでもないらしい」

「っ……な、なに言って……」

クツクツ嗤いながらアレンは胸の尖りを口に含む。

胸の先端を舌先でなぞられた瞬間、ぶるりと肩が震えた。

(な、なに、また……？)

ゾクゾクと背筋を這いはじめたソレは、先程オルフェ様に触れられた時も感じたアレで。

今はオルフェ様の時と違って、アルコールが抜けたからだろうか？

あの時とは違い、一抹の恐怖を感じた。

「や、やだっ、やめて！」

「本当にやめて欲しいのか？」

怪しい手付きで下腹を撫でまわしていた手が下肢に伸び、恥裂をなぞる。

くちゅりといやらしい音が耳に届き、羞恥に言葉を失った。

「こんなに濡れているのに？」

「そんな、の、知らな……っ」

柔らかな肉のはざまにある縦筋のラインをなぞる様に、ゆっくり上下していた指がふいに膣内《ナカ》に侵入する。

——その時、

「ねえ、あんた。こんな所で僕の飼い主になにしてんの？」

感情を押し殺した低い声とともに、冷たい目をした少年が私達の前に姿を現した。

2　落ち着こう！　君もレオを愛しとこうよ！

年の頃なら十四、五歳。そこには絶世と言って何ら問題のない美少年が立っていた。

「……フン」

手に持っている教鞭《きょうべん》型の杖《つえ》で自身の手の平をペシペシ叩きながら、その美少年は鼻を鳴らす。

ブカブカな黒いマントから覗くフリル満載のハビットシャツは、首元のリボンが可愛いらしい。

それもそのはず。私が給料を継ぎ込んで買った、一着八十万G《ゴールド》もする王室お抱えの有名デザイナーがデザインしたシャツなのだから可愛くて当然だ。

黒いなめし革で作ったロングブーツから覗く魅惑の白い太腿《ふともも》は、ブーツを吊《つ》るガーターで小悪魔的な雰囲気を醸し出している。

いや、それよりも最高《やばい》なのは、お尻の形どころか前の方のぷりんとしたへのこの形までくっきりむっちりピチピチの黒革の半ズボンと、それを吊るサスペンダーか。

少し癖のある黒髪が夜風に揺れて、彼の魔性特有の琥珀色の瞳が覗く。

キイン！

魔力がある者にしか感じ取る事のできない類の波動が、空気を振動させる。

その吊り上がりがちな瞳と目が合った瞬間、アレンの体は力を失った。

こてりと自分の上に倒れた男の体を押しのけながら、私は叫ぶ。

「メケメケ!?」

——彼の名はメケメケ。実家で待っているはずの私の使い魔の黒猫である。

(なんでヒト型なんだろう?)

普段、彼がこのヒト型になる事は滅多にないのだ。

ちなみに今の彼の姿は、私の夢と希望を全力投球して継ぎ込んだ理想の弟像だ。

彼の主の特権で「私に弟がいたらこんな感じだろうな」と言うドリームから、今の彼の姿は構成されているのだが、心の狭い使い魔はこの姿になるのをとても嫌がる。

ちなみに私の弟ドリームと言う事で、ヒト型の彼の原型となっているのは私だ。

とは言っても私はそこまでナルシストではない。自分の容姿の気に入らない部分を大幅に修正して、超絶美形の耽美《たんび》系美少年に仕立て上げている。——例えば、あまり高くない鼻とか、薄くてぷっくりしてない唇とか、短い睫《まつげ》毛とか、ストレートすぎて色気もそっけもない髪質とか。

「帰るよ、お姉ちゃん」

言ってこちらに手を伸ばしながら、彼は顔を歪《ゆが》めると舌打ちした。

この姿の時はメケメケは、私の事を「お姉ちゃん」と呼ぶ様に契約で縛っている。迂闊《うかつ》に「お姉ちゃん」と呼んでしまい、悔しかったのだろう。

お姉ちゃん、思わず顔がにやけてしまいました!!

「なんでメケメケがここに?」

「あの後、アレンがうちに来たんだ。パパとママの話を聞いて、君を迎えに行くって息巻いて家を出てったから……心配になって着いて来た」

「やー、私愛されてるなぁ」

「馬鹿じゃないの」

「えへへ」

ツンツンの激しい使い魔で、時折私も人並みに傷付く事もあるのだが、この姿の時は何を言われてもご褒美としか感じられない。

頰を掻きながら「メケちゃん可愛いなぁ」とデレデレ笑っている私を、なぜか使い魔はジッと見つめている。

「どったのメケちゃん」

「別に。……本当に僕、可愛い？」

「うん、可愛いよ。とっても可愛いよ」

なんせ私が創造した夢の美少年だしな。

「本当に？」

「本当だって。何？　どっかの野良猫にでも可愛くないって言われた？」

だったらお姉ちゃん、餌撒《ま》いてその野良を捕獲して来て、魔術の実験に使っちゃうぞゴラア!!

「そうじゃない」

「じゃあ何なのさ？」

「……オルフェウス」

「オルフェ様？」

「うん。良い男だったんじゃないの？」

「あー、そうだね。確かにオルフェ様も美形だったけど、君とはちょっとジャンルが違うかな」

オルフェ様、獣属性だしな。……と言ったら、こいつも獣属性か。

（そうだ、今度飼い主特権で、この姿の時に猫耳・猫尻尾を付けて遊んでみよう）

そんな事を考えていると、不機嫌そうに下唇を突き出したメケメケに顔を覗き込まれる。

「で、どうするの？」

「何が？」

「結婚するんでしょ？」

「しないよ」

「へ？」

メケメケはなぜか拍子抜けした表情になり、脱力すると地面に膝を落とした。

「オルフェ様、姿絵通りの美青年だし、ＢＬの園でもないし話が違うんだよ」

「ＢＬの園はパパとママの嘘だからその通りだろうけど……姿絵通りの美青年なら、何も問題ないんじゃないの？」

「大問題だよ。ケモチンがケモチンじゃなくなったんだから。で、帰ろうかなと思ってた所だよ」

「相変らず何を言ってるのか良くわからないけど……帰るよ、パパとママが心配してる」

「そうなの？」

無言で頷《うなず》く使い魔に起こされる。

「まだ娘が嫁ぎ先から追い出されて実家に帰って来ないなんておかしい！　って、心配してた」

「うん。それ、心配の方向性が違うよね？」

「あながち的外れでもないと思うけど。……で、何なのその格好」

「オルフェ様の城に服を忘れて来ました」

「杖は？」

「忘れた」

「ったく、本当に僕がいないとどうしようもないバ飼い主なんだから」

そう言いながら使い魔は溜息混じりに私の服を再構成する。

「行くよ」

そのまま踵を返して歩き出す使い魔を追いかけながら、私は地面に倒れているアレンを振り返った。

「そういや、あれほっといて帰っていいの？」

「もう朝だし、魔物も出ないから大丈夫でしょ」

「本当だ」

使い魔に言われ空を見上げれば、いつの間にか空が白んで来ている。

「そうだ、メケちゃん」

「なに？」

「最近安いカリカリばっかりだったし、帰ったら主様《あるじさま》がちょっと良い猫缶を買ってしんぜよう」

「裏は？」

「んー、色々あったのさ」

「色々ね」

（うーん、やっぱり使い魔が傍にいると落ち着くって言うか、ほっとするなぁ）

やはり私達魔導士は、杖と使い魔が傍にいないと落ち着かない生き物なのだ。

——そして私達は、仲良くおててを繋《つな》いでお家に帰った。

＊　＊　＊　＊

それから、家に帰って数日が経過した。

出戻って来る事を想定していた両親は、私が帰宅しても何も言わなかった。と言うか、本当に中々帰って来なかったので、そちらの方を心配していたらしい。

森の奥に置いて行ったアレンの動向も、一応メケメケに調べさせた。

メケメケは「なんで僕が」とブツクサ言っていたが、あのまま置いて来て狼にでも食べられたら流石の私も後味が悪い。

メケメケの調べによると、アレンもあれから程なくして帝都に帰還したらしい。

翌日、薔薇《ばら》の花束を抱えたアレンに自宅凸《とつ》されて、プロポーズらしきものをされたのだが丁重にお断りさせてもらった。

パパ上とママ上は泣いていた。

「こんな奇跡二度と起こらないわ！　この人が正気に戻る前に結婚して、既成事実を作っておきなさい!!」「パパ上もそう思う！　多分これが最後のチャンスだよ、結婚しとこうよ!?」と泣きながら説得されたが、頼む。放っておいて欲しい。心の底から放っておいて欲しい。

両親の反応を見たアレンがしめたと思ったらしく「これからもお前にアタックし続けよう」と不敵な笑みを浮かべながら帰って行ったのだが、それはまた別の話。


——そして、私はというと。

あれからずっと、ベッドの上でゴロゴロしていた。

良くわからない。わからないけど、なんだかずっと気分が塞いでいる。

貯金はある程度あるとは言え、オルフェ様の所に嫁いだ時に宮廷魔導士を退職した今の私は実質無職だ。

無職の娘に対しての両親の視線と態度が、日に日に冷たくなって来ている。

早く職を探さなければ……と思うのだが、どうもやる気が出ない。

あれからずっと、気分が塞いでいる。

（オルフェ様が魔獣でもケモチンじゃなかったから？）

いや、違う。——多分、私は気付いてしまったからだ。

あれから私も私なりに考えた。何故、あの時あの場所でオルフェ様の呪いが解けたのか、と。

恐らくだが、呪いの解除条件がオルフェ様が誰かと肉で契る事だったのだろう。

私達が一つになった瞬間、オルフェ様は人間の姿に戻ったがそれは彼だけではなかった。廃墟《はいきょ》同然の古城も、金銀財宝溢《あふ》れる豪華絢爛《けんらん》で真新しく清潔な城となった。

城を抜け出した時、追いかけて来た召使いさん達も皆、人の姿だった。

（私に優しくしてくれたのは、呪いを解く為……？）

それに気付いた瞬間から、胸が痛くて痛くて堪らない。

何もする気になれない。ベッドの上から起き上がる事すら億劫だ。

でも、それにしたってあそこまで捨て身になってまで私を助けるだろうか？

他の女が来るのを待てば良いだけだ。獣チンに興味のない女の子なんていないと思うし、オルフェ様ならきっと選り取り見取りだったはずだろう。

（いや、違うか）

恐らくだが、あのランプの炎が彼らの命の炎だった。消えかけた炎を見る限り、彼らにはもう時間がなかった。

（だから、捨て身になって私を助けた……？）

導き出された結論は、それだった。

「はあ」

溜息が止まらない。

『いやったあああああああああ!!』

『キタキタキタ！　ついにキタ!!』

『愛！　愛！　〝真実の愛〟!!』

『皇子！　皇子！　決めるのです、今夜ここで決めるのです!!』

『うるさいぞ!!』

『ランプの炎はなぜか戻っていますが、それでもいつ消えてもおかしくない。できれば今夜の内に……』

『あ、ああ』

思い返してみれば、確かにそれっぽい言動はあったのだ。

――しかし。

『良かった、ロゼッタ……』

目を覚ました私をみて、安堵の息を漏らす彼の顔を思い出す。――あれも、私に呪いを解かせる為の演技だったのだろうか？

あの時、涙を溢しながらランプを捨ててくれと懇願する彼のすべてが嘘だとは思えないのだ。

（オルフェ様、どっちが本当のあなたなの……？）

わからない。

わからないけど、帰宅してからずっとオルフェ様達の事ばかり考えてる。

「ねえ、何考えてるの？」

ベッドでゴロゴロしながら溜息を吐いていると、メケメケが私の上に覆いかぶさって来た。

何か心境の変化でもあったのだろうか？

あれからメケメケはずっとヒト型だ。

私がデザインした姿形と服装とは言え、刺激が強すぎる格好なので目に毒だ。主に、股間部分とか股間部分とか。

ちなみに彼は半ズボンの下に何も穿《は》かせていない。

素材的な意味でも勃起したらすぐにわかる服装なのだが、そう言えば私はこの使い魔がちんちんをおっきさせた所を見た事がない。

何となく「勃起しないだろうか？」と思い、半ズボンの上からジーッと使い魔の局部を凝視していると、彼は口元に魔性らしい妖しい笑みを湛《たた》えた。

「……なに、見たいの？」

「正直言っちゃうとスンゲー興味あります、控えめに言ってとっても見たいです」

「駄目」

「ご主人様の命令でも駄目ですか？」

「どうしよっかな」

基本、こいつは猫科の生き物だ。

何だか良くわからないが、本日のメケちゃんはすこぶる機嫌が良いらしい。猫の時と同じ様にゴロゴロ喉を鳴らしながら、額を私の顔に擦りつけて来た。

そんな使い魔の頭を撫でてやりながら、私は嘆息する。

もしかしたら遊んで欲しいのかもだが、今は猫じゃらしの玩具で遊んでやる気も起きない。

「お姉ちゃん、ずっと元気ないよね？　どうしたの？」

「オルフェ様の事、考えてた」

「は？　なんで？」

額を私の顔に擦りつけていたメケメケの動きが止まる。

「わからないけど……あれからずっと彼の顔が頭から消えないの」

溜息混じりにそう言うと、メケメケは表情を一変させ不機嫌な面持ちになるとベッドから起き上がった。

「……もういい、知らない」

「な、なに？」

「うるさい！　お姉ちゃんの馬鹿!!」

メケメケは私にクッションをぶつけると、猫の姿に戻り、プリプリしながら部屋の窓から出て行った。

全くもって意味不明である。

メケメケにぶつけられたクッションを抱き締めながら溜息を吐いたその時――

「ロゼッタ、お客さんよー」

下からママ上の声が響く。

「誰だろう？」

(まさかオルフェ様……？)

そう思った瞬間、胸がドキッとした。

もしかして私に会いに来てくれたんだろうか？

ドキドキしながら階段を降りて玄関に行くと、そこには黒いフードで顔を隠した、見るからに怪しい女が立っていた。

どっからどう見ても不審者なのだが、ママ上は私の友人だと思ったらしい。「後でおせんべい持って行くわね」と言い、すぐにキッチンに引っ込んでしまった。

狭い玄関内に、気まずい雰囲気が漂う。

不審者は一言も言葉を発さない。

仕方ないので、私から話しかけてみる事にする。

「ど、どちら様でしょう？」

「突然の来訪、お許しください。従者を撒いてお忍びでやってきました」

言ってその女はフードを取る。

ウェーブのかかった長い金髪がふわりと揺れると、今日も甘い香りがした。新緑の様な鮮やかな翡翠《ひすい》の瞳。少し力を入れて抱きしめてしまったら折れてしまいそうな華奢《きゃしゃ》な体付き、妖精の様に儚《はかな》げな美貌。——忘れるはずもない、レオナルドの新しい婚約者のエステル・フェルル・ニア・モーゼ・フォン・ラッセンヘッセ伯爵嬢だった。

「え、ど、どうしたの？」

「実は折り入ってご相談がありまして」

「は、はあ？」

良くわからないけれど、伯爵令嬢をこのまま玄関に立たせているワケにも行かない。

ママ上にせんべいを持たされた私は、とりあえず彼女を自室に上げる事にした。

ギイ、
狭い自室のドアを開ける。

——ここで困った事態が発生した。

私の部屋にはソファーがない。

椅子は路地裏で拾って来たワイン樽《だる》を使っている始末だ。

そもそも我が家は狭い。一応、住所だけなら帝都の一等地に分類されるのだが、この辺りは家賃が馬鹿高いのだ。

うちのパパ上とママ上は城務めの役人なので、家賃補助が出て半額程度でなんとかなってはいるのだが、それでも高い。

貴族の令嬢を床に座らせる訳にもいかないだろうと、ベッドの上に座るように誘導すると、彼女ははにかみながら腰を下ろした。

（か、可愛い……）

こりゃレオも惚《ほ》れるワケだわ、と納得する。

私も男だったらきっと惚れていただろう。エステルちゃんは、本当に妖精のような可憐な美少女だった。

「あ、ああ！　待って！　待ってこれの上に座って‼」

こういう時、騎士の幼馴染兼婚約者がいた経験が吉となった。

確かこういう時は、ハンカチをレディーの下に敷くのがマナーなのだ。

私は手にとった布切れを彼女の下に敷く。

ハンカチだと思ったものを良く良く見てみると、私がアレレオの薄い本を売買するイベント時に、卓上に敷いていた飾り布だったが、……まあ、問題ないだろう。布は布に違いない。例えその布に、レオがアレンのチンをしゃぶっている私の自作イラストが描いてあったとしても。

「あ、ありがとうございます」

エステルちゃんは戸惑いがちな笑みを浮かべながら、婚約者が男根をしゃぶる布の上に座った。

私も会釈で返しながら、いつも座っているワイン樽の上に腰かける。

「で、相談って何？」

「レオナルド様の事です」

「レオの？」

せんべいをバリバリ齧《かじ》りながら相槌《あいづち》を打つ。

私ばかり食べていた事がバレたらママ上に怒られそうなので一枚渡すと、伯爵令嬢はせんべいと言う食べ物を見るのは初めてなのか、しばし不思議そうな顔をして私が渡したせんべいを見つめていた。

一口齧ると、止まらなくなったのかそのままザラメせんべいをバリバリ貪りながら彼女は続ける。

「ロゼッタ様ならご存知だと思われるのですが、レオナルド様って、その……優しすぎるのです」

「そうかな」

私にはスパルタだった思い出しかねぇぞ。

「ベッドの中でも、優しすぎて、その……」

惚気かな。

「でも、わたくし、もっと強引にシテ欲しいと言うか……えっと」

惚気《のろけ》ですね。

(何しに来たんだろう、この子……)

「ええっと、一応私、彼に婚約破棄された立場の者なんですが」

「はい、承知しております！」

思わず半眼になりながらそう返すと、彼女は両の拳を握りしめながら固く頷き、新しいせんべいに手を伸ばす。

細い癖に意外に喰うな、この子……。

「わたくしの家はカルヴァリオでも有数の歴史ある伯爵家です。長らく続いた家と言う事もあり、ラッセンヘッセには時代錯誤なしきたりがあるのです……」

「しきたり？」

「夫婦になった男女は初夜、親族の前で貫通式と呼ばれる儀式を執り行い、花嫁の純潔を確認するのです」

「カルヴァリオでも未だにそんな事してる家があるのか。そんな時代遅れな事やってるのって、西の大陸じゃもうアホビス神聖国くらいだと思ってたわ」

「わたくしも、今の時代には合っていないと思うのです」

「うんうん、その通りだと思うよ」

「わたくしは、嫌なんです。……なので、幼い頃から初めての時は、貫通式の前に未来の夫になる方に奪ってもらおうと心に決めておりました」

なんだかお貴族様の世界も色々と大変らしい。

少し同情する平民の私。

「でも、レオナルド様はどんなに懇願しても、わたくしの純潔を奪ってはくれないのです。手や口、お尻を使って愛し合うだけで……」

頬に手を当て、憂い気な瞳で溜息を吐くエステルちゃん。

彼女には悪いが、そりゃそうだろう。

例えエステルちゃん本人が「処女を奪って欲しい」とレオに迫っていたとしてもだ。彼女の両親は、恐らくそんな事許しはしないだろう。

彼女は貫通式の前に処女を散らしても、両親に叱られるだけかもしれない。

しかしレオナルドは違う。平民の騎士に結婚前の娘を傷物にされたと彼女の両親の怒りを買えば、下手をすれば彼は職を失ってしまう。金獅子隊だって解散だろう。彼の部下達は、皆喰うに困る事になる。

それならまだいい方か。最悪、金獅子隊のメンバーが全員打ち首になる可能性だってあるのだ。

――それほどまでに、我が国は貴族が権力を持っている。

「正直、レオ様では物足りなくて。わたくし、元々強引に奪って欲しいタイプと言うか……」

エステルちゃんにも同情するが、レオにも同情する私だった。

「だから、その……えっと」

そこまで言うと、エステルちゃんはベッドの上で膝を擦り合せてモジモジしはじめた。

彼女は赤く染まった頬を両手で押さえながら、チラチラと意味ありげな視線で私に投げる。

(え、なんだろう?)

「お姉様、どうぞこちらへ」

そんな彼女にきょとんとしていると、ちょいちょいとベッドに手招きされた。

なんだろうと思いながら、彼女の隣に腰を下ろすと、次の瞬間私はエステル嬢の手によってベッドに押し倒される。

「わたくし、わたくしっ！　あの夜の事が忘れられないのです!!」

「エステルちゃん？」

気のせいだろうか。心なしかエステルちゃんの目は潤み、息遣いが荒くなっている様な気がする。

「あの夜の、お姉様の強引かつ繊細な手付きが、忘れられなくて……！」

「は？」

「お姉様！　お願いです、どうかエステルのものになってください!!」

そのまま顔を近付けてくる伯爵令嬢を、私は慌てて押し返す。

「ちょ、ちょっと待って!?」

この子、細いのに以外に力あるな!!

「待ちません！　お姉様、どうかエステルの初めてを奪ってください!!」

「落ち着こうよエステルちゃん！　そもそも私には君の初めてを奪えるものが生えてないよ!!」

「そんなのどうとでもなりますわ！」

「なるわけねぇ!!」

「正直わたくしも女同士の事は良くわかりませんが、お姉様が真にエステルを欲しいと思えばきっと、何かそれっぽいものが生えてくると思います!!」

「私ふたなりも好きだから、正直その説にはロマンしか感じないんだけど、……でも、それで生えて来たら私、人間じゃないよね？」

「わたくしじゃ駄目ですか!?」

うるるん！　と大きな瞳が涙で潤むのをみて、私はうっと詰まる。

「う、うう……駄目と言うか、そういう問題じゃなくて、」

「わたくしの何がいけないのでしょうか？」

「いや、レオに……悪いなって」

「悪くはありません、わたくし達、もう別れましたから」

「早っ！　一体何があったの!?」

「特に何も」

「いや、何もって……何かあったから別れたんでしょ？」

「そうは言っても、本当に何もないのです。……恐らく私は、レオ様が思っていたよりも退屈な女だったのでしょう」

「エステルちゃん」

どこか切なそうに目を細めて微笑むエステル伯爵令嬢に、私の胸も締め付けられる。

「でも、それはお互い様なのです。わたくしも彼の上辺しか見ていなかったのですから」

とりあえず、私はせんべいを喰った後、エステルちゃんにお引き取り願った。

エステルちゃんはせんべいが最後の1枚になるまでしつこかった。隙あらば股間をモミモミされた。……この子、一見清楚《せいそ》が服を着て歩いている様な、おしとやかな令嬢風なのに案外押しが強い。

「お友達なら」と話すと「では、お友達からはじめましょう！」と何か間違った解釈をされた。

（まあ、いいか）

なんでもエステルちゃん、箱入り娘すぎてお友達がいないのだとか。

私もそんなに友達が多い方でもないし、一人友達が増えたと思えばいいのかもしれない。

彼女を見送り、自室に戻ったその瞬間——

「ロゼッター、またお客さんよー」

下からまたママ上の声が響く。

（しかし今日は来客が多いなぁ）

そろそろ薄い本でも読もうと思っていたのに、これじゃ中々読む事ができない。

溜息混じりに階段を降りると、玄関にいたのはまたしても見知った顔だった。

「君は……」

少女の様に愛らしい顔立ちに、少女と見紛うか細い四肢。色素の薄い髪と肌。今日も彼が腰にさす短剣はミスマッチに見える。

金獅子隊の従騎士カストロであった。

「いきなりの来訪、失礼します。実はロゼッタさんに折り入って相談がありまして……」

深刻な表情でそう告げる彼に、「もしや、またか」と思い、蒼白になる。

「も、もしかして君も私の事を好きだとか言ったりする？」

「いや、それはないです。ありえません」

「あ、それは安心しました」

真顔で訂正され、私は安堵の息を吐《つ》く。

鎧《よろい》を脱いだ彼は、ただの美少女にしか見えない。ママ上の目にも女の子にしか見えなかったのだろう。

年頃の娘の部屋に男であるカストロを上げる事に、ママ上は何も思わなかったらしい。

先程エステルちゃんを上げる時と同じ様に、普通に「いらっしゃい」と言い、オレンジジュースを持たせてくれた。

とりあえず私は、彼の相談とやらを部屋で聞く事にした。

3　おい待てよ！　君はBLでイキましょう！

一応客人と言う事で私の部屋で一番座り心地の良いベッドに誘導させると、カストロは戸惑いを隠しきれないと言った表情となった。

「あの、ロゼッタさん」

「なんでしょう？」

「念の為確認したいんですけど、」

「はい」

「僕に悪戯《いたずら》しようとか、僕の事を犯そうとか……そういう事は考えてませんよね？」

「いや、それはないです。ありえません」

「あ、それは安心しました」

パタパタと手を振り真顔で訂正すると、彼はほっと安堵の息を吐く。

おかしい、先程と立場が逆転している。

「御覧の通り、私の部屋は狭いのでソファーがないんです。ベッドに座る事で私に襲われる身の危険を感じるのならば、どうぞ床の上にお座りください」

しかしまだ私を疑っているらしいカストロは、猜疑《さいぎ》の視線でこちらを一瞥《いちべつ》すると、ベッドを避ける様にして床の上に座った。

襲わないと言っているのに、なんて自意識過剰な美少年だろう。もしかしたら壁中に貼ってある、美少年達の肌色率が高い白濁飛び散るポスターやらポストカードのせいかもしれないが。

少しイラっとしていると、床の上で寛ごうとしていたカストロの動きがピタリと止まる。

彼の目線を追うと、壁の隙間穴からコロシヤダンゴ虫の群れがゾロゾロ出て来た所だった。

冬の訪れを感じ、微笑ましい気分となった私の目元が緩む。

「今年の冬眠場を探しているコロシヤダンゴ虫の集団が通行中ですが、どうぞお寛ぎください」

「ベッドにします」

滅多に人を刺す事はないが、コロシヤダンゴ虫には致死性の毒がある。

逃げる様にベッドに飛び乗るカストロに、私も椅子代わりに使っているワイン樽に腰かけた。

「で、悩みとは？」

「実は、僕……」

ポッと頬を赤らめながらモジモジするカストロに、これは恋愛相談《オトコ》だなと私の腐った勘が告げる。

私今無職だし、何なら今日から有料人生相談所スナックロゼッタでも開こうか。

「実は僕、隊長が好きなんです」

「は？」

今、こいつは何つった……？

（「たいちょうがすきなんです」……？）

金獅子隊の見習い騎士の彼が言う隊長とは——、恐らくレオで間違いないだろう。私の元婚約者のレオナルド・マッケスティン。

煌びやかな金の髪に、透明度の高い楔石《スフェーン》の瞳、筋肉質だがしなやかな四肢。少年時代は少女と間違われる事が日常茶飯事で、その愛らしい容姿と筋肉が付きにくい自身の体質にコンプレックスを抱え、お腹を壊すまで牛乳を飲んだり、ビールジョッキに大量に入れた生卵の一気飲みに挑戦しては涙目になっていた私の幼馴染のレオ。

男達の男根を、そのいやらしくも貪欲な交尾穴に挿し込まれる為に生まれて来たに違いないと信じていた、私の幼馴染のレオナルド・マッケスティン。

「隊長の事が、好きなんです」

「え、えっと」

(BLと言う事で合っているのでしょうか？)

「夢かな、これ」と頬を抓《つね》る私を他所に、彼は熱い溜息を洩《も》らしながら続ける。

「腹を割って話します。奇人変人として有名な宮廷魔導士ロゼッタ・レイドクレーバー相手なら、僕に勝機があると確信していました。こう言っちゃ何ですけど、正直僕の方があなたよりも可愛いし」

「君も随分とはっきり言うな」

確かにカストロの方が私よりも可愛いし、その点については何の異論もないのだが。

「あの舞踏会の夜、実は僕、期待していたんです。……ロゼッタさんに婚約破棄をした後、隊長は僕の前にやってきて、公衆の面前で僕に愛の告白をしてくれるんだって。――なのに、あのクソメスが!!」

ダン!!

「いつの間に僕の隊長をたらしこんだんだあのクソまんこ！　まんこがついてるだけで調子に乗りやがって！　ああああああ憎たらしい！　お前のまんこよりも、僕のおちんちんの方が絶対可愛いから!!　価値があるから!!　魅力的だから!!!!」

ベッドから立ち上がり、放送禁止用語を叫びながら地団駄踏むカストロの様子を私は唖然として見守る。

(カストロってこんなキャラだったのか……)

なんと言うか、私が想像していた攻めキャラとはちょっと違う。

でも、まあ、これも悪くはない。

嫉妬深い病み系ショタって、いいよね……？

「で、どうすんの？　レオに告白すんの？」

恐らくこれが、若いおなご達が日常的《デイリー》にしていると言う恋話《コイバナ》とか言う奴なのだろう。

私は少しドキドキしながら、オレンジジュースのストローに口を付ける。

しかしカストロは溜息混じりにベッドに腰を落ろすと、切なげに瞳を伏せて頭を振った。

「ロゼッタさんは僕と同じ第二等民ですし、やっぱり間近で見れば見るほど僕の方が可愛いですし、更に言うなればロゼッタさんってあまり評判良くないですし、あなた相手なら絶対に勝てると踏んでいたんですけど、」

「うるせーな、このクソホモが」

「怒らないでくださいよ、本当の事を言ったまでじゃないですか。……でも第一等民の伯爵令嬢エステル様が相手となると、やっぱり厳しいかなって」

「…………」

「でも、毎日職場で隊長と接していると……駄目なんです。この想いは膨れ上がっていくばかりで。ああ、どうすれば僕は隊長の事を諦められるんでしょうか」

涙を千切りながら叫ぶカストロを、私は鼻くそをほじりながら一瞥《いちべつ》する。

「あー……別に、諦める必要はないんじゃね？」

「でも！　こんなの辛すぎます!!」

なんか結構酷い事を言われているような気がするのだが、ＢＬを応援しない理由はない。

「や。そのね、何つーか。あの二人別れたらしいぜ」

「本当ですか!?」

「言っていいのかわからんから、ここだけの話にしておいてね」

「はい、わかりました！　……ところで、別れの原因は何だったんでしょうか!?」

キラキラ輝くおめめで問い詰められて、私は尻をボリボリ掻きながら考える。

(言っていいのかな……？)

「ええっと、……レオのセックステクのなさが原因なのかな」

「えっ!?」

カストロの頬が薔薇《ばら》色に染まる。

「なんかあいつ、女抱くの下手だったっぽいんだよね」

「そうなんですか!?　やだ、隊長ってば可愛いっっ!!」

「私が思うにあいつはずっと受けだったから、攻めた事がなかったんだと思うのよ」

「ですよねですよね!?　ああああああん、隊長ってば！　僕に言って下されば懇切丁寧に教えてさしあげたのに!!」

自分のベッドの上でのたうち回る従騎士を生温かい目で見守りながら、私は彼の分のオレンジジュースもズビズビ啜《すす》った。

(なんだろう。私の求めていたBLとは、なにかが違う……)

おかしい。私が求めていた妄想が現実になり、可視化したと言うのに、心のちんちんが全く反応しねえぞ。ただ今のチンピク度はゼロパーセント也。

まさか三次元《ナマモノ》が苦手だと言う腐女子《おなかま》の言を、肌で実感する日が来てしまうとは。

「ああ、ロゼッタさんに相談して良かった！」

「は、はあ」

「また何かあったら相談にのってください！　僕達、きっと良いお友達になれると思うんです!!」

そう言ってカストロは私の手を握り、何度もハグすると騎士寮へと帰って行った。

何でも同性愛の厳しいお国柄、今までカストロは恋愛相談ができる相手がおらず、孤独に苛まれていたらしい。

　ＢＬラバーの変人として有名な私の事はずっと気になっていたらしいが、それでも私はつい先日までカストロの想い人のレオナルドの婚約者だった。流石の彼も、そんな私に相談する訳にもいかないと思っていたらしい。

　しかし先日の舞踏会でレオに婚約破棄を持ち掛けられ、晴れて（？）ライバルでなくなった私に、相談を持ち掛けてみようと思ったのだとか。

「さっそく隊長にアタックしてきます！　ロゼッタさん、また相談に来てもいいですか!?」

「いいけど、今度は茶菓子くらい持って来いよ」

「わかりました！　今度はお手製マドレーヌを焼いて持って来ますね！」

「おう」

　ハラハラと手を振って、何度もこちらを振り返って手を振るカストロ君を見送る。

（なんか、ドッと疲れたな）

　エステルちゃんとカストロと、一日で二人も友達が増えた。

　有意義な一日であったが、引きこもりがちな魔導士にはハードルの高い一日であった。

「ロゼッタ、ママちょっと買い物に出かけるわね」

「うん」

　玄関に戻ると、ちょうどママ上様が外に出て行こうとしていた。

「さむっ」

部屋着のままカストロを見送ったせいか、それともオレンジジュースを二人分飲んだせいか、寒気がする。

温かいお茶でも淹れようとリビングに向かったその瞬間――、

カランカラン！

玄関のドアベルの音に、私は後を振り返る。

(ママ上、忘れ物でもしたのかな)

欠伸《あくび》を噛み殺しながら玄関のドアを開けると、そこには想定外の人物が立っていた。

(え？)

今日は朝から冷えると思っていたが、どうやらついに初雪が降りはじめたらしい。

ドアを開けた瞬間、カルカレッソの白い建築物の間を乱れ飛ぶ雪が、白い砂礫《されき》のようにビュウッ！と音を立てて家の中に入って来た。

冷たい風が彼の眩《まばゆ》い金の髪と、金獅子隊の制服の黒いマントを揺らす。

「……ロゼッタ、話がある」

一体、彼に何があったのだろうか。

彼の明るい楔石の瞳は、今日は深い憂いの色を湛えている。

――玄関に立っていたのは、私の元婚約者のレオナルド・マッケスティンだった。

「何の用？」

「俺が悪かった。俺が間違っていたんだ、どうか俺とやり直して欲しい」

「……さっき、エステルちゃんが来たよ」

「そう、か」

「別れたんだって？」

無言で頷いた後、レオは顔を上げる。

「今日、アレンに聞いた。……アレンがお前にプロポーズしたと」

「ああ、されたね」

「なんて答えたんだ？」

「そうだな、なんて答えたっけ」

「ロゼッタ！　頼む、答えてくれ！」

「レオ」

そんな切迫した表情で、肩を掴んで揺さぶられても困る。

正直な所、私はあの時アレンに何と返したか正確に思い出す事ができないのだ。

両親の前でのいきなりのプロポーズに、あの時、私はかなりテンパっていた。一応断る方向で返事をしたはずだが、彼はそう受け取っていなかったし。

何となく目に付いた、玄関に飾ってある薔薇の花を指さす。

「そ、そうだ！　……そこに飾ってある薔薇の花、アレンが持って来てくれた奴だよ！」

ママ上が飾った薔薇の花を指さすと、レオナルドは苦虫を噛み潰したような渋い顔になった。

「お前が、薔薇《はな》をもらって喜び、花瓶に飾るような女だなんて知らなかった」

「飾ったのは私じゃなくてママ上だよ」

「は？」

「それに。……私は薔薇の花なら、花束よりも開発の進んだ美少年の脱肛《アナルローズ》の方が嬉しいです」

「アナ……ローズとは何だ？」

「えっ？　聞きたい聞きたいっ？」

「あ、ああ」

デュフデュフ言いながらアナルローズの詳細な説明を始めると、レオナルドはしばし呆然としていた。

ローズの作り方の段階に入り、アナルの吸引方法とその道具についての説明に入ると、なぜか彼はプッと吹き出して、腹を抱えて笑い出した。

「そうだな。そうだった、お前はそういう女だった」

笑いすぎたせいか、目の端から零れてしまったらしい涙を拭うと、彼はふと真顔になる。

「――で、アレンにはなんて答えたんだ？　プロポーズは受けたのか？」

「断ったよ。パパ上とママ上には全力で止められたけど」

「そうか。……ご両親はご在宅だろうか？　公衆の面前で一人娘であるお前に恥をかかせたんだ。土下座をしても許されないかもしれないが、どうかお二人にも謝らせて欲しい」

「多分そんな事をしなくても許すって言うか、……あの人達、婚約破棄は完全に娘《わたし》に原因があると思っているし、レオに対しては何も悪感情は抱いてないと思うよ」

「そうなのか？」

拍子抜けした顔になるレオナルドに、私は苦笑した。

「そうだよ。うちのパパ上ママ上、昔からあんたの事大好きだし」

「そうか」

レオナルドは私の言葉に、相好を崩す。

「それでも俺は男だ。どうかケジメとして、ご両親の前で一度頭を下げて謝らせて欲しい」

「パパ上はお仕事だよ、ママ上は買い物」

「そうか」

「…………」

「…………」

「…………」

「…………」

「……なに？」

「いや……」

なんとも言いようのない、気まずい空気が玄関内に流れる。

「話が終わったんなら帰れ」と言いたい所だが、もしかして家に入れて欲しいのだろうか？

レオナルドは何か言いたそうな顔で、ジッと私を見ている。

「じゃあ、私出かけてくるわねー」

「行ってらっしゃーい」

その時、隣の部屋に住む噂好きのおばさんが外出する気配を感じ、ぎくりとする。

ママ上曰く、エリート騎士団長様に娘――と言うか、私が婚約破棄を受けた話は、今ご近所様で持ち切りの噂らしい。

私は特段他人の噂話などは気にならないタイプの人間なのだが、パパ上とママ上はそうではない。ストレスを抱えた両親にブツブツ文句を言われたり、ママ上が寝込んでご飯を作ってくれなくなったら困る。とても困る。

ただでさえ、騎士団員の制服は目立つ。そしてこの帝都《まち》で、レオの顔を知らない人間はいない。

「……とりあえず、あがってく？」

「ああ」

――今思えばこれが間違いだった。

私達は気心の知れた仲で、赤子の頃から一緒に育った幼馴染《おさななじみ》で。――だからこそ、そういう色っぽい関係とは無縁だと思っていたのだ。

「ご両親は留守、か」

「ん？　何か言った？」

「いや……」

独り言ちる幼馴染を振り返ると、彼は柔らかく瞳を細めて微笑むだけだった。

ズズズ……。

＊　　＊　　＊　　＊

私達は向かい合ってダイニングのテーブルに座り、ココアを飲んでいた。

チビチビとココアを飲んで、彼が話し始めるのを待ったがレオは頑なに口を開かない。すぐに十数分が経過した。

ついに空になってしまったマグカップをしばし見つめていたが、私は溜息混じりに顔を上げる。

目の前の男は自分から会話の糸口を開くつもりはないようだが、いつまでもこのまま二人で黙りこくっている訳にもいかない。

「私が言うのも何だけど、……レオはエステルちゃんと仲直りした方が良いと思う」

「は？」

レオナルドは私の言葉に眉を顰《ひそ》めると、不快な表情を露わにした。

「俺はお前とやり直したいと言ったのに、なんでそんな事を言うんだ？」

「なんでって、」

そんなの私が口にするまでもないだろう、この男も本当はわかっているはずだ。

確かに私ことロゼッタ・レイドクレーバーはこの国で一、二を争う魔導士だ。

割と将来有望だし、宮廷の方への復職も実はそんなに難しくはない。……ただ、なんとなく気まずいので前の職場には戻りにくいだけだ。結婚すると言って退職届けを出した手前。

所詮、私は第二等民の娘なのだ。エステルちゃんは第一等民のラッセンヘッセ伯爵令嬢。この差は大きい。

近年、我が国では戦争が多発しており、年々税金が鰻《うなぎ》登りになっている。

よって、庶民の懐事情は厳しい。

比較的豊かだと言われているいわゆる中流階級の第二等民でさえ、帝都を出れば毎日パンを一つ食べられるかどうかだと聞く。

両親も私も城務めの役人だ。第二等民だとは言え、時代か国が違えば裕福層と言っても何ら差支えのない身分ではあるが、年々上がり続ける税金のせいで生活は苦しい。

食うには困らないが、私が自室の椅子を買うのを躊躇《ためら》い、路地裏からワイン樽《だる》を持ってくる程度には生活は困窮している。

もう一つ言ってしまえば、自分の部屋に開いている穴を塞ぐ事ができずに数年経過しているくらいだ。

大陸を震撼《しんかん》させた「カルカレッソの悲劇」により、我が国はとても貧しい国となった。

かつては名実ともに西の大陸の覇者であったが、その称号を失ったばかりか、西の三大大国の座からも転落した。

「カルカレッソの悲劇」――どこからともなく現れた美しい女により、時の帝王ヨシュアが傀儡《かいらい》となり、国庫が傾き、国力が低下した。その瞬間を狙ったようにローズヴェルド領、グデアグラマ領、ピエサル領、リンゲイン領と、当時の領国の統治者達が一斉に立ち上がったのだ。

彼らは独立自治権を主張し、帝王ヨシュアに反旗を翻した。

「カルカレッソの悲劇」の背景には様々な説がある。

当時の帝王ヨシュアを誑《たぶら》かした悪女は、我が国との国境戦で苦戦していたリゲルブルクが送り込んだ工作員だったと言う説。はたまた国宝を奪い返して、我が国の従属国と言う地位から脱却し、大陸の王者の座を奪還したいアドビス神聖国の工作員だったと言う説。

未だに歴史学者の間でも庶民の間でも、数々の陰謀論が飛び交っているが真相は闇の中だ。

――しかし当時の真実なんぞがわからずとも、今現在の厳しい情勢ならば、我が国の国民ならば誰もが重々理解している所である。

「カルカレッソの悲劇」の後、我が国に残されたのは帝都カルカレッソのある極北の凍て付く大地だけだった。

夏の短いこの地方は、当然作物が収穫できる期間が短い。凍て付く冬は当然何も育たない。陸の孤島となり外界から閉ざされれば、食料の輸入もままならない。民の生活は苦しく、毎年冬越えは命懸けだ。

このままでは我が国の未来は、飢餓と貧困の格差、――そして最後に破滅が待っている。

となると、我々は戦争をけしかけて一つずつ国土を戻して行くしかない。

現皇帝陛下ミカエラ様は野心家で上昇志向が強く、精力的なお方だ。国土を取り戻し、民が豊かな生活を送れる様になる為に戦争をすると言う彼の考えは、別に間違っているとは思わない。

悪しき前例を真似て、隙あらば反乱を起こそうとする地方領主達を恐怖政治で押さえつけ、統治者の力を見せ付ける。――一部の人間には反感を買っているらしいが、ミカエラ様はとても有能な方だ。

投獄、殺戮《さつりく》とやっている事は非道だが、すべてには理由がある。

そして強い王とは私達国民を安堵させ、心酔させるのだ。彼ならばきっと西の大陸の覇者の名を名実ともに取り戻してくれるだろう、と。――それが私達カルヴァリオの民にとっての正義であり、長年の悲願なのだ。

しかし愛国心と私達平民達の個々の感情は別物になる。

本音を言ってしまえば、死ぬかもしれない戦争に好き好んで行きたがる人間なんぞいる訳がない。だからこそ私達第二等民は皆死に物狂いで勉強するし、勉強ができない者は剣の腕を鍛える。国内中枢の要職に就けば戦争に行かずに済むからだ。

レオが率いる金獅子隊のメンバーだって例外ではない。

金獅子隊の隊員は、主に第二等民と第三等民で構成されている。つまり、彼らは有事の際は最前線に送られやすい部隊となる。

聖ラゼロンダ騎士団や、教会に所属している騎士なら話は別だ。あの辺りは貴族のお坊ちゃま達がお遊びでやっている様なものだから。

順当的に次の戦争か、その次辺りにレオ達は前線に送られるだろう。その時彼らが生きて帝都に戻れる保証はどこにもない。

例えば、レオが戦争に行き先勝を上げ無事帰還したとしよう。――敵国の大将の首を獲れば、恐らく彼は騎士伯位《ナイトはく》にはなれるかもしれない。

レオが騎士伯になり、それからマッケスティン家が三代続けば、マッケスティンが第一等民になる事も可能である。しかしこの戦乱の世、それまで――息子や孫の代まで、レオが生きていられるかはわからない。

しかしだ。彼の姓がラッセンヘッセになり、彼のバックに伯爵家が付くなら話はまた変わって来る。彼の部隊が危険な戦地に送られる事はなくなるだろう。金獅子隊は、国内の安全な場所に配置されるに違いない。


先日、ミカエラ様はリンゲイン領奪還に失敗したばかりだ。

戦争とは莫大《ばくだい》な金がかかる。あの負けで、だいぶ我が国の国庫は寂しくなったらしい。その為、またしても税金が跳ね上がり、私達庶民の生活は一層苦しくなった。

最近、帝都にも物乞いや孤児が増えたように思う。

ミカエラ様も私達も、次こそは失敗するワケにはいかないのだ。

恐らくミカエラ様は、次はリンゲイン独立共和国のバックにいるリゲルブルク公国を直接叩くか、国際社会の後押しを得て、正義の名を元に男尊女卑国家のローズヴェルド辺りを狙うかするだろう。

あの辺りは緑豊かで、資源が豊富だ。

リゲルブルクかローズヴェルドを落とせば、我が国の民の暮らしもだいぶ楽になるだろう。

「レオだって本当はわかってるんでしょ、これ以上ない縁談だって」

伯爵家がバックに付いているのなら、出世だって容易い。――だから、私は幼馴染として彼にエステルちゃんとの結婚を勧める。

(――いや、違うか)

私は昔、多分だけど、レオの事が好きだったんだと思う。

『へえ、あの子が噂の。でも、あの子とっても可愛くない？』

『馬鹿、そっちは男の子の方よ』

『え？　あっちの金髪の方が女の子じゃないの？』

いつからだろう。

彼の婚約者である事に、後ろめたさを感じる様になったのは。

『レオナルド様、今年の剣術大会も優勝確実だって！』

『凄いよね、多分あのまま騎士団の隊長にでもなっちゃうんじゃない？』

『ゆくゆくは宮廷務めのエリートかぁ。私、今のうちに粉かけちゃおっかな♪』

『確かあの方には婚約者がいたのでは？』

『ああ、あの変人魔導士でしょ？　あんな女、ライバルにもならないわ』

『馬鹿、本人よ』

『うふふ、噂をすればなんとやら』

成長したレオが晴れ舞台に立ち、光の階段を一歩ずつ昇って輝きを増して行くたび、彼の婚約者である事に更なる後ろめたさを覚える様になって行った。

『ロゼッタ！』

それでもレオは、懲りずに私を婚約者として扱ってくれようとしたのに。――そんな彼の好意を無視し、すべて踏みにじったのは他の誰でもない、私だった。

多分、彼を周りの男達と掛け合わせてデュフデュフ言っている分には、楽だったんだと思う。

彼の男性性を貶《おとし》め、辱める事は、とても良いストレス発散になった。

お国が違えばまた違うのかもしれないが、この国では女は男に選ばれ、求愛されてなんぼの世界だ。

男に選ばれなければ、どんなに有能で仕事ができたとしても、女として欠陥品の烙印《らくいん》を押される。

私達はいつだって安全地帯に立っている男達から値踏みされ、その容姿や性に好き勝手に値段を付けられる。

時に恋愛対象ですらない異性に、時に自分よりも能力のない男に、時に父親よりも年上のオッサンに上から目線で性的価値を値踏みされ、同性間で順位をつけられるあの不快感や嫌悪感を、恐らく世の男性の大半は知らないはずだ。

しかし彼らをすべてＢＬにして、性的に搾取する側に回れば解消される鬱憤《うっぷん》もある。

それが脳内の妄想の中であれ、こちらが男性性を搾取し辱める側に立てば、私の中で彼らの上位に立つ事ができる。

皆の言う通り、きっと私達は婚約者として不釣り合いなのだろう。

しかし妄想の中で自らの婚約者様を汚す事により、私は彼に気おくれする事がなくなり、精神的に優位に立つ事もできた。不釣り合いな婚約者様とも対等に話をする事だってできる様になった。内心、自分でも品性下劣なストレス発散方法だとは思っていたが、それにより私のちっぽけなプライドと精神の平穏は守られていたのだ。

——だからだろう。私はあの夜、彼に婚約破棄をされて内心ほっとしていた。

伯爵令嬢ならばレオに相応しい。

やっとレオを解放する事ができる。やっとこの悪趣味なストレス発散ともおさらば出来る、と。

「そうだな、確かにその通りだと思うよ」

苦笑じみたものを浮かべながら、彼はマグカップをテーブルの上に置いた。

「……自分でも勝手だと思う。でも、失って初めて気付いたんだ。どうやら俺は、お前じゃなきゃ駄目らしい。アレンがお前にプロポーズをしたと言う話を聞き、いてもたってもいられなくなった」

「何を言ってるのかわからないよ」

私達は元々、そういう関係じゃなかったはずだ。

エステルちゃんの花のような笑顔を思い出す。

彼女が駄目で私が良い理由なんて、何一つ思い浮かばない。

「私のどこがそんなに良いの？」

もし私が彼女に何か優っている部分があるとしたら、胸だろう。

　エステルちゃんはお胸がぺったんこだ。私も大きい方ではないが、彼女よりはやや大きい。

　──しかしレオの答えは私の想像を裏切った。それも斜め上の、ぶっ飛んだ方向で。

「……彼女は、俺の事を全然ちやほやしてくれないんだ」

「は？」

　苦し気に眉を絞りながらそう言うレオに、私の口から間の抜けた声が漏れた。

「受けキャラとしてだが、お前はいつも俺をチヤホヤしてくれただろう？　気が付いたらあれが癖になってしまっていたらしい」

「は、はあ」

「アレンと肩を組んだり、手合わせするだけでお前はいつだって黄色い声をあげてくれた。……お前を失ってから、俺は内心あれが嬉しかったんだと言う事に気付いた」

「は、はああ？」

（ええっと、この人は一体何を言っているのでしょう？）

　意味がわからない。

「エステル様は……俺がカストロの持つ荷物を代わりに持ってやっても、ウーゴと口論しても、お前の様に黄色い声をあげたり、鼻血を噴いたりはしてくれない」

「ええっと、つまり……？」

「お前がいなくなってから、俺は調子が出なくて本当に駄目なんだ。剣の腕も鈍ったし、仕事もろくにはかどらない。部下やエステル様に当たり散らしてしまう始末……どうやら俺は、お前のようにいつも俺をチヤホヤして全肯定してくれる存在がいないと駄目らしい」

こぼれるような笑顔でとんでもない台詞を吐きながら、彼は懐から赤い小箱を取り出した。

「これは？」

「言わなくてもわかるだろう？」

目を伏せて笑いながら、レオナルドは小箱の蓋を開ける。

中には場違いなほど華美に輝く、一粒ダイヤの指輪があった。

「婚約指輪だ。お前とやり直したい。――頼む、ロゼッタ、俺と結婚してくれ」

「どうぞお帰りになってください」

私は真顔のまま立ち上がると、「さっさと出ていけ」とリビングのドアを開けた。

「帰らない」

「帰れよ」

「いや、帰らない」

「いや、帰れよ」

しばらくそんな押し問答が続く。

立ち上がる気配がないので、私はレオのマントを引っ張った。

「さっさと帰りやがれ!!」

「嫌だ！　全力で拒否する!!」

（くっ、昔はお姫様抱っこもできたのに重くなったな畜生!!）

マントを引っ張る私の手を掴みながら、彼は切羽詰まった表情で叫ぶ。

「頼むロゼッタ！　これからも俺の事だけを見つめて、俺の事だけをチヤホヤし続けて欲しい!!」

「つまりあんたは自分のチヤホヤ要員が欲しいだけで、私の事を愛してる訳でもなんでもないんでしょうが!!」

「そうかもしれない！　それでも俺にはお前が必要なんだ!!」

「嬉しくねえっ！　なんて嬉しくないプロポーズ!!」

そんなこんなでしばし、「帰れ」「帰らない」と堂々めぐりのやりとりが続いた。

ややあって。私の説得は無駄だと悟ったらしいレオが、はあと大きな溜息を吐く。

「……こうなったら実力行使に出るしかない」

「へっ!?」

次の瞬間、私の体はリビングのソファーに押し倒されていた。

「今日は水の週の第3日目！　きっとお前のママ上殿は、買い物の後、編み物教室に行かれるんだろう!?」

流石《さすが》幼馴染！　うちのママ上の行動パターンをしっかり読んでやがる!!

「神聖国同盟加入国である我が国は、婚姻関係において処女性が何より重視されている!!　つまりおまえの処女を奪ってしまえば、お前はもう他の男の妻となる事ができない!!　つまり、犯してさえしまえばロゼッタ、お前は俺と結婚するしかない!!」

「お前、それでも騎士かよ！　騎士道精神どこに置いて来た!?」

高笑いしながら私の服を脱がしにかかる騎士団長に、思わず叫んでしまった。

「ロゼッタ、知っていたか？　俺は騎士である前に、一人の男なんだ……」

「や、髪をかき上げて格好付けながらそんな事言っても、あんたのやろうとしている事は強姦《ごうかん》と変わりないからね！　巡廻《じゅんかい》兵さん、変質者です！　変質者がここにいます‼」

「相変らず色気もそっけもない女だ。……困った、ロゼッタで勃《た》つだろうか」

「勃つかどうかもわからないような女を犯そうとしないでください‼」

「仕方がない、他の男に取られたくないし」

レオは憂鬱《ゆううつ》そうに溜息を吐きながら、私の家着の中に手を差し込んだ。

「……っん！」

ひんやりとした手で乳房を包まれた瞬間、家だから油断してノーブラだった事を思い出す。

胸の飾りを指で転がされ、不覚にも声が漏れてしまった。

「なるほど、お前はここが好きなんだな。たっぷり可愛がってやろう」

「な、なに言って……？」

笑みの形を深めながらレオは私の上着を捲《まく》ると、ほうと感嘆の息を漏らす。

「驚いた。綺麗だ……」

「ば、何言ってるのあんた！」

「正直お前で勃つか不安だったのだが、……どうやらそれは、いらぬ心配だったらしい」

「こっ、こらっ！　……だ、駄目だってば！」

そのまま胸に顔を寄せ、芯を持ち始めた突起を口に含まれる。

生温かい口腔内で、敏感な部分を舌先でねっとり嬲《なぶ》られて、これ以上は駄目だと思った。

――本気で抵抗しなければ、犯される！

「やっ、だ、だめ、だったら……っ!!」

「ロゼッタは嘘吐きだな。そんな気持ちの良さそうな顔で駄目と言われて、信じる男がいる訳がないだろう」

意地の悪い笑みが男の唇に浮かぶ。

「もう濡れているんじゃないのか？」

「まさか！」

「絶対濡れてる」

「……ちょっと自意識過剰なんじゃない？」

「そうか？　――わかった。濡れていなかったら、やめてやるから確認させてくれ」

「いいけど。濡れてなかったら本当にやめてくれる？」

「ああ」

仕方がない。

私はゴソゴソと自身のショーツに己の手を忍ばせる。

(げっ)

まずい。濡れている。

言い訳のしようもないくらい、びっしょり濡れている。

(なんで!?)

生理現象とは言え、このアホに触れられて感じてしまったのだと思うと軽く死にたくなった。

「どうした、その顔は。やはり濡れているんじゃないのか?」

私の反応をみて、レオはしてやったりと言った顔になる。

「ぬ、濡れてないよ!? むしろカラッカラに干からびてる感じ! ミイラもびっくりだね!!」

「では俺に確認させてくれ」

「い、いや、いやいやいや、それはちょっとやめておきましょう」

「この目で見るか、直に触れるかして確認しない事にはわからない」

「ちょ、ちょっと待ってってってば!!」

じだばた暴れて抵抗したが、運動不足が日常の魔導士が体を鍛えるのが仕事の騎士団長殿に適う訳がなかった。

あっという間にスカートの中に侵入した手はショーツを脱がし、じっとりと熱を持った柔肉に触れる。

「やっぱり濡れているな」

「ううっ……き、気のせいじゃないの?」

ツツ、と秘裂を人指し指でなぞられた瞬間、ビクンと腰が跳ねた。

レオはそんな私の反応に喉を鳴らして嗤いながら、スカートを捲《まく》ると私の太股をぐいっと持ち上げる。

「な！　ちょっと……っ!?」

秘所が彼の目の前に曝《さら》け出され、羞恥《しゅうち》で顔が真っ赤になった。

「ほら、自分の目でしっかり確認してみるといい。こんなに濡れている」

「馬鹿！　いいから離せ！」

「離さない。すべてはお前が俺のプロポーズを素直に受けないから悪いんだ」

「このクソノンケ！　ＢＬ失格者!!」

「嘘吐きにはお仕置きが必要だ」

レオはそのまま重なり合った花弁に舌を這わせると、秘口の上にあるその突起を甘噛みした。

(こいつ、慣れてやがる……!!)

エステルちゃんと色々していたとは聞いたが、一応お前童貞だろ！

童貞のテクとは思えない。騎士は娼館《しょうかん》で性欲を発散するものだと噂には聞いていたが、もしや彼もその手の店に行って女を買った事があるのだろうか？

レオはしばらくむき身の赤い芽立ちを唇で挟んだり、軽く歯を立てたりして遊んでいたが、自分の腕をガジガジ噛んで漏れる声を必死に抑えているこちらの様子に気付くと苦笑を浮かべた。

「ロゼッタ、そろそろ素直になれ」

「だれ、が……!!」

「ここ、欲しいんじゃないか？」

蜜を溢れさせてやまない赤の虚《うろ》の入口に、ほんの少しだけ指先を埋め込まれる。

「いらない！」

「それは残念だ」

瞬間、蜜路口の形を確認する様に彷徨《さまよ》っていた指が、充血した朱色の芽をグリグリと押しつぶす。

「ひあ、あっあああ……っ！」

腫れ上り薄皮が後退した肉芽を、直に擦り上げられる。痛みにも似た感覚に総身が跳ね、ひときわ大きな声が上がった。

（――エステルちゃん、こいつが優しすぎるとか絶対嘘だろ！）

それとも私にだけ酷いのであって、エステルちゃんや他の女はもっと優しく抱いていたと言う事なのだろうか？

だとしたらふざけんな！　の一言に尽きる。

「や、やだぁっ！」

しかしそんな心とは裏腹に、体は抵抗する事が難しくなって来ている。

私はもう、人間の男の指よりも太くて長いアレを――オルフェ様の獣チンを知っているのだ。

――さっきから奥が疼《うず》いて仕方がない。

そんな私の変化に気付いたのか、彼は意地の悪い笑みを浮かべた。

「ロゼッタ、何か欲しいものがあるんじゃないか？」

蜜で溢れかえるその場所に、ツプンと音を立てながら指を挿し込まれる。

「俺と結婚すると言うのなら、挿入《い》れてやってもいい」

「いらな、い！　あんた、本気で馬鹿じゃないのっ!?」

「強情な。……わかった、今から俺が欲しいと泣いて懇願させてやる」

幼馴染の楔石の瞳が嗜虐《しぎゃく》に燃えていた。

——その時私の脳裏に浮かんだのは、パパ上でもママ上でも使い魔の顔でもなく、なぜかオルフェ様の顔だった。

（オルフェ様、助けて！）

4 【閑話】夜の魔女と獣チン考察

――場所は夜鳴き鷲《わし》の森にある元古城。

つい先日まではお化け屋敷同然の古城だったが、今はその外観も内観も城主同様、燦然《さんぜん》と輝いている。

真新しくなっているのは、城だけではなかった。

つい先日までは天井には蜘蛛《くも》の巣がかかり、床にはきのこが生えていた黴《かび》臭い図書館の塔も同様だ。

「はあ」

壁面全体が本棚になっているその塔の中央に置かれたテーブルに腰掛け、溜息を吐く美貌の青年はオルフェウス皇子である。

オルフェウスはロゼッタが残していった薄い本や、彼女が描いた男根の落書きを見ながら、もう何度目かわからない溜息を吐く。

(彼女は、同性愛者が好きなのだろうか?)

だとしたら、何故自分と結婚したいと言っていたのだろう。

なぜかはわからないが、彼女は自分の事を同性愛者だと思っていた節がある。そう言えば出会った時、偽装結婚を辞さないとも言っていた。

男の恋人の有無についてもしつこく聞いて来たし、もしかしたら誰かに騙されて自分の所に嫁ぎに来たのかもしれない。

(……って、外界では私が呪いをかけられ化物になった皇子と言う噂だけではなく、同性愛者だと言う噂まで流れているのか?)

だとしたら、一生この森の中で引きこもっていようと思うオルフェウスだった。

『そんな!　私まだケモチン見てないのに!!』

『ロゼッタ、私のこれでは駄目か?』

『駄目とかそういう問題じゃなくて!!　……うん、そうですね、駄目ですよね』

彼女との閨《ねや》でのやり取りを思い出した彼の表情に翳《かげ》りがさす。

「獣チンか……」

(今の私のコレでは、駄目なのだろうか?)

ズボンの中を覗き込み、彼はまた重苦しい溜息を吐く。

思い返せば今から四百年前。獣の姿になる前、オルフェウスは自身の分身に並ならぬ自信を持っていた。

数多の美しい女達と手合わせし、彼女達をよがらせては歔欷《すすりな》かせて来た自慢の戦友だ。

――しかし、魔獣時代のブツと比べれば当然サイズは小さい訳で。

(ロゼッタ、私のこいつでは駄目なのか……?)

手の平の上に乗せたオルフェウスの息子は、彼同様、力なく項垂れていた。

何となく思い至り、フン！　と力んで己を奮起させてみる。

欲望を漲《たぎ》らせ脈動する己の怒張を一瞥《いちべつ》しながら、オルフェウスは思った。……自分で言うのも何だが、決して悪くはない。

ロゼッタも言っていたが、ゴージャスな感じだと思う。祀茸《まつたけ》型の見事なカリも、誇らしげに伸びた竿《さお》をデコラティブに彩るボコボコ血管も、その根元で雄々しく茂る光沢のある恥叢《ちそう》も。

「こんな真昼間から一人で何やってるの、真剣に」

「夜の魔女か」

見知った声と共に、音もなく闇が現れる。

闇は徐々に晴れ、少女の形になって行った。

壁面に添って延びる螺旋《らせん》階段に座る少女は、カラフルなペロペロキャンディーを舐めながら足をブラブラさせる。

少女を見向きもせず、己の分身を痛切な表情で見つめながら彼はもう一度溜息を吐いた。

「私は……自分のこいつに並ならぬ自信を持っていた。明るい部屋で、今、己の性的魅力《ポテンツ》を再確認していた所だ。自分で言うのもなんだが、やはりそんなに悪くないと思うのだ」

「誰もあんたのそんな自分語り聞いてないし、興味もないんだけど」

「私に何をやっているのか聞いたのはお前だろう」

「普通、そこまで馬鹿正直に答える人間はいないと思うの」

「昔から自分に正直な所が、私の何よりの美徳だと思っている」

「……そうね、あんたは昔からそういう男だった。だから私に呪いをかけられたんだわ」

「お褒めに預かり光栄だ」

「褒めてない。……正常な人間なら、慌てたり恥ずかしがったり取り繕ったりする所だと思うんだけど。ところで、いい加減その見苦しいブツをしまってくれない？」

「私は並みの男ではない、大陸の英雄カルヴァリオの末裔《まつえい》だ」

「あっそう」

「──ところで魔女よ、お前はどう思う？」

「は？」

「昔は割と自信があったのだが。私のコイツは、一般論としてどうなのだろう？　私は自分に自信を持っていいのだろうか？」

「見せないで汚らわしいって言うかこっち向かないで。さっさとしまわないと呪い殺すわよ」

ズボンをあげるとベルトを直し、また溜息を吐く皇子を夜の魔女は半眼になって睨《にら》む。

「今までのお詫《わ》びに祝い言でも唱えてあげようかなと思って、結婚式の日取りを教えてもらいに来たのに。なに、もうロゼッタに出ていかれたの？」

「ああ。彼女が愛したのは、獣の姿の私だったらしい。ついでに言ってしまうと、彼女の目的は、獣の姿の私の陰茎《ペニス》だったようだ」

「は、はあ？」

椅子に座ると、憂いの濃い瞳で項垂れる美貌の皇子を見て、彼女は数秒考えた。

「なるほど。だから溜息を吐きながらその汚らわしい物を取り出して手に載せたり、膨らませたりして遊んでいた訳ね」

「最初から見ていたのか、悪趣味な女だ」

「失礼な事を言わないで頂戴。声をかけるタイミングを伺っていたのに、いつまで経ってもズボンを上げないいんだもの。どうしようか悩んでいたのは私の方よ」

「ロゼッタは、……やはり、私の陰茎《からだ》が目的だったのかもしれない」

「何言ってるのこの男。真剣に気持ち悪いんだけど」

「獣チンじゃないなら、守備範囲外だと言われた……」

もしかしたら泣いているのかもしれない。オルフェウスは涙声だった。

夜の魔女は、両肘をテーブルの上につき、目元を覆う皇子様をしばし無言で見つめていたが――、

「……真実の愛」

そう、ぼそりと呟いた。

顔を上げない皇子様に痺《しび》れをきらしたらしい彼女は、髪をかき上げると螺旋階段の上に立ち上がる。

「私はあなたに『真実の愛』によって、愛し愛されなければ解けない呪いをかけた。――今のあなたは人間の姿に戻っている。この意味がわかるかしら？」

「まさか」

オルフェウスはハッと顔を上げると、つまらなそうな表情でキャンディーを舐める少女を見上げた。

「元々、人と言う生き物は嘘吐きなのよ。良い言葉にも悪い言葉にも、いつだって少量の嘘が孕《はら》まれている。嘘を吐いたつもりじゃなくても、気が付いたら嘘になってしまっている事もある。心の内に眠る真実に本人が気付いていない事だってある」

「私は、ロゼッタに愛されていたのか……？」

オルフェウスのアメジストの瞳に光が射す。

「私のこれが……獣チンではなくても良いのだろうか？　獣チンではなくとも、彼女は私の息子《わたし》を愛してくれるのだろうか？」

「獣チン獣チンしつこい!!」

「しかし、やはり魔獣時代の物と比べるとサイズも……、」

「ああ、もう。人間って本当に面倒くさい。さっさとお姫様を迎えに行きなさい。愛は生物《ナマモノ》で永遠じゃない、『真実の愛』だって同様よ。女心と秋の空ほど移ろいやすいものはないわ」

そう言って闇となり消える少女の残像に、オルフェウスは毅然《きぜん》とした表情で微笑みかけた。

「夜の魔女よ、忠言感謝する。――今すぐロゼッタを迎えに行こう」

オルフェウスは彼女が置いて行った荷物を手に抱えると、凛《りん》とした面持ちで図書館を出る。

「オルフェウス様……」

「どうするのですか？」

扉を開けると、どうやら自分達の会話を盗み聞きしていたらしい召使い達がいた。

不安気に自分を見上げる彼らに、彼は自信に満ち溢れた瞳で頷いた。

「出発準備を頼む。帝都にロゼッタを迎えに行く」

（――ロゼッタ、待っていてくれ）

5　祝ＢＬ展開！　君達このまま結合しよう！

「……可愛いな」

耳元で囁《ささや》かれ、肌に熱い吐息がかかった瞬間、ガクンと体が仰け反った。

膣内《ナカ》に挿しこまれた指がいつしか二本になり、三本となったところで、気持ち悦《よ》さだけではなく、圧迫感と狭い肉口が張り裂けそうな恐怖に襲われる。

「い……っやだ、こわ、こわい……！」

アルコールが入ってないせいだろうか？　アレンの時もそうだったが、オルフェ様の時と違って、怖くて仕方がない。

「怖い？　こんなにグズグズに蕩《と》けているのに？」

クスクス笑いながらレオが指を動かす。

彼の指が中のいいところを擦った瞬間、膣壁がきゅっと締まった。その反応に気を良くしたらしいレオナルドが愉しげに笑うのを見て、唇を噛み締める。

「凄い締め付けだ、指が喰いち切られてしまいそうだな」

「あ、やっ……め、て！」

「こんなに敏感だなんて、処女の反応だとは思えない」

「へ？」

(私、処女だったのか……？)

彼の言葉に啞然とする。

言われてみれば獣《オルフェ》チン《様》を突っ込んだ後、出血がなかった。

噂《うわさ》では出血しない事もあると聞いていたので、そんな事もあるんだろうなと思っていたが、――もしや、先っぽしか入っておらず、膜はまだ破けていないと言う事だろうか？

「なんだ、その顔は。今からお前の純潔を散らしてやろう」

言って薄く嗤《わら》いながら指を引き抜き、ベルトを外すレオナルドに私の顔が引き攣《つ》った。

――まずい。

膜がまだ破られていないと言う事は、今、レオに破瓜《はか》されてしまえば最後、私は彼の元に嫁ぐしかないのだ。

「さて、どうして欲しい？」

彼のズボンのファスナーの奥から、雄々しく屹立《きつりつ》した怒張がバネの様に飛び出すのを目の当たりにし、私の頭の中に警報が鳴り響く。

「や、やめ……」

逃げようとする私の肩を押さえつけると、レオナルドは蜜を溢れさせてやまない場所に、灼《や》けるように熱い物を押し当てた。

「つぁ……や、やだ……」

蜜口を肉の先端でツンツンとつつかれる。

「嫌？　本当に？」

襲い来る破瓜の痛みを覚悟してギュッと目を瞑《つむ》るが、レオは先端部位を入口で軽く抜き挿しして遊ぶだけだった。

自分でも信じたくないが、肉の悦びと快感の予感に腰が震える。

しかし、いつまで経っても彼の物が私の中に押し込まれる気配はなかった。

どうやらレオは、このまま私を犯すつもりはないらしい。おそるおそる目を開くと、彼の肉が粘着質な糸を引いて離れて行く様子が目に映る。

（あ……）

さっきからずっと熱く疼《うず》いている場所に、突き立てられる事なく離れて行くそれを、名残惜しむ様にゴクリと喉が鳴る。

自己嫌悪で軽く死にたくなった。

羞恥と悔しさから彼をねめつけると、レオナルドは紅い唇を舐《な》め、艶やかに笑う。

「俺にどうされたい？」

やはり彼は、先程言っていた通り私に「欲しい」と言わせてから挿入するつもりらしい。私は、キッ！　と彼を睨《にら》みつける。

「そんな顔をされると、ますますイジメたくなる」

「へっ？　な、なにす……っあ！」

レオナルドは己の分身を恥裂に添える様に置くと、肉の先端で小丘の溝の形を確かめる様に上下に動かしだした。

「ひあ！　あっああん！」

恥裂の上にある敏感な部分に彼の物が当たった瞬間、ひときわ大きな声が上がる。

「もう、我慢出来ないんじゃないのか？」

「しら、なっ」

「ふむ、頑張るな」

「ひあっ!?　それやだ、ッぁああ！」

透明な汁を溢れさせる穂先で、今度はうずきたつ尖りを集中的に擦られる。

彼の物と私の物でドロドロになったその場所をぬるぬる擦られて、腰が、肩が小刻みに震えはじめる。

気が付いたら全身汗ばんでおり、息が乱れに乱れていた。

「あっ、ぁ……ああっ！」

背筋が痺れるような快感にいやいやと首を横に振るが、目の前の男はにっこりと悪魔の様に微笑むだけだった。

逃げなければと思うのに、体は完全に蕩けさせられており、砕けた腰では立ち上がる事すらままならない。

断続的に四肢が跳ね、体がガクガク震え出す。

（駄目、い、イク……！）

性急に攻めたてられ、強制的に迎えさせられる絶頂感が怖くて目を瞑ると、彼がフッと笑う音が微かに耳に届いた。

「え……？」

絶頂を迎える寸前で、真っ赤に膨れあがりおののき震える小粒からレオナルドの雄が離れて行く。

「ほら、イキたいなら可愛く俺におねだりしてみるといい」

彼はまた恥裂に己の雄を添えると、溝をなぞる様に肉の先端を上下させはじめた。

「あ、あ……」

彼の物が弱い場所を掠《かす》るたび、喉が鳴る。

無意識のまま腰を揺らし、敏感な芽に彼の物の先端を押し当てようとしている自分の仕草に我に返った。

（私、いったい何を……？）

「体はこんなに素直なのに」

悔し紛れに睨んでみるが、快楽で蕩けた瞳で睨んでみせたところであまり意味はなかったらしい。――いや、逆にレオナルドの劣情を煽《あお》ってしまったようだ。

「困った。そんな顔をされると、もう我慢が効かない」

「え？」

レオナルドはそう言うなり、私の両の太腿《ふともも》を持ち上げた。

「ま、待って！」

「悪いがもう限界だ」

男の猛りたつものが蜜で濡れそぼった花びらを掻《か》き分けて、肉口に添えられる。

（オルフェ様……！）

万事休すか！　と目を瞑ったその時——

ドンドンドン!!

「ロゼッタ・レイドクレーバーの家はここか!!」

（え……？）

激しく玄関のドアをノックする音にレオの動きが止まる。

「いいところで、……誰だ？」

レオは不快そうに眉を顰《ひそ》めるが、私はその凛とした威勢の良い男の声に聞き覚えがあった。

（まさか……？）

あの人がこんな所にいる訳がない。——でも、この声は……？

「ロゼッタ、いるのなら開けてくれ！　私は君に謝りたいんだロゼッタ！　……クッ、誰かいないのか!?」

（やっぱり！）

「オルフェ様、ロゼッタはここにいます！　オルフェ様!!」

レオの胸を押し返して叫ぶ。

「ロゼッタか⁉」

私の声は、どうやら彼の元までちゃんと届いたらしい。玄関のドアをバン！　と開け放つ音と共に、ドカドカと大きな靴音がこちらへ近付いて来た。

そう言えばレオを家に入れた時、鍵を閉め忘れた様な気がする。

バン！

「ロゼッタ！」

リビングのドアを豪快に開いたのは、目も覚めるよう美しい金髪《ブロンド》の美青年は――夢じゃない、オルフェ様だ。

今日の彼は、以前の皇子様然とした格好に輪をかけてゴージャスな装いをしている。

恐らく外出着だろう。シンプルで無駄のないデザインのメルトンのジュストコールに、贅沢《ぜいたく》に白貂《アーミン》の毛皮をあしらったマントを羽織り、黒皮のブーツを履いていた。

その衣装はオルフェ様の流麗な身体のラインと足の長さを際立てており、彼にとても良く似合っていた。

「オルフェ様！」

まさかの皇子様の登場に、涙が溢れる。

「これは……」

レオナルドにソファーの上に押し倒されている私を見て、彼の動きが止まった。

淡黄色の光を放つ艶やかな金髪《ブロンド》が揺れ、アメジストの瞳に私達の姿が映る。

彼は顎に手を当てると、しばし何かを考えるような素振りを見せた。

「私は今のこの国の若者の価値観や、健全な男女間の交友関係のあり方、女性の貞操観念について疎い部分があるので、念の為確認しておきたいのだが、……〝犯されそうになっている〟、で合っているのだろうか？」

「合ってます！　早く助けてください!!」

突っ込まれる寸前の私が叫ぶと、彼は「良かった……いや、良くないのか？」とぼやきながら、私達の前までやってきた。

そしてレオナルドの肩を摑むと、私の体から引き離す。

「ロゼッタを離せ」

肩を摑まれ凄まれたレオはオルフェ様の手を払うと、不快感を隠さない目で彼を睨んだ。

「俺に命令するな、お前こそいきなりなんなんだ？　人の家に乱入して、不法侵入も良い所だ」

「お前が言うな！」

「そうは言っても、俺達は婚約関係にある」

「元でしょ！　元婚約者！」

「元婚約者？」

私達のやり取りにオルフェ様は困惑気な様子となった。

「まあ、そういう事だ。ロゼッタと知り合いのようだが、……お前こそ何者だ？　今すぐ出ていけ。さもなければ巡廻兵を呼ぶぞ」

「巡廻兵を呼ばれて困るのはお前の方だろう」

「名乗り遅れたな、俺は教皇国カルヴァリオ帝国騎士団総連本部第十六騎兵軍団長レオナルド・マッケスティン、栄誉ある金獅子隊を任されている」

「我が国の騎士団長殿か」

ほう、と息を漏らすオルフェ様にレオは得意げな顔になる。

「名乗り遅れたな、私はオルフェウス・マーク・スター・インチェスティー・ドゥ・レ・バルテ・オルドー・ヒストリア＝カルヴァリオだ」

しかしオルフェ様が名乗りを上げた瞬間、彼の顔が見事に強張った。

「皇族だと？」

「疑うのなら証を見せるが」

「い、いや、疑っている訳では……」

しどろもどろになるレオに、胸元をゴソゴソやって何か——恐らく、皇族の血を証明するものを出そうとしていたオルフェ様は、「そうか？」と言って胸元を正した。

基本的にカルヴァリオでは、皇族を名乗る詐欺師の存在は皆無に等しい。

極稀《まれ》に出ない事もない訳ではないのだが、その手の人間は頭がアレな人間がほとんどで、表に出る前に家族に監禁なり撲殺されるのが常だ。

何故ならば皇族を名乗る詐欺は重罪の一つであり、発覚次第、本人とその第二親等まで斬首刑。晒《さら》し首になるからだ。

ちなみに我が国の刑罰は一族郎党を巻き込むものが多く、ついでに言うなれば死罪が多い。その為、犯罪の数は西の大陸で一番低い。

良いのか悪いのか微妙な所ではあるが、カルヴァリオとは親族間で自浄作用が働いている国だ。

「ところでお前、なかなか良い面構えをしているな」

「は？」

クイッ。

オルフェ様がレオの顎を持ち上げると、彼は不審そうに眉を顰めた。

オルフェ様の長い指が妖しくレオの唇をなぞると、彼は戸惑いの声を上げる。

「な、なんだ？」

「私は、ロゼッタへの愛で貴様に負けるつもりはない」

オルフェ様の手は、依然として妖しい動きで「ツツツ……」とレオの胸元まで降りて行く。――そして、些《いささ》か乱暴な手付きで彼の胸倉を掴み上げた。

（まさか!?）

殴るのかと思い、私が慌てて止めようとした瞬間――、
ぶちうううううううううううううっ!!

（へ？）

オルフェ様は、なんとも派手な音を立ててレオにディープなキッスをかました。

レオはしばらく自分の身に何が起こっているのか理解できないようだった。

数秒後、我に返ったらしい彼は慌ててオルフェ様の胸板を拳で叩く。

「や、やめ……」

オルフェ様は身を捩《よじ》り逃げようとするレオの手首を掴むと、そのまま一つにまとめて捻り上げた。

「駄目だ、逃がさない」

「ふ、ぁ………んんっ」

オルフェ様は角度を変えて、再度唇を重ねる。

粘着質な水音がリビング内に響く。

（ふ、ふおおおおおおおおおおおおっ!?）

私は初めて見る生ＢＬを、固唾《かたず》を飲んで見守った。

――数分後。

ぷはっ！

満足そうな顔でレオの唇から唇を離すと、口元を袖で拭いながらオルフェ様は私を振り返る。

「ロゼッタ、見ていたか？」

「は、はひ!?」

「私は異性愛者だが、君が望むのなら、今からここでこの男を犯してもいい」

（え？）

――今、オルフェ様は何って言った……？

私は異性愛者だが、君が望むのなら、今からここでこの男を犯してもいい。

君が望むのなら、今からここでこの男を犯してもいい。

今からここでこの男を犯してもいい。

この男を犯してもいい。

犯してもいい。

犯してもいい。

犯してもいい。

犯してもいい。

（お、犯してもいい……？）

今の濃厚なキスで腰の抜けているレオを指差しそう言ったオルフェ様の言葉を、頭の中で何度か反復させた後、私は両の拳を握りしめて立ち上がった。

「う……う、うっおおおおおおおおおおおおお!!　!!」

「な、な、な……!!」

獣のような雄叫びを上げる私の横で、レオはといえば自分の尻を守るように手で押さえる。

剝き出しのままの陰茎の存在を思い出し、まずいと思ったのか彼は慌ててズボンを上げる。

「び、びーえる!?　なっ、生！　ナマＢＬ!?」

「ああ、生でしょう。と言うか、避妊具を持って来ていないので必然的に生になる」

鼻息荒くオルフェ様に詰め寄ると、彼はしたり顔で頷く。

「ひっひひひひつっひつ必然的生！　必然的生!?」

なんだその素敵すぎる言葉は!!

今年の流行語大賞間違いなしだよ!!

「オルフェ様！　オルフェ様の必然的生でレオが孕んだらどうするんですか!?　もうっどうしてくれるんですか!?　どう責任を取ってくれるんですか!?　トキメキが止まりません!!」

「凄いな、最近の男は妊娠もするのか」

「はい、この四百年で人類もだいぶ進化しました！」

「そこまで進化してない。嘘を吐くな」

半眼で突っ込みをいれるレオをガン無視し、私は続ける。

「生とはそっちの生ではなかったんですが、流石はオルフェ様です！　あなたは私の想像を超えた！　こんな素晴らしい男性《ひと》、生まれて初めて出会った！　私一生あなたについて行きます!!」

「ロゼッタ、それは本当か？」

オルフェ様はアメジストの瞳を輝かせると私の手を握る。

「はい、本当です！」

「ロゼッタ！」

手を握り合う私達の間に、キラキラと輝く星が飛び交い始める。

「オルフェ様、……あの日はいきなり逃げ出してしまってごめんなさい。私、どうしても獣チンが見たかったんです。獣チンが見れなかったのが、ショックで」

「いいんだ、私もやはり大きさは大事な事だと思う」

「でも、そんな事関係なかった！　あなたはやっぱり私が夢に見た理想の伴侶です！　あなたほど素晴らしい男性はこの世に存在しません!!」

「ほ、本当か？」

「本当です。話を戻しますが、私も生がいいと思います！　私も断然生派です！　コンドームなんて野暮なものが愛し合う二人の間にあってはならないんです!!　前々から私も、レオの直腸粘膜は生のちんちんで擦り上げて、生のちんちんの味を教えてあげなければと思っていました!!　生です!!　時代は生の時代なんです!!!!」

「……わかった。君がそう言うのならば、私は今から自慢の陰茎《ペニス》の味をこの男の体に叩き込んでやる事にしよう。――勿論、生で」

「はい生で！　濃厚な子種を生でたっぷりと注ぎ込んでやってください!!　生で！　生！　生！　生！　必然的生っ!!」

「ロゼッタ、必然的生と言うよりは、これは偶発的生ではないのか？」

「いいえ、むしろ運命的生じゃないでしょうか!!」

「ちょ、ちょっと待て！　お前等は一体何の話をしている!?」

今まで私達の成り行きをぽかんとした表情で見守っていたレオナルドだったが、オルフェ様に肩を抱かれ、ソファーに押し倒されたところで蒼白《そうはく》の表情になった。

そんな彼の顔を一瞥し、オルフェ様は優越感で満ちた微笑を口元に浮かべる。

「なんだ。元婚約者よ、お前のロゼッタへの愛はその程度か？」

「は、はあ!?」

「お前はロゼッタの為に、自分の尻を捧げる覚悟もないのか？」

勝ち誇った笑みを浮かべるオルフェ様に、蒼白のレオは押し黙る。

彼は青白い顔に冷汗を浮かべながら、必死に適切な言葉を考えているようだった。

数秒後、何やら上手い返しを思いついたらしいレオは意地の悪い目付きで嗤う。

「……そ、そういうお前はどうなんだ？　男に犯される覚悟はあるのか？」

「私が男に体を許す事で、ロゼッタが微笑んでくれるのならば私はそれで構わない。喜んでこの身を捧《ささ》げよう」

「マ、マジっすか？」

歓喜に打ち震える私と、本気と書いてマジなオルフェ様の瞳に、どうやらレオは身の危険を察したらしい。

「レオナルドと言ったか。――初めて抱く男が、君のような美しい男で助かったよ」

「え？」

オルフェ様はそう言うと艶やかな笑みを浮かべながら、マントを床に脱ぎ捨てる。

「多分、君なら抱けると思う」

オルフェ様は首のクラヴァットを緩めると、引き攣《つ》りまくったレオの顔に唇を寄せて行く。

私は固唾を飲み、汗ばんだ両の拳を握り締めながら、事態の成り行きを見守った。

二人の唇と唇がどんどん近付いて行く。またしても二人の唇が重なろうとしたその時、私が――

いや、もしかしたらレオかもしれない。誰かがゴクリと息を飲む音がリビングに響いた。

その音が合図だった。

「し、失礼する……！」

バタバタバタバタ……！

レオはゼンマイ仕掛けの人形のような動きで、オルフェ様を押しのけて立ち上がると、床に投げ捨てたマントを拾い脱兎《だっと》の如く逃亡した。

6　どうしよう！　TLとか正直わからない！

「なんだ、情けない男だな」

レオがバタバタと玄関から出て行く気配を見送りながら、オルフェ様は肩を竦《すく》めながら息を吐く。

完全に彼の足音が聞こえなくなると、呆然《ぼうぜん》と立ち尽くしている私に彼は温和な笑顔を向ける。

「遅くなってすまなかった」

その笑顔に安堵のあまり腰が抜けてしまった私は、そのまま背後のソファーにへなへなと倒れ込む。

「いえ、それよりも何故うちがわかったんですか？」

「魔導士組合《ギルド》と言う所に行って、住所を聞いて来た」

「……個人情報ガバガバじゃねぇか、あの組合」

(こっちには山のような規約や、安報酬の依頼を押し付けてくるのになんてクソッタレな組織だ)

渋面になる私をみて、オルフェ様は胸元から大きな銀の十字架を取り出し笑う。

「そうは言うな。これでも私は一応皇族だから」

「疑っていた訳ではないんですが、やっぱりそれ、オルフェ様も持っているんですね」

教皇国カルヴァリオでは、ロザリオは第一等民以下の人間が所持する事は許されない。

第一等民でも、爵位や官位によって持てるロザリオの大きさは変わって来る。

オルフェ様が今胸元から出した、魔導書ほどの大きさがある十字架を持てるのは皇帝の血を引く者だけだ。

「ああ。……とは言っても、長らく隠居している身故、皇位継承権はないに等しいが。組合に行って来たついでに隣の役場で確認してきた所、なんでも皇位継承権は五一六番目に更新されていた」

「先代様、子沢山だったからなぁ」

詳しい事は私にはわからないが、呪いをかけられ隠居生活を送るようになった時点でオルフェ様の皇位継承権は、直系の皇族間の最下位に設定されていたのだろう。五一六位と言う事は、オルフェ様は最近、傍系を含めた男性皇族の最下位に設定されたのかもしれない。

ちなみにカルヴァリオの皇室には、女性には皇位継承権がない。女性皇族を含めずこの順位と言えば、先代様のハッスルぶりが伝わると思う。

「無事だったか？」

「とりあえず貞操の方は無事です」

オルフェ様は半裸にされた私の姿を確認すると、悔しげに玄関の方を振り返る。

「……あの男。やはり、あのまま犯してしまえば良かった」

「そ、それは激しく萌えますね、尊みしか感じられません……やばい、萌え死ぬ」

ボタボタ垂れて来た鼻血を押さえながら、私は新ＣＰについて考える。

（オル × レオか、……悪くない、悪くないぞ!!）

「ロゼッタ」

ふいに名を呼ばれ、顔を上げた瞬間驚くほど近くに彼の顔があった。

「はい？」

「え？」と思った瞬間、唇を奪われる。

「――私は、君が好きだ。どうしようもなく君の事が好きなんだ」

私は今、鼻血やら涎《よだれ》やら何やらで酷い顔をしていると思うのだが――オルフェ様はそんな私の頬を、繊細なるガラス細工に触れる様にそっと手の平で包む。

「私は君の事を愛している、この気持ちは嘘じゃない。……改めて言う、私と結婚してくれないか？」

「オルフェ様が、私の事を愛している……？」

「ああ」

しかと頷く彼の瞳には、嘘はないように見える。

「私は、君を迎えに来たんだ。私と一緒に夜鳴き鶯の森の城に帰ろう」

私は動揺していた。……だって、私達は出会ったばかりだ。一緒に過ごした時間だって短い。

好きとか愛してるとか結婚とか、いきなりそんな事言われても困る。

(確かに私からオルフェ様にプロポーズはしたけれど、それはあそこがBL少年達の集う城でオルフェ様もBLだと思っていたからで。でもそれは勘違いで、あの城にはBLは存在しなくて、オルフェ様もガチなホモじゃない異性愛者で――)

オルフェ様は私の胸の内を読んだように、私の額に自分の額をくっつけると瞳を伏せた。

「私は異性愛者だが、君が望むのならばなんでもしよう」

「ほ、本当に？」

「ああ、本当だ」

彼は目を伏せたまま、苦笑じみたものを唇に浮かべる。

（綺麗……）

私は彼の伏せられた長い睫毛が、小刻みに揺れるのを呆然と見つめた。

吐息のかかる距離で見て、改めて思う。――オルフェ様は美しい。私は今までの人生、彼よりも美しいものを目にした事がないような気がする。

生身の人間ならこんな間近でマジマジ観察すれば、欠点らしきものが一つくらいあっても良いと思うのだが、それらしきものが何も見つからずに私は困ってしまった。

そしてこんな美しくも非凡な顔が、どこにでもある平凡な自分の顔のすぐ側にある事実が恥ずかしくなってきて、目を泳がせる。

なんだろう。さっきからバクバクと心臓の音がうるさい。

「呪いをかけられて四百年。醜い化物の姿になった私を見ても、怯《おび》える事なく、罵声を上げる事もなく、同情する訳でもなく、嫌悪する訳でもなく、……普通の人間と接する様に、極々自然に接してくれたのは君が初めてだった」

「え？」

「君との語らいの中で、私がどんなに嬉しかったか、どんなに満たされていたか、どんなに癒されていたか。……ロゼッタ、君は知らないだろう？」

あんなイカチー感じの魔獣がいたら、女なんて選り取り見取りだと思うのだが。……もしかしたら、私が思っているよりも世のオナゴ達は保守的なのかもしれない。

それとも二次元と三次元は違うのだ現象と言う奴だろうか？

「でも、私達、まだお互いの事を何も知らないじゃないですか」

「そんなもの、これから一つずつ知っていけばいい」

「で、でも……、オルフェ様は私の事を知れば知るほど、ガッカリなされるかもしれません」

今までの人生、完全に女を捨てて生きて来た私に、女としての自信などある訳もなかった。

もう私には、目の前の美しい男の顔を直視する事も難しかった。

オルフェ様から顔を背けると、彼は私の顔を正面に戻し、生真面目な瞳で言う。

「そんな事、天地がひっくり返ってもあり得ない」

「言い切りましたね」

「ああ、言い切ったよ」

「何故そんな事を簡単に言い切る事ができるんですか？　その言葉が嘘になった時、傷付くのはあなたじゃなくて私なんです」

「『嘘を吐《つ》いたつもりじゃなくても、気が付いたら嘘になってしまっている事もある』、か」

「え？」

「確か、あの魔女もそんな事を言っていたな」

最後の方は独り言のようだった。

彼は深い溜息を吐くと、やるせなさそうに目を細めて笑う。

「そうだな、君の言う通りだ。人の気持ちも言葉も絶対ではない。ここで私が君に永遠を誓ってみせても、それが真に永遠になる保証なんてどこにもない。……それでも私は今、君に永遠の愛を誓いたいんだ」

ふいに抱きしめられて、私の呼吸が止まった。

「私は、どうすれば君の信頼を勝ち取る事ができる？」

「そんなの……わかりません」

「私にもわからない。だからこそ私は、君が望む事すべて叶えたいと思っている」

「オルフェ様……」

オルフェ様の声は少し擦れていた。

少し震えているその喉から絞り出された声は、涙で濡れているような響きを持っていて、胸が締め付けられる。

これじゃまるで私が彼の事を虐めているみたいだ。

妙な罪悪感から、私は言葉を発する事を忘れてしまった。

「確かに私達は、出会ってまだ間もないかもしれない。しかしあの短い時間の中で、私の心は君に何度救われたかわからない。獣になってからもそれ以前も、私の今までの人生はがらんどうだ。私は君と出会ってから、私の本当の人生が始まったと思っている」

「そんな、少し大袈裟《おおげさ》じゃないですか？」

「何も大袈裟ではない。……何故ならあの時、私は君の為ならば死んでもいいと思ったのだから」

（あ……）

散らかった寝室の中で、動かないただの家具になった召使いさん達と、血塗れの姿で倒れていたオルフェ様の姿を思い出す。

（オルフェ様は、本当に私の事を……？）

そう思った瞬間、顔から火が吹いた。

「この気持ちは本物だ。私は君の事を愛している、だから、呪いだって解けたんだ」

「愛？　……肉の契りが呪い解除の条件だったのでは？」

「やはり気付いていたか」

寂しそうに微笑むオルフェ様に、私は一つ頷く。

「今まで黙っていてすまなかった。確かに呪いの解除条件には、肉の契りもあった。……しかし、ただ肉で契るだけでは駄目なんだ。あの呪いは、『真実の愛』がなければ解けないようになっていた」

「真実の愛？」

「つまり、君も私の事を愛していると言う事さ」

「え？」

悪戯っぽい笑みを浮かべながら、彼は人指し指でクイッと私の顎を持ち上げる。

「あの呪いは私が君を愛しただけでは駄目だったんだ。私も君に『真実の愛』によって愛されなければならなかった」

「そう、なの……？」

「疑うのなら、呪いをかけた張本人に聞いてみれば良い」

（そうだ、私はあの時……）

生きているのが不思議なくらいボロボロのオルフェ様の姿を目にしたあの時、私は迷わず〈封魔の砂時計〉を手に取った。

大好きだったババ上様が死んだ時も、メケゼパルが私を庇って死んでしまった時だって怖くて使えなかったのに、私はあの時何の躊躇《ためら》いもなくあの石を発動させた。

（私はあの時、この人を助けられるなら、死んでもいいと思ったんだ……）

愛とか恋とかそういうのとは無縁の世界で生きて来たので、正直良くわからない。わからないけど、……己の命を投げ打ってでも彼を助けたいと思ったあの時のあの気持ちに、何か名をつけるとするのならば、――もしかしたらそれは、『真実の愛』と言う奴なのかもしれない。

「ロゼッタ」

甘い響きを持つ声で名前を呼ばれる。

おそるおそる顔を上げると、春のひだまりのように穏やかで優しい瞳と目があった。

彼の長い睫毛《まつげ》が伏せられる。近付いて来る、男にしてはやけに艶やかな唇に「あ、キスされるんだ……」と思った。

目を伏せて、彼のキスを受け入れる。

香水か何かだろうか？　オルフェ様から、ふわりと魔獣時代はしなかった良い香りがした。

高鳴る心臓の音が、ドキドキと自分でも聞き取れるくらいで決まりが悪い。

触れるだけの優しいキスが終わり、目を開くと、彼は夜道で迷った子供のような目をしていた。

「……嫌か？」

その台詞に、大人の男の人なのに、なんだか彼の事が可愛いと思ってしまった。

「嫌じゃ、ないです」

「なら、もう一度しても？」

小さく頷くと、今度は深く唇が重なった。

獣の時のキスと違い、舌を差し込まれるだけで、顎が抜けそうなほど大きく口を開かせられる事はなかった。

丹念に口腔内を舐め回されて、舌先で歯裂をなぞられる。

（きもち、いい……）

魔獣のザラザラした大きな舌で口の中を舐め回され、舌を吸われるのとはまた違った気持ち良さで、頭がボーっとしてきた。とても丁寧で、でも激しくて、それなのに脳髄まで安心感が伝わってくるような口付けだった。

離れていく唇を不思議に思い、薄っすら目を開くと、彼は今まで見た事もない恐ろしい形相になっていた。

「オルフェ様？」

「……許せない」

「え？」

「ロゼッタのこんなに可愛い表情《かお》を、他の男に見られてしまっただなんて。……あの男、やはり泣き喚いて許しを請うまで犯すしかない。いや、女を抱けない体になるまで犯し潰して雌堕ちさせてやるのがいいか」

低い声で呪うように言うオルフェ様に、私は思わず口元を押さえる。

また鼻から赤いものが垂れて来た。

(こ、これ、これが噂のスーパー攻め様？　スパダリって奴なのかな？)

「そ、それは後日改めてお願いします」

「そうだな、後日にしよう。ロゼッタ、私はすべて君が望む通りにするよ。君の好きな方法であの男を犯してやろう」

そう言って微笑む皇子様の瞳は、なぜかとても寂しげで。

(あ……)

自分でも馬鹿だと思う。

——その時になって、私はやっと気付いた。

「あの、でも、オルフェ様は異性愛者……なんですよね？」

「ああ、でも君が喜んでくれるのならば、私は君の言う男を抱いてやろう。本音を言えば少々キツイが、……男に抱かれるのもやぶさかではない」

私の頬を撫でる手は優しい。

でも、彼のアメジストの瞳は傷付いていた。

その切ない微笑みに、私は自分がとんでもない間違いをしでかしていた事に気付く。

——愛する者に他の者と契れと言われて、傷付かない人間がいるだろうか？

恐らく私は、無意識の内に彼の事をたくさん傷付けてしまっている。

「や、やっぱり、抱かなくていいです！　って言うか、レオなんか抱いちゃ駄目です！」

「なら違う男を抱けばいいのか？」

「違います！」

オルフェ様はきょとんとした表情になると、瞬きを一つする。

「では私が男に抱かれればいいのか？」

「それも違います！」

私は頭を振って「やべえ、それはそれで萌える！　クッソ見てぇ！」と言う、脳内の悪魔の囁きを吹き飛ばす。

大きく息を吸っては吐いてを繰り返す私を、彼は呆然と見つめる。

「そ、その、えっと、……お、オルフェ様は」

——今から自分が口にしようとしている言葉に、やや躊躇《ためら》ったが。……多分、こういう事は言葉にして、素直に伝えた方が良いんだろう。

「オルフェ様は、……これからは、私だけを抱けばいいと思うんです」

心の内をそのまま打ち明けると、彼は驚き目を見張る。

「……あれから、私も私なりに色々考えたんです。あの時、オルフェ様達の呪いが解けた理由を」

「ロゼッタ」

「女と肉で契る必要があったから、皆、私に優しくしてくれたのかなとか、だから私の命を助けてくれたんだろうな、とか。そういう事、色々考えていたらなんだか胸がとっても苦しくて、いても立ってもいられなかった」

「ロゼッタ、私は」

オルフェ様は狼狽の色の濃い瞳で、必死に何かを言おうとしているが――もう、それ以上、何も言わせたくなかった。

そのまま彼の後ろ首に手を回し、彼の言葉を唇で塞ぐ。

オルフェ様は目を皿のように丸くして、硬直していた。

苦笑いしながら唇を離し、恥ずかしさを吹き飛ばすように豪快に笑ってみせる。

「私もあなたの事が好きみたい」

「ロゼッタ！」

言い終わる前に、彼は力の限り私の体を抱き締めた。

「オルフェ様、いたい、痛いですってば！」

「す、すまない。だが、嬉しくて！」

オルフェ様は何かを思い出したらしく、ハッと私の顔を覗き込む。

「……そうだ、今の私の陰茎《ペニス》は人間の物だ。獣チンではないし、モフモフもしていない。それでもいいのか？」

「はい！　そんなの当たり前じゃないですか！」

不安そうに言う彼がおかしくて、思わず吹き出してしまった。

「でも、あれを突っ込まれた時は強烈でしたね。是非是非明るい所で生の獣チンを見てみたかった……じゃない！　私はちんちんで殿方を選びません！」

「そうなのか？」

「つたく、人の事を一体何だと思っているんですか」

ふてくされた顔を作って見せると、彼は満たされた微笑みを浮かべる。

「そんなの簡単だ。――君は、私の愛しい人だ。世界で一番、愛しい人だ」

「オルフェ様……」

「ロゼッタ……」

まるで磁力で引き寄せられるように、唇と唇が重なった。

「愛してる」

「私も、愛してます」

ソファーの上に押し倒されて顔中に唇を落とされる。

優しいキスは次第に性欲を感じさせるものに変わって行く。

「君を抱きたい」

拒む理由は何もなかった。私が頷こうとしたその時——

「ただいまー」

玄関から響くママ上の声に、私はオルフェ様の体を突き飛ばす。

「や、やべえママ上だ！　オルフェ様！　服、服取ってください！」

「？　愛し合う所をご家族に見られて、何か問題でもあるのか？」

「ああああそうかそう言えばこの人マジプリだった！　平民とは価値観が違いすぎる‼」

さも不思議そうに言う皇子様を押しのけて、私は慌てて服を着た。


それから、あっと言う間に日が暮れてパパ上も家に帰って来た。

例のロザリオを見せられて慌てふためく両親の前に立つと、オルフェ様はいつになく真剣な面持ちで語り始めた。

「ロゼッタは勇猛果敢で篤実で、機知に富み、傑出した才能と卓越した頭脳と深い叡智と巨大な魔力を持った優秀な魔導士です。それだけではない、彼女は人を外見で判断しない心優しい女性だ。——こんな素晴らしい女性、千年に一人、いや、万年に一人現れるかわからない」

「え？　えっと、もしかしてそれってうちの娘の事ですか？」

「何言ってるんだよママ、同じ名前の別の人の間違いだろうよ」

「パパ上ママ上！　もう少し自分達の娘に自信を持とうよ!!」

「ロゼッタのお陰で、私は無事人間の姿に戻る事ができました。彼女を生み育ててくれたあなた達には、何とお礼申し上げたら良いのかわからない」

何が起こっているのかと目を白黒していたパパ上とママ上だったが、オルフェ様が跪《ひざまず》き、深々頭を下げた瞬間泡を吹く。

「そ、そんな！　殿下、どうか頭をお上げになってください!!」

「そ、そうです！　うちの馬鹿娘が殿下のお役に立てたのならこちらこそ光栄です!!」

「――お願いがあります、ロゼッタを私に下さい」

「え？」

「彼女を泣かせるような事は決してしません、一生大切にします。――これから先、彼女に襲いかかるであろう苦難や悲劇、悪意や不幸のすべては、私がこの腕で振り払います。一生涯彼女を守る名誉を、彼女を幸せにする栄誉を、どうか私に戴けませんか？」

「えっと、それは、」

「ま、まさか？」

「お願いです、私と彼女の結婚を許してください」

オルフェ様のその言葉に、パパ上とママ上は床に突っ伏して泣き崩れた。

「あなた！　夢なの!?　これは夢なの!?　夢なら私、このまま死にたい!!」

「絶対行き遅れると思っていた娘を皇子様が迎えに来てくれた!?　酒！　酒はどこだ!?」

「私、この子のウエディングドレス姿を見る事ができるなんて思わなかった!!　……も、もしかしてまっまままま孫まで抱けちゃうの!?　帝都に持ち家を持つよりも難しいと思っていた孫まで抱けちゃうの!?」

「孫を抱ける確率なんて、宝くじの当選確率よりも低いと思っていたのに!!」

「おい、そこまで言うか」

その時、ふいに使い魔の気配を感じて窓を振り返る。

(メケメケ?)

窓を開けたが、そこには使い魔の姿はなかった。

一瞬、メケメケの気配がしたような気がしたのだが、気のせいだったのかもしれない。

――その日、メケメケは家に帰って来なかった。

きっとまた、どこぞの野良猫と喧嘩《けんか》でもしているのだろう。

7　困ってます！　私モテ誰得ホモもねぇ！

あの後、色々話し合った結果、私達はしばらく「同棲《どうせい》」と言う異国の風習を試してみる事にした。いわゆるお試し期間と言う奴だ。私も多分、オルフェ様の事が好き……なんだと思う。確かに私はBLが好きだけど、オルフェ様を傷付けてまでBLを見たいとは思わない。貴重な生BLを諦める程度には彼の事が好きだし、大切にしたいと思っている。

そんな自分の心の内に気付いた時、オルフェ様に言われてもいまいちピンと来なかった——正直、あまり自信のなかった「真実の愛」とか言うものの形が、私の中で、はっきりと明確なものとなった。

私は、オルフェ様の事を愛してる。

——だからこそ私は、彼のプロポーズを丁重に断らせてもらった。

これも何かの縁だと思う。そして、この縁を二人で大切に育てて行けたら素敵だと思う。しかし、私達の出会いとはじまりには、様々な行き違いや誤解があった。

正直、オルフェ様は私ことロゼッタ・レイドクレーバーと言う女の事を、少々……いや、かなり誤解している節がある。

私は彼が思っているほど、自分の事を良い女だとは思わないし、そもそも彼が言うように特別優しい性格でもない。

オルフェ様が私を心底心酔する要因となった、人を見た目で判断しない云々の部分だってそうだ。ぶっちゃけ守備範囲が他人よりもちょっとばかし広いだけだと思う。

帝都に名を轟かせた、私の奇人変人伝説は伊達《だて》ではない。

私は自分と結婚した後、オルフェ様を後悔させない自信がなかった。

オルフェ様の事は好きだ。好きではあるが——だからと言って、彼の為に私が普通の女を演じられるか？　と言ったら否である。

数日ももたず、化けの皮が剝がれるだろう。

だからこそ私は、しばらく一緒に暮らしてみて、お互いの事をもう少し知ってから結婚しても遅くないのではないか？　と彼に提案した。

オルフェ様は心底がっかりした様な顔をしていたが、すぐに気を取り戻したらしい。

「そうだな、これから君の事を私にたくさん教えてくれ。私は君のすべてが知りたいんだ」

「すべてですか？」

「君の思想や価値観、君が最も影響を受けた本の名前や、尊敬する人物の名前。ああ、座右の銘なんかもあったら知りたいな。一日で一番好きな時間は？　一週間で一番好きな曜日は？　一年で一番好きな季節は？」

「え、えっ？」

「そうだ、ロゼッタは小さい頃はどんな子供だったんだ？　子供の頃の夢は？　昔なりたかった大人に今、なれているか？　好きな食べ物と嫌いな食べ物は？　好きな色は？　好きな場所は？」

オルフェ様の怒濤《どとう》の質問ラッシュに、私は思わず苦笑を浮かべる。

「私だけじゃ不平等ですよ、オルフェ様の事も私に教えてください」

「私の事が知りたいのか？」

「当たり前じゃないですか。四百年間、人里離れた森の奥でどうやって生活していたのかとか、地味に気になってますよ」

「ロゼッタ、君が私の事に興味をもってくれて嬉しい。私も君に話したい事、聞いてもらいたい事がたくさんあるんだ」

「はい！　オルフェ様の事、私にたくさん教えてくださいね！」

「ああ」

パパ上とママ上はそんな娘達のやりとりをしばし呆然と見守っていたが、私が彼の求婚を断った事実に気付くと血相を変えた。

「彼の気が変わらない内に結婚してもらいなさい！」「そうだそうだ！　お前のその腐った趣味がバレる前に既成事実を作って孫を！　孫を抱かせてくれ!!」「ギブミー孫!!」とかなんとか叫び出すが、私は聞こえないふりをした。

二人には悪いが、これは私の人生だ。これから始まるかもしれない、彼との結婚生活だってそうだ。両親のものではなく、私とオルフェ様のものなのだ。悪いが、少しほっといて戴きたい。

「どうした、ロゼッタ」

「メケメケが見当たらないんです」

「メケメケ……使い魔だったか」

「はい」

荷造りを終え、後は出発するだけとなったのだが使い魔の姿が見当たらない。

そう言えば、オルフェ様が我が家にやってきて早三日。メケメケは一度もうちに帰って来ていない。

（メケちゃん、どうしたんだろう？）

流石に少し心配になってきた。

――その時、
ザッと数人の人影が私達の前に現れる。

「話はお聞きしましたわ！　お姉様、このままエステルと駆け落ちしましょう！　女同士でも幸せになれる国へ!!」

「へっ？」

滝の様な涙を溢《こぼ》しながら私の胸に飛び込んで来た美少女は、エステルちゃんだ。

「ライバル出現か、しかし負ける気はしないな。何故なら俺とロゼッタの間には長い歴史がある」

自信満々の表情で現れた、頬に刀傷のある騎士はアレンだ。

「長い歴史。私達の間になんかあったか……？」

思わず素で突っ込んでしまった。

アレンはと言うと、すべてを理解していると言った顔で私の肩に手を置く。

「照れるな、ロゼッタ。親友の婚約者に恋をしてしまった俺と、婚約者の親友に恋をしてしまったお前の仲を公にする時が来たと言う事だ」

「は？」

「許されざる禁断の恋だった。……しかし、直接話をする事がなくとも、俺達は人知れず瞳と瞳で言葉を交わす事により想いを通じ合わせ、密やかに愛を育てて来た」

「アレレオ妄想を拗《こじ》らせた十年選手の私が言うのも何だけど、君も私と同じくらい頭ヤバいよな」

「そうですよ何をおっしゃっているのですか！　お姉様はエステルのものなんだから!!」

そんな二人を押しのけて、私達の前にやってきたのはレオナルドとカストロだ。

レオはなぜか余裕綽々《しゃくしゃく》の顔でカストロの肩を抱くと、私の真後ろでポカンとした表情で佇《たたず》んでいるオルフェ様に人差し指を突きつける。

「先日は後れを取ったな！　しかし、今日の俺はあの日の俺ではない!!」

言ってレオは、肩を抱かれもじもじしているカストロの顎を持ち上げた。

「カストロ、いいな？」

「たいちょ、んっ、ぅ……」

そして彼は、そのまま往来でカストロの唇を奪った。

（レオが、ＢＬになった……？）

食い入るように目の前の生ＢＬを見守っていると、レオはしてやったりと言った顔となりカストロから唇を外す。

レオは胸を反らすと、得意げな顔で髪を掻き上げた。

「どうだロゼッタ！　お前の好きなＢＬだ!!」

「もう、隊長ってばぁ。こんな所でキスしたら駄目ですよぅ」

「俺の元へ戻って来るのなら、今からカストロを抱く所を見せてやってもいいぞ!?」

(うぅっ、なんて魅惑的な誘い！)

レオに腰を抱かれクネクネしているカストロは、受けなのだろうか？　と言う事はレオは攻めなのだろうか？　くそ、くそ、クッソ見てぇぞっ!!

心揺れる誘惑に取り乱しかけるが、ジーッとこちらを見ているオルフェ様の何とも言いようのない視線に我に返る。

「え、えっと、……魅惑的な誘いでしたが、大丈夫です！　負けません!!」

「ロゼッタ、お前はモテるんだな」

感心した様な面持ちで言うオルフェ様に、私は半笑いになると、今自分の目の前で繰り広げられている謎の修羅場に目をやった。

「……私も謎なんですが、人生で三回あると言うモテ期って奴なんでしょうか」

「流石は私が愛した女性だ。とりあえずライバルが想像以上に多そうな事と、早く結婚して既成事実を作っておいた方が良さそうな事だけは理解した」

そんなこんなをやっていると、何やら前方が騒がしい。

「お前達、わたくしとお姉様の仲を邪魔する奴等を全員片付けておしまいなさい！」

「卑怯《ひきょう》な！　こんなところで権力を使いやがって！」

伯爵家のお抱え騎士団を引き連れて来たらしいエステルちゃんが、彼らを皆にけしかけている。

レオ達が抜刀するのを横目で確認しながら、私は救いを求めるようにオルフェ様を見上げた。

のほほんと事態の成り行きを見守っていたオルフェ様だったが、私の視線に気付くと彼は小首を傾げる。

「どうする？」

「逃げましょう」

「任せておけ」

言うなり、オルフェ様は私を肩に担ぎあげた。

「悪いな、お前達！　ロゼッタは私のものだ!!」

「へっ!?」

「父上、母上、月に一度は帰ります！　では!!」

「くれぐれもどうか、娘の事を宜しくお願いいたしますねー！」

「早く孫の顔を見せてね！　頼みますよ殿下！」

「お任せください!!」

家の前に待機していた両親に頭を下げると、オルフェ様は私の嫁入り道具(薄い本コレクション)

を担いで走り出す。

あっという間に住み慣れた集合住宅は遠ざかり、剣で打ちあっていたレオ達は小さな点となった。

「運動不足の解消に、このまま城まで走って帰るのもいいな」

私と私の荷物で有に百キログラムは超えているはずなのだが、オルフェ様は平然とした顔でそんな事を言い出した。

「城って夜鳴き鷲の森の城までですか!?」

「ああ」

「いやいやいや、流石にそれは無理ですよ!!」

「なら無理でなかった時は、私と結婚してくれ」

「えっ、えええええ!?」

「お姉様が連れされてしまったわ！　お前達、捕まえなさい!!」

「フッ、誘拐犯からロゼッタを颯爽《さっそう》と助け出す俺……」

「くそ！　逃がさないぞ、ロゼッタは俺のものだ！　返せ!!」

「あーん！　隊長、待ってくださいよう!!」

――それから帝都カルカレッソの中心で、阿鼻叫喚《あびきょうかん》の追いかけっこが始まった。

十字路に飛び出したオルフェ様に驚いた馬が、荷台を横転させる。

混雑している公道は逃走路に適さないと思ったらしいオルフェ様は、市場の露店の屋根の上に飛び乗ると、それを踏み台にして民家の屋根に飛び移った。

「ロゼッタ、ちゃんと掴まっていろよ」

「は、はい！」

続々と続く追手たちも露店の屋根に飛び乗るが、薄板や布で作られている屋根はすぐに破れ、何人かが果物売りが果物を売る台の上に転げ落ちるのが見えた。

すぐに街は大混乱に陥り、気が付けば追手の後ろには、数百名の警備兵達まで追加されている。

(ひえええ……)

これはもしかしなくとも、一生帝都に戻らない方が良いのかもしれない。

私の退職金と貯金を足しても、背後の惨状すべて弁償できるとは思えない。――よし、このままバックレよう。

「つたく、騒がしいと思ったらやっぱり君か。一体何やってるんだよ」

「メケメケ！」

市場を抜けた所で、トン！　とオルフェ様の肩に飛び乗った黒い影は猫型のメケメケだった。

「ロゼッタ、答えがまだだ。このまま奴等を吹っ切って城まで逃げたら、私と結婚してくれるんだろう？」

(どうしよう……？)

オルフェ様の事は好きだ。好きだけど、でも、結婚と言われると正直良くわからない。私は彼の事を好きだと自覚したからこそ、どうすればいいのかわからなくなってしまっていた。

今更何を言っているのかと言われそうだが、結婚した自分の姿なんて想像出来ないし、自分が子供を産んで母親になった姿も想像出来ない。

もしかしたらいつか私も結婚する事もあるかもしれないとは思っていたけれど、……でも、私は自分が結婚するなら、推しＣＰの応援の一貫として偽装結婚する未来しか想像していなかった。

「ロゼッタ」

甘く、低い声で名前を呼ばれて振り返ると、そこには至近距離で直視するのが難しい美貌の皇子様が、何かを訴えるような強い瞳で私の答えを待っていた。

（うぅっ……）

――本当は、心のどこかで気付いてる。

多分オルフェ様は、私のすべてを受け入れてくれるだろう。

彼が私を嫌いになる事なんて、それこそ天地がひっくり返ってもあり得ないだろう。

（で、でも、私はまだ心の準備が……）

「メケメケ、助けて」

呆れたような目付きで、こちらの様子を伺っている使い魔に助けを求める。

「私、どうすればいいと思う？」

「……フン、勝手にすれば？」

「ほら、使い魔殿もそう言っているだろう」

「だ、だから、もう少しお互いの事を知ってからでも遅くないという話をしたばかりじゃないですか」

「そうだな、だが気が変わった。私は帰ったらすぐに君と夫婦になりたい」

「……オルフェ様は、やっぱり私の事を買いかぶりすぎていると思うんです。私、そんなに良い女じゃないです。顔だって十人並だし、性格だってそんなに人好きするタイプじゃないし」

「それは君が自分の真価に気付いていないだけだ。君がはいと言うまで、私は何度だって君に求婚しよう」

「私、結婚してもBLからは足を洗えないと思いますよ……？」

「君が変わる必要なんてない、何故なら私は君のすべてを愛してやまないのだから。なんなら私にもそのびーえるとか言う世界を教えてくれ」

「……ど、どうなんでしょう。あれをノーマルな男性が理解できるのか、ちょっとわからないわ」

「言っただろう。私は君が愛するものすべてを愛し、君が大切に思うものすべてを大切にする、と」

「だってよ、ロゼッタ。どうすんの？」

「ううう……」

この3日、あれこれ理由をつけてオルフェ様の求婚を断り続けて来たが、流石にそろそろ断る理由が尽きて来た。

虚空を見上げしばらく考えた後、私は一つの結論を出した。

(まあ、いいか……？)

正直に言ってしまうと、本当は怖いだけなのだ。

私は今までの人生、こんなにも誰かに愛された事がない。だから怖い。彼が自分に幻滅する未来を想像すると怖い。いつか彼の愛が色あせて行くのを想像すると怖い。……でも、そんな事を言っていたら、今、私に『真実の愛』を捧げ、全身全霊で愛してくれるオルフェ様に失礼だろう。

（よし、私も覚悟を決めよう！）

「わかりました！　結婚します、結婚しましょう!!」

「本当か!?」

言った後、物心ついた頃からずっと一緒にいる使い魔の存在をふと思い出す。

メケメケにも確認した方が良いだろうと、自分の肩に移ってきた猫を振り返った。

「いいよね、メケメケ？」

「……君がしたいなら、好きにすればいい」

メケメケは肉球を舐めて手入れしながら、どうでも良さそうに答える。

「見つけた！　お姉様を発見しました!!」

「逃がさないぞ！」

「止まれお前達！」

後方からの追手の声。差し迫る猛追。前方には警備兵が整列している。

これはまずい。「何か術を使うべきか？」と私が杖を握る手に力を入れたその時――

グオオオオオオオオオオオオオオオオン!!

真横から轟《とどろ》く、耳を劈《つんざ》きそうな魔獣の咆哮《ほうこう》に私は目を剝いた。

オルフェ様の服がビリビリ破け、彼の顔に、体全身に、毛が生えはじめる。

「魔獣の姿に戻ってく!?　な、なんで！　呪いが解けたんじゃなかったの!?」

あっという間に私を抱えて走るのは、初めて出会った時の魔獣バージョンのオルフェ様になっていた。

「良くわからないが、嬉しすぎて興奮してしまったらこの姿に戻ってしまった」

「えええええええええええっ!?」

「とりあえず、また魔女に話を聞かないといけないいな。――まあ、今は助かったと考えるべきか。スピードを上げるぞ!!」

ガッ!!

オルフェ様は四本足になると高く跳躍し、そのまま警備兵たちの頭上を飛び越える。

ある事を思い出した私の体に、稲妻のような衝撃が走る。

(そ、そうだ……!!)

「ま、魔獣の姿に戻ったたって事は、ちんちんも!?　ちんちんも!?　……け、けも、獣チン!?　獣チン再び！　獣チンアゲイン!?」

「帰ったら見せてやる」

「よっしゃあああああああああああああああああああ!!」

「見せるだけで済むとは思うなよ」

さらりと答えるオルフェ様に、私の歓喜の雄叫びが止まった。

「え？」

「拝観料はきっちり戴くからな」

何だか猛烈に嫌な予感がする。

「な、何G払えば良いのでしょうか？」

「まさか。私が君から金を取る訳がないだろう、体できっちり払ってもらうよ」

「え？　えっと……」

くつくつと喉で笑うオルフェ様に、私はあの夜の事を思い出す。――実は先っぽしか入っていなかったらしいのに、更に言ってしまえば膜も破れていなかったと言うのに、死ぬほど痛かったあの時の事を。

「い、いや、まずはヒト型のオルフェ様のサイズに慣れてからの方が色々はかどると思うのですが……」

「人に戻れるといいのだが、戻れなかったらこのまま夫婦になるしかない」

「え、え……？」

「良かったじゃん、ロゼッタ。念願の獣チンと結婚おめでとう」

「い、いや……え、ええっと、」

獣オル様の足は速く、あっと言う間に彼は城壁を越えてしまった。

どんどん追手の姿は小さくなり、私達は帝都カルカレッソから離れて行く。

汗だくになりながら私は、真剣に今からカルカレッソに戻り、警備兵に助けを求めるべきなのではないか？　と考えた。

第三章

モフりたい！

―ロゼッタ・レイドクレーバーの眠れぬ夜―

1　喪女と魔獣の獣チン半減期のお話。

あれから追っ手を撒き、夜鳴き鷲の森に入った所でオルフェ様は人間の姿に戻った。

「一体何だったんでしょう？」

魔獣の姿になった時に、オルフェ様が着ていた服は破け飛んでしまったので、人の姿に戻った彼は当たり前だが一糸纏《まと》わぬ姿で。

全裸のオルフェ様は目の毒だ。

仕方ないので、私は自分の黒のマントを彼の肩に被せる。

「さあ。あの魔女に話を聞いてみない事には」

「困りましたね、会いたいと思ってそう簡単に会える相手ではありませんから」

重苦しい溜息を吐くオルフェ様を慰めながら、私達は城に戻った。


「はぁい！　お帰りなさい！」

夜鳴き鷲の古城に戻った私達は、城の前にセットされたアイアンのガーデンテーブルで、優雅に紅茶飲んでいた少女の明るい声に出迎えられた。

彼女を視界に入れた瞬間、オルフェ様はギャグ漫画の様にその場にステン！　と転倒する。

「よ、夜の魔女！　何故ここに!?」

「あんた達を待っていたのよ」

オルフェ様の反応を見るに、ひらひらと手を振るその人形のように美しい少女が夜の魔女なのだろう。

はじまりの人の美しさについて、話には聞いてはいたが、人智《じんち》を越えたその美しさに私は思わず絶句する。――流石は唯一神が作った、最高傑作のヒトの一人と言ったところか。

「――あなたがロゼッタ？」

椅子から立ち上がり私の目の前まで来たその少女は、コクコクと頷く私の顔をジーっと見つめる。

「間近で見れば見るほど、私の想像していたお姫様とは違うわね。もっと派手なタイプを想像してたんだけど。……いえ、ある意味良くあるパターンなのかしら。派手に遊んでいた男が、妻には地味なタイプを選ぶって言うのは」

「オルフェ様、昔そんなに遊んでいたんですか？」

思わず半眼になってオルフェ様を振り返ると、彼はごほん！　と咳払いをする。

「四百年前の話だ。それよりも何をやっているんだ、お前は」

「言ったでしょう、罪滅ぼしも兼ねてお祝いに来たのよ」

（オルフェ様、昔遊んでたんだ……）

人間に戻った彼の美しい容姿を見るにそれも当然な気もしたが、なんだろう。胸がモヤモヤする。

私の様子がおかしい事に気付いたのか、オルフェ様は萎《しお》れた花のようにしゅんと項垂《うなだ》れた。

「ロゼッタ。私の事が嫌いになったか？」

「い、いえ」

「君が四百年後に生まれて来る事を知っていたら、他の女なんて絶対抱かなかったのに……。私は今四百年前の自分を殺しに行きたい。君は私の四百年前の愚かな浮気《あやまち》を、どうすれば許してくれる？」

「ゆ、許すもなにも……四百年前の事ですし、時効でいいんじゃないでしょうか？」

「しかし、」

「でも、やっぱり結婚はもう少し考えさせてくださいね」

「ロゼッタ!?」

悲鳴じみた声をあげるオルフェ様を見て、その少女はえらく感心したように言う。

「あの皇子様をここまで変えちゃうなんて、一体どんな魔法を使ったの？」

「秘密です」

それから私達は、夜の魔女にオルフェ様の体が魔獣の姿に戻った事について詳しい話を聞いた。

魔女曰《いわ》く、なんでも四百年間呪いをかけられた後遺症のようなものらしい。

獣の如く激しい感情に身をゆだねる事があれば、今後も魔獣の姿に戻る事もあるだろう、と。

「どのくらいで元に戻るんだ？」

「呪いの半減期は、呪いをかけられた時間の約半分と言われています」

夜の魔女を問い詰めるオルフェ様の背中にそう告げると、夜の魔女はヒュウ、と口笛を吹き「正解よ」と言って右の唇を吊り上げて嗤う。

「驚いた。かなり薄まっているから気付けなかったけど、よくよく見てみるとあなたにも魔女の血が流れているわね」

無言で頷《うなず》く私を、オルフェ様は少しだけ驚いたような顔で振り返る。

「うちのひいひいひいばば上様が魔女だったんです。すみません、言っていませんでしたっけ？」

「いや、そう言えば言っていたような気も……」

〈封魔の砂時計〉を発動させた時、自らの事を魔女と名乗りはしたが、そう言えば直接は言っていなかったかもしれない。

「ごめんなさい、隠していた訳ではないんですが……気になりますか？」

口から出て来た言葉は、自分でも笑える位心細げだった。

メケメケが何か言いたそうな顔でニャーニャー言いながら私の足に額を擦りつけているのに気付き、そのまま抱き上げる。

「とは言ってもちゃんと言っていなかった私も悪いんです。あ、あの、オルフェ様がお嫌なら、やはりこの話はなかった事に……」

そこまで言いかけたその時、私の唇をオルフェ様が人差し指を当てる。

「ロゼッタ、それ以上口に出して言う事は許さない」

「え？」

「例え君が純血の魔女だとしても、仮に君が人妖やエルフだったとしてもだ。私の愛が揺らぐ事はありえない」

「オルフェ様」

怒気を含んだ瞳に圧倒されて、言葉が出て来ない私の胸の中でメケメケはもう一度ニャーと言う。

視線を下ろすと、使い魔と目が合った。——猫の姿のままなのに、なぜかメケメケが嬉しそうに笑った様な気がした。

「ああ、でもあまりにも寿命の長さが違う生き物の場合は少し困るな。私が亡き後、君に寂しい想いをさせてしまうかもしれない。——時にロゼッタ、今の君の寿命はどのくらいなのか聞いていいか？」

「え？　……えっと、ひいひいばば上は百五十歳まで生きたと言う話ですが、次の代からは百三十歳とちょっとかな。恐らく私も百までは余裕で生きると思いますが、長生きの人間と同程度と言える範疇かと思います」

「それは良かった」

ほっと胸を撫で下ろすオルフェ様に、私も笑った。

「ただ、その分人間よりも成長が遅い傾向にあるようです。私はもう二十四歳ですが、良く未成年と間違われますし……」

「驚いたな、十代半ば程度だと思っていた」

「そういう訳で、オールドミスの娘をなんとか嫁にやろうと両親も焦っていた訳なんですよ」

この国では十六歳を過ぎたらオールドミス扱いだ。

しかし男の場合は三十代後半まで独身貴族扱いされるので、まあ、そう言った意味でも女性は生きにくい世の中ではある。

「重ね重ね話すのが遅くなってしまって、申し訳ありません。私、オルフェ様の想像以上に年を喰ってるみたいですけど、……こちらこそ大丈夫でしょうか？」

「何を言っている。それを言ったら私なんて四百歳オーバーだ」

私の額に自分の額をコツンと当てた後、彼は噴き出した。

おかしくて二人でクスクス笑っていると、ごほん！　と咳払いの音に我に返る。

「仲がよろしいようで結構だけど」

夜の魔女の存在を思い出した私は、話を戻す事にした。

「ええっと、呪いの半減期の話したね。恐らく呪いがかけられた時間の半分程度の時間で、後遺症はなくなるかと。……オルフェ様の場合、二百年先と言う事になります」

「と言う事は、私は死ぬまでいつ獣になるかわからない体のままで生活する事になるのか……」

（あ、本当だ……）

馬鹿正直に答えてしまったが、もしかしたら少しぼかして答えた方が良かったのかもしれない。

当面――いや、一生城の外には出ない方が良いだろうと項垂れるオルフェ様の背中を撫《な》でる。

すっかり忘れていたが、この国は魔女だけではなく獣人への風当たりも強い。

基本、彼らに人権はない。教会の教えに従い、見つけ次第火炙《あぶ》りにするのが慣習だ。

「オルフェ様、感情を抑える訓練をすれば良いだけです。上手くいけば帝都にも遊びに行けますよ」

「しかし、そんな事可能だろうか？　帝都のど真ん中で、突発的な事態に陥った時など、どうすればいいのか……」

「大丈夫です、幸い感情を抑える訓練なら私が魔導学校で学んでいますから。私がお手伝いします」

「ロゼッタ……」

オルフェ様は感極まった表情となると、私の両肩に手を置く。

「──魔獣になり生きるようになって四百年。私はこの国の人権問題について改めて考えるようになった。魔の物の内には確かに人に害なすものもいるが、人として生活したいと願っている半妖や亜種たちも存在する。私はこれからの人生、彼らが人の世で心安らかに暮らせる様に尽力しようと思う」

「オルフェ様……私も、微力ながらお力になります」

「ありがとう」

私の言葉に、オルフェ様は嬉しそうに微笑んだ。

素敵な目標ができた。

──そして私達は獣人や魔女、半妖達の人権問題について、城に乗り込み皇帝陛下相手に直訴して物議を醸すのだが、その話はここでは割愛させて戴く。

「あーもう、幸せそうなのは何よりだけど、なんなのこの二人。すぐに二人の世界に入って戻って来なくなるんだから」

やさぐれた瞳でぼやきながら、クッキーをせんべいの様にバリバリ齧《かじ》る魔女の様子に私達は再度我に返る。

「ご、ごめんなさい！」

「野暮《やぼ》な事を言うな、魔女」

「今までのお詫《わ》びも兼ねて、私はあなた達に祷《いの》りを捧げに来たんだけど、……さて、私は一体何についてい祈ればいいのかしら？」

私はオルフェ様と顔を見合わせる。

はじまりの人の言霊の威力について、知らない私達ではない。

――呪いも祈りも、彼女が声に出して祈った事は「言霊《ことだま》」となり、すべてが実現する。

長い沈黙の後、オルフェ様は言った。

「ロゼッタ、君の好きな事を願うと良い」

「良いんですか？」

「ああ。私は君によって救われたのだから」

「オルフェ様……」

満たされた様な瞳で微笑む彼の目をジッと見つめた後、私はしばし考えた。

世界中ＢＬ天国やっほい！　とか、男は全員ホモにな〜れ！　とか、その手の夢や願望がない訳ではなかったが、これは元々呪いをかけられ四百年苦しんだオルフェ様が使うべき言霊《チャンス》だ。

（彼の望みを叶《かな》えるのが一番よね）

私は今までオルフェ様とした会話を、一から十まで思い出す。

「……では、大昔からカルヴァリオにある根深い問題の解決でお願いします。種族差別と人種差別、身分制度と貧富格差の根絶を。それで良いでしょうか？」

オルフェ様を振り向くと、彼は「君は本当に」と言って私の髪をクシャクシャにする。

そんな私達を見ながら、魔女は目を細めて妖しく微笑んだ。

「欲がない子ね、私の言霊《いのり》の力を知らない訳じゃないでしょう？　あなたには何か欲しいものはないの？」

「欲しいものがないと言えば嘘になりますけど、欲しいものは自分で手に入れたい性質《たち》なんです」

薄い本とか薄い本とか薄い本とかな。

「ロゼッタ・レイドクレーバー、気に入ったわ。……でも、残念だけど1個しか祈る事ができないのよ」

そう言うと魔女は申し訳なさそうな顔で肩を竦め、また紅茶のカップに唇をつける。

言われて私は考えた。真剣に考えた。――気を抜くとついつい「獣チンカーニバル！　INカルカレッソ！」とか「美少年だらけのケツマンコフェスティバル！　参加者全員、金銀アナルパールプレゼント！」とか「ホモしかいない、雄っぱい触り放題・揉み放題・吸い放題！　モミモミ痴漢電車無料乗車券!!」とか、リビドーさんに促されるまま腐った事を叫びそうになってしまうのだが、駄目だ。駄目だ。真剣に考えろ、今日だけは。

私は必死に煩悩を脳内から追いやった。

身分と貧困の格差だが、これは本人の努力次第でどうにでもなる部分がある。

無論本人のやる気や資質、運なども問われるが――むしろ学ぶ努力をせず、不平不満ばかり垂れ流している人種の方がタチが悪い。オルフェ様の四百年の苦しみを秤《はかり》にかけて、そのすべてを救ってやる義理があるのか？　と問われれば、否だ。

残り二つ、種族差別と人種差別。どちらの方が解決するのが難しいかと考えれば断然種族差別だろう。

ならば、難しい方を彼女に祈ってもらうのがこの国の為になる様な気がする。

「では、この地に生きる様々な種族と人間が共存し、仲良く暮らせるように」

「何故それを選んだか聞いても良い？」

夜の魔女は、何かを見定めるような瞳でジッとこちらを見ている。

「貧富と身分の格差ですが、これは本人の努力次第でどうにでもなる部分があります。当然本人のやる気や資質、運なども問われますが――。……私は学ぶ努力をせず、不平不満を垂れ流すだけで、成功者の足を引っ張るのが生き甲斐の人間を知っていますが、そちらの方がよほどタチが悪いと思うんです」

「ロゼッタ、あなたは努力ではどうにもならない劣悪な環境下に生まれ、大人になれずに死んでいく子供たちがこの世界にはたくさんいる事を知っている？」

話は私の周りの性格と根性の悪いナマケモノ達の話ではなく、世界規模の話に発展してしまった。

「痛い所を突かれたな」と内心苦笑しながら私は続ける。

「……知っています。けれどそれは我が国が豊かになり、福祉が隅々まで行き届く様になれば防げる事です」

——その為にも私達が、この国を、しいてはこの大陸をより良くしていく必要がある。

「では他国の恵まれない子供達は？　あなたは一日何人の子供達が餓死しているか知っている？」

「五千人です。子供以外も含めればおよそ一万人程度と言われています」

「正解よ、流石はカルカレッソの高官ね」

(試されている……)

薄く嗤う少女の瞳には、私の解答への幻滅も期待も何もない。

ただ、そこには純粋な好奇心があった。

「夜の魔女、あなたは私に何を言わせたいの？」

「あなたは賢い子みたいだから。何故、あえて種族差別を選んだかその理由が知りたいのよ」

「真に世の中の事を思うのなら、戦争根絶とか世界平和とか、その手の事を願えば良いのかもしれない。……でも、この祈り《チャンス》はオルフェ様のものだから。彼の望みに一番近いものを選ぶのが良いと思ったまでです」

「なるほどね。なら、人種差別ではなく種族差別を選んだ理由もそれかしら？」

「いいえ、どちらが根の深い問題かと言えば当然種族差別だからです。人の力で解決する事が難しい方をあなたに祈ってもらうのが正解だと思いました」

「論理的なのね」

「一応、カルカレッソで高官やってましたから」

ニヤリと笑って返してやると、彼女は「やっぱり、面白い子ね」と言い目を細める。

「ただこれだけは覚えておいて。私の祈りは完璧じゃない、私がただ祈っただけでは効果がないの。あなた達が望んだ未来に向けて努力しなければ叶う事はない。……怠惰な者には厳しいわ、祈りとは全く逆になってしまう可能性もある。それがはじまりの人リリスの、言霊の祈りと呪いよ。――聡明《そうめい》なお姫様、あなたにはその覚悟があって？」

オルフェ様を振り返ると、彼は力強い表情で頷いた。

何も心配する必要はないと言っているその瞳に、私も一つ頷く。

「はい！　お願いします!!」

「いいわ」

夜の魔女は、胸の前で手の平を合わせる様にパン！　と叩いて立ち上がる。

瞬間、彼女が座っていたガーデンチェアもティーセットも、テーブルに刺さっていたビビットホワイトのパラソルまでもが掻《か》き消える。

「巡り巡れ言の葉よ

廻り廻れ言の葉よ

夜の魔女の名において

聖者の髑髏《どくろ》睡るる丘の大地《くに》の

空を駆け抜け舞い踊れ

白き祈りの言の葉よ」

白い光で世界が満ちた後、夜の魔女の姿は私たちの目の前にはなかった。

最後に「ロゼッタ、今度私とお茶しましょうね」と彼女の声が聞こえた。

声が聞こえた方に「また、遊びに来てくださいね」と言って手を振ると、青く澄んだ空のどこかで彼女が笑った様な気がした。

2　喪女と魔獣の愛が重すぎるのお話。

――そして、私はと言うと少々困った事態に陥っていた。

「おやすみ、ロゼッタ」

「おやすみなさい、オルフェ様」

チュッと唇に触れるだけの口付けをした後、オルフェ様は自分の腕の中でガチガチに固まる私を見て苦笑を漏らす。

「まだ私の腕枕は慣れないか？」

ケモチンのサイズ的な問題とか、結合とか、それ以前の問題――喪女故の問題があった。

「すみません、しばらく慣れそうにありません」

「いいよ、慣れるまで君の眠りやすい格好で眠るといい」

――そう、安眠である。

抱きあって眠りたいと言うオルフェ様には申し訳ないが、私は正真正銘の喪女だ。

子供時代の話を抜きにすれば、誰かと一緒に寝た事なんてある訳がない。

当然、二人で一つのベッドで寝て熟睡なんぞできる訳もなく、私はこのお城に来てすぐに睡眠不足に陥った。結婚やら結合以前の問題であった。

私を抱きしめて眠るオルフェ様の腕の中で、ガチガチに固まったまま三度目の朝を迎えた後、私はオルフェ様に頭を下げた。――寝室を別けて別々に寝ましょう、と。

その言葉に、オルフェ様は泣いた。

そんくらいで泣くなよ……と思うのだが、オルフェ様は本気で泣き出してしまった。挙句、感情が昂《たかぶ》り獣化までした。

「呪いが解けて愛しい人と想いが通じ合ったというのに、一つになる事は愚か、一緒に眠る事すらできないなんて！」と、そのまま城のてっぺんから投身自殺でもしそうな勢いだったので、最終的に私が折れた。

そんなこんなで私達は、一つのベッドで二人で眠る方法を、試行錯誤しながら模索して行く事になった。

それもこれも、オルフェ様が美しすぎるのがいけない。

オルフェ様のような超絶美形の皇子様と、同じベッドで熟睡出来る女がいるだろうか？　否、いるワケがないと思う。少なくとも私には無理だ。

美しすぎるオルフェ様を直視しないよう、彼に背中を向ければ眠れるかもしれないと思ったのだが、オルフェ様的にそれはNGらしい。……私には良くわからないが、これをやられるとオルフェ様はとても傷付くのだそうだ。

次に私達は、手を繋《つな》いで眠る事にした。

腕枕をされたり、彼の胸に抱きしめられて眠るのは無理だが、手を繋ぐくらいならいけるかもしれないと思った。

その夜、オルフェ様はうっとりとした瞳で「ロゼッタ、朝まで君の手を離さない。絶対だ」と言った。

私は頬を赤らめ、こくんと頷いだ。

――しかし翌朝、目を覚ました時、無情にも私達の手は離れていた。

人と言う生き物は、睡眠中、寝返りがしたくなる生き物だ。これぱっかりは仕方がない。

されどオルフェ様は、自分が約束を破ってしまった事に多大なるショックを受けていた。

しどろもどろになりながら私は「いや、手を離したの私かもしれませんし……」と言うのだが、彼は「私の方が力が強いんだ。ロゼッタが私の手を放そうとしても、繋いでいる事ができたはずだ」と言って、自分を責める。

その日の夜、彼は「二度と君の手を離さない、約束する」と大真面目な顔で言った。

私は頬を赤らめ、こくんと頷いた。

――しかし現実とは、メロドラマのように甘ったるいものだけで構成されている訳ではない。

現実は時に残酷で、時に非情なものだ。

翌朝目を覚ました時、私達の手はやはりと言うか、当然離れており、……その朝のオルフェ様の嘆きようについては、皆さんのご想像にお任せする。

手を繋いだまま眠ると言う行為は、実に困難を極めた。

その日、昼過ぎまでグジグジいじけるオルフェ様を慰めつつも、――正直、この辺りで私は「この人、面倒クセー……」と思うようになっていた。

そう言えば、元職場の同僚達が「どんなに素敵な人でも、結婚して一緒に暮らしはじめると、色々目についてトキメキを保つのが難しくなって行く」と言っていた。これがまさにそれなのかもしれない。

オルフェ様が超絶美形じゃなかったら、実際かなりうんざりしていたと思う。もしかしたら私は、実家に帰っていたかもしれない。

しかし、美形と言う生き物は得だ。

どんなにムカついても、ウゼーと思っても、顔を見れば並大抵の事は許せてしまう。

更に言ってしまうと、私は腐っている。

彼がお城の召使さん達（美形♂）と話しているのを見ているだけで、とても幸せな気分になる事ができる。

よって、私はオルフェ様に甘かった。

その他にも、私がこのお城でオルフェ様と一緒に暮らしはじめるにあたってのルールがいくつかあるのだが、オルフェ様が勝手に作ったそのルールに少々げんなりしつつも、彼を脳内で男達と絡める事で許容出来ている。

例えばトイレや図書館など、オルフェ様がいない部屋に行く時は、オルフェ様にハグ&キスをして「好きです」と言ってからではないと駄目で。オルフェ様の部屋に戻ってきたらまたハグ&キスをして、離れていた二人の時間を埋めなければならない。できる限り違う部屋には行かず、同じ部屋で二人で一緒にいる事。そして二人の時間を大切にしようという約束。違う部屋に行く時は、なるべく二人で移動するという決まり事。「ロゼッタは可愛いから、一人で外出したら人攫《さら》いに連れて行かれてしまう」と言う、オルフェ様の目が腐っているとしか思えない理由から、私は一人では絶対に外出してはいけないという約束。他にも色々あるのだが――、いや、やっぱりこの人、とっても面倒くさいわ……。

（きっと魔獣にされて四百年間、とても寂しかったんだろうな……）

召使さん達がいたとはしても、彼らは無機物だ。

人肌や、ぬくもりに飢えていたのだろう。オルフェ様は超ド級の寂しがり屋で甘えん坊さんだった。

本音を言ってしまうと（脳内でBLを楽しんで、ストレスを緩和しているのを抜きにしても）面倒くさいものは面倒くさい。しかし私は、こんなくだらない事で好きな人を傷付けたり、泣かせたり、喧嘩《けんか》がしたいとは思わない。

オルフェ様が好きだからこそ、私は彼の四百年の孤独に寄り添いたいと思っている。多少の面倒くささは頑張って（オルフェ様が召使いさん達に尻穴を掘られる妄想を楽しむ事で）目を瞑る事にする。

――そういう訳で。

長いものにグルグル巻かれた私は、しばらく夜中眠るオルフェ様の腕の中で魔導書を読み、昼間眠ると言う不健全な生活を送っていた。

そしてこの城で暮らしはじめて二週間目、ついに私達は答えに辿り着いた。

私は、ついにオルフェ様と一緒でも眠れる格好を見つけたのだ。――そう、横を向いた私の背中をオルフェ様が後ろから抱きしめると言うスタイルだ。この状態であれば、背中を向けたままでもオルフェ様は納得してくれた。

私の寝相が悪いからなのかもしれないが、腕枕とは案外寝返りしにくいし、首が痛くなる。胸に抱きしめられながら眠ると、オルフェ様の力が強すぎるせいか呼吸困難に陥って死にそうになる。

でもこの格好なら大丈夫だ。寝苦しくない。

たまに腰の辺りに大きくなったオルフェ様の存在感を感じ、ＢＬ脳が動き出す事もあるが、まあ、それは置いておいて。

この格好で何度か夜を越え、私達二人は、喜びの朝を迎える事に成功した。

＊　＊　＊　＊

――そして。

今夜も、何の問題なく眠れると思ったのだが……。

（あれ、眠れない？）

なぜか今夜は眠れなかった。

何故だろうと背中にオルフェ様の体温を感じながら、私は熟考する。

アオーン！　と城の外の森から聞こえてくる狼の遠吠《とおぼ》えを聞きながら、考える事しばし。

（そうか、メケメケだ）

そう言えば私は今までの人生、抱き枕猫のメケメケと一緒に寝ていた。

あのモフモフしたものがないと、どうも落ち着かない。ここ数日は睡眠不足でメケメケなしでも眠れていたのだが。

（モフりたい。モフモフしたい……）

私は今、モフモフしたものに飢えている。何だか無性にメケメケが恋しくなってきた。

今、メケメケはどこにいるのだろう？

そう言えば、このお城に来てからメケメケと一緒に寝ていない。

寝息を立てているオルフェ様の腕をすり抜けると、私は寝室を出た。

「メケメケ、いる？」

魔法の明かりをランプに点し、暗い廊下を歩く。

「どうしたの、ロゼッタ」

私は廊下に出て十秒も経たない内に、すぐにメケメケを見つける事ができた。

廊下の影からぬっと姿を現した使い魔の姿に、私は破顔する。

「メケメケ」

いや、見付けたは違うか。向こうから、私の気配を察してやってきてくれたのだろう。

私はランプを床に置くと、黒猫の姿の使い魔を抱き上げる。

ギュッと抱き締めると、黒い毛皮からは陽向の香りがした。きっとメケメケは、今日も城の屋根の上でお昼寝をして、たくさんお日様の光を浴びたのだろう。

この匂い、モフモフ感。なぜか香ばしい猫独特の肉球の香り。——そのすべてが懐かしい。

「眠れなくて」

「ご愁傷様」

オルフェ様とのあれこれを知っている使い魔は、私に同情的だった。

「あれ？　でも、あの男と二人でも眠れるようになったんじゃなかったっけ？」

「そうだったんだけど、……でも、今までずっとメケメケと寝てたから、やっぱりメケメケがいないと駄目みたい。なんだか眠れなくて」

その言葉に黒猫は、琥珀色の瞳をお月様のようにまんまるに丸めた。

「……仕方ないな、いいよ」

「え？」

「僕の部屋においで」

白煙と共に使い魔は少年の姿に戻ると、廊下に着地する。

「行くよ」

言っていつものように手を差し出して来た使い魔の白い手を、マジマジ見つめる。

「いいの？」

「……いいよ、実は僕も少し寂しかったんだ」

「メケちゃんがデレた!?　メケちゃんかデレた!?　メケちゃん、可愛い!!」

「あんまり調子に乗るなら、ベッドに入れてあげない」

「嘘ですごめんなさい！　お姉ちゃんと一緒に寝てください!!」

そして私は、メケメケと手を繋いで、オルフェ様が用意してくれた彼の部屋に向かった。

この部屋は、召使いさん達に一人一人用意されている個室と同じ部屋らしい。

「簡素な部屋で申し訳ない」とオルフェ様に頭を下げられたが、ぶっちゃけうちの実家より広い上にゴージャスだ。

これを簡素と言ったら罰が当たってしまいそうな、メケメケの部屋の天蓋ベッドの上に横になる。

「メケちゃん、猫にならないの？」

「この姿じゃ駄目？」

「当然!!」

「……仕方ないなぁ」

「メケちゃん！　メケちゃん！　モフモフ!!　モフモフ!!」

溜息混じりに猫の姿に戻った使い魔を撫《な》で繰り回す。

「……腹毛、そんなに撫でまわさないで」

腹毛どころか、耳までハムハムしている。

耳うめえ！　猫の耳、クッソうめえ!!

「あの……僕の耳に涎《よだれ》つけないでくれる？」

「だってモフモフなんだもん！　可愛いんだもん!!」

「あと肉球舐めないで」

「触るのは!?　肉球触るのも駄目!?　匂いクンクンするのはいいでしょ!?」

「……少しだけね」

「相変らずぷにぷにしてやがるな！　悪い肉球だ!!　このっこの！　ぷにぷにしてやる!!　ぷにぷにしてやる!!」

「あとさ……腹毛だけならいいんだけど。ロゼッタ、さっきからもう少し下の違う部分も撫でまわしてるから。お願い、そこはやめて」

「ご、ごめん！　メケちゃんと一緒に寝るの久しぶりだから、ついつい興奮しちゃって!!」

「……いや、そんなに触りたいなら、別に触ってもいいんだけど」

「じゃあ胸毛にする！　胸毛モフモフ!!　胸毛モフモフ!!」

「あ……触らないんだ」

「ん？　何か言った？」

「いや、なんでもない」

そして私は愛猫——ではなかった、使い魔を抱きしめて久しぶりに朝まで熟睡した。

――翌朝。

「ロゼッタ、どこだああああああああああああああああああっ!!」

オルフェ様の悲鳴じみた声と、廊下をバタバタ走る音で私の意識は覚醒した。

（やばい、オルフェ様が起きる前に部屋に戻ろうと思ってたのに）

あんまりにもメケメケの抱き心地が良いから、爆睡してしまった。

「って、あれ？」

なぜか、隣で寝息を立てるメケメケは人型に戻っている。

これではまるで浮気現場である。

「メケメケ起きて！　そして今すぐ猫に戻って!?」

「んー……？」

慌てて揺さぶるが、寝起きの悪い使い魔はなかなか目を覚まさない。

どうしようと思ったその瞬間――

バン！

大きな音を立てて、メケメケの部屋のドアが開け放たれる。

「使い魔殿！　ロゼッタを知らないか!?」

鬼気迫る表情で部屋に入って来たオルフェ様は、ベッドの中で抱き合ったままの私と使い魔を見て固まった。

蠟《ろう》人形のように青白くなった顔で、彼は言う。

「何故、ロゼッタと使い魔殿が一緒に寝ているんだ……？」

「え、えっと、その、なんと言いますか、メケメケとは昔から一緒に寝ていたので……」

オルフェ様の肩がカタカタ震え出すのを見て、私は自分が言わんで良い事まで言ってしまった事に気付いた。

「あ、いや、猫の方！　猫の方ですよ!?」

「ふわあ……なに？　朝からうるさいんだけど？」

その時、私達の声で目を覚ましたメケメケが、大きく伸びをしながら上体を起こす。

次の瞬間、はらりと床にシーツが落ちるのを見て、私は青ざめ白目を剥いた。

――この最悪のタイミングでヒト型になっているメケメケは、なぜかよりにもよって全裸だった。

「ま、まさか、そんな……、」

立ち眩《くら》みをおこしたのか、ふらふらとふら付き出すオルフェ様に私は全力で叫ぶ。

「ちが、違いますオルフェ様！　誤解なんです!!」

「まだ寝てようよ、さむいよぅ」

「め、メケちゃん……？」

「……おねえちゃん。ぼくの事、昨夜みたいにちゃんとギュって抱っこしてくれなきゃイヤだ」

寝ぼけたメケメケが裸のまま私に抱き着き、スリスリ頬擦りするのが合図だった。

グオオオオオオオオオオオオオオオオオオオオンッ!!

オルフェ様の寝巻のボタンが千切れ、布がはじけ飛ぶ。

魔獣化して慟哭《どうこく》するオルフェ様の姿に、唖然《あぜん》としながら私は思った。――「これが俗に言う、修羅場と言う奴なのか」と。

3　喪女と魔獣の深刻な閨《ねや》事情のお話。

――その後は、本当に大変だった。

魔獣化したオルフェ様は完全に理性を失っており、この騒動でお城の中も少し壊れた。

私は魔術をブッ放してオルフェ様を気絶させた後、お手製の魔具で彼を拘束し、暴れないようにしてから起こして事情を説明した。

オルフェ様は理解はしたが、納得はしていないと言う顔付きで頷《うなず》いた。

「つまり、ロゼッタは小さい頃からメケメケと一緒に眠っていたと言う事か」

「使い魔ではあるんですが、愛猫のような、弟のような存在なんです」

猫型に戻ったメケメケを抱っこしながら話す私を、恨めしそうな目で見上げながら彼は言う。

「私がドアを開けた時、彼はヒト型だった」

「たまたまです」

「たまたまか……そう言えば、睾丸《たま》があった」

「そりゃメケメケは雄ですから、玉はあって然るべきだと思います」

「私が今論じているのは玉の話ではなく、使い魔殿が裸で君と一つのベッドで寝ていた事だ」

「そう言えば、確かに全裸でしたね。……なんでメケちゃん裸だったのさ？」

「そっちの方が盛り上がるかなと思って。ケモチンの反応は、僕の予想を遙かに上回ったけど」

大口を開けて欠伸をしながら、悪びれもしない口調で言う使い魔に私は嘆息した。

「私の使い魔はこういう奴なので、あまり気にしないでください。オルフェ様が気にすれば気にするほど、メケメケの思うつぼです」

「私は君の使い魔と、上手くやっていけるのだろうか？」

「メケメケ、オルフェ様と仲良くね？」

「はいはい」

やる気のない返事をする使い魔の顎周りを撫でる。

機嫌が良さそうな顔でゴロゴロ言い出す使い魔から、私はオルフェ様に視線を戻す。

「この通り、いつもはただの猫でして。一緒に寝ていたとは言っても、いかがわしい事などある訳がなく」

「それは理解した。しかし君が私と一緒では安眠出来ないのに、その雄猫とは安眠出来ると言う事が納得できない。何故だロゼッタ、何故私では駄目なんだ？」

「だってオルフェ様、美しすぎるんですもの」

「君の使い魔殿だって、蠱惑《こわく》的な美少年だ」

そらそうだろう。メケメケは私の趣味とドリームを全力投球した奇跡の美少年で（以下略）。

「メケメケは家族のような存在なので、オルフェ様とは違うというか……」

「私も早く君の家族になりたい。ロゼッタ、一刻も早く結婚しよう」

「毎晩ちゃんと眠れるようになってからじゃないと無理です。このままじゃ私、睡眠不足で死んじゃいます」

「何故だロゼッタ、何故私の胸の中では安心して眠れないんだ？」

（だから、あんたが美形すぎるからだと何度も言ってんだろうが！）

「またこのやり取りかよ、面倒クセーな……」と私はオルフェ様に隠れて、こっそり溜息を吐いた。

メケメケは私の家族のようなものなのだ。長年一緒に暮らしている気のおけない家族と、出会ったばかりの美形の恋人とでは、やはり感じるものは違って来る。

しかし、オルフェ様の気持ちを想像する事はできなくはない。

私がオルフェ様の立場だったら――美少女に変身できる猫耳娘と毎晩彼が一緒に寝ていて、しかもその美少女としか安眠出来ないと言われたら、確かに私だって面白くないだろう。

共同生活を送る上で思いやりとは、とても大切だ。――いや、これはどんな人間関係にも言えるのだが、片方が我を通し、相手に我慢を強いる関係性は破綻しやすい。

相手が我慢できなくなった時、我慢する必要のない相手に出会った時、その関係は呆気なく破綻する。

私は今後もオルフェ様と仲良くやっていきたいと思っている。

ここで私が我を通すのは簡単だ。ただでさえ、オルフェ様は私に甘い。「愛猫の事までブツブツ言わないでください」と言えば、きっと彼は私に不満を感じながらも許容してくれるだろう。

しかし私は彼の好意に甘え、我を通したいとは思っていないのだ。オルフェ様の事が好きだからこそ、彼と対等な関係を築いて行きたいと思っている。

「じゃあ、どうすればいいんですか？　メケメケは私の使い魔です、メケメケを捨てるのは無理です。実家に戻すのもちょっと……」

「それはしかと心得ている。ただ、気持ちの収まりがつかないんだ」

「収まりですか」

「子供じみた嫉妬だという事は理解している。……一緒に暮らし始めて、きっと君は私に幻滅しただろうな」

言って自嘲気味に笑うオルフェ様に、私はただ無言で首を横に振る事しかできなかった。

「――真実の愛は永遠ではない、永遠なんてありえない。あの魔女もそう言っていた。……ロゼッタ、私は君の愛の炎をこの手で消してしまうその前に、君を手放すべきなのだろうか」

「オルフェ様……」

確かに一緒に暮らし始めて、面倒くさいと思う事は増えた。

――でも、それと同じ分だけ、……いや、それ以上に、彼の事を愛しいと思う事も増えているのだ。

例えば、彼の優しくて優しすぎる所。

一緒に森を探索している時、私が転んで膝を擦れば、大した傷でもないのにお城まで抱きかかえて連れ帰ってくれたり。話の流れで何気なく私が好きだと言ったものを覚えていてくれて、サプライズプレゼントをしてくれたり。

彼は今、私を喜ばせる事、笑顔にする事、幸せにする事に全身全霊をかけて生きている。他にも何かあるんじゃないのか？　とか、私の事ばっかりじゃなくて、もっと自分好きな事をすればいいんじゃないのか？　と思うし、実際それを口に出して言ってみた事もある。　しかしオルフェ様は大真面目な顔で「君を幸せにする事が私の生き甲斐《がい》で、私の生きる意味だ」と言い切った。

あの時は照れた。……じゃなかった、今はその話じゃない。——だからこそ、私も彼の事を幸せにしてあげたいと思っているし、共同生活を送る上で、譲歩できる部分はできる限り譲歩したいと思っている。

——やや悩んだが、

「……エッチしますか？」

私のその言葉にギョッとしたのは、オルフェ様だけではなかった。

「ちょ、ちょっと待ってよロゼッタ！　この国で、婚前交渉は……」

「そうだけど、ちょっとした触り合いっことかなら、結婚前でもしてる子沢山いるし」

「今の子怖っ！　今の子、こっわ！」

すかさずメケメケがツッこむ。

「前から思ってたけど、メケちゃん、そういう所ジジむせーぞ」

メケメケは傷付いた顔になると、私の腕から飛び降り、プンスカ言いながら部屋を出て行った。

「ロゼッタ、いいのか？」

「はい。それでオルフェ様の不安が少しでも安らぐなら」

オルフェ様は紳士だ。

毎晩一緒に寝てはいるが、私が心を決めるその日まで待つと言ってくれた。

それでも自分を抑えて待ってくれている彼の事が、
やっぱり私は、好き……なんだと思う。

「全部は駄目ですけど……少しなら」

床に膝を突き、後ろ手で拘束していた手錠を取り外す。

ごくりと喉が鳴る音にオルフェ様を盗み見ると、彼は目に見えるほど動揺していた。

「……ロゼッタ、先に謝っておく」

「は、はい？」

手錠を取るなり肩に手を置かれ、私は息を飲む。

「四百年ぶりなので、君を満足させてやる自信がない。……頼む、ロゼッタ。もし私が失敗しても笑わないで欲しい」

大真面目な顔でなにいってんだ、この人。

本当に可愛いな、畜生。大好きだこの野郎。

「そ、それを言ったら私も初めてなので、多分と言うか絶対下手だと思うので……」

「駄目だ、緊張してきた。葡萄《ぶどう》酒でも持って来させようか」

「せ、折角なんですから、今夜は素面で頑張りましょうよ」

そんな流れで、お互い耳まで真っ赤で汗だくの状態でベッドに戻った。

オルフェ様は本当に緊張していたのだろう。

ベッドの上でガチガチになっているオルフェ様を見て、私は処女の分際で「私がリードしなければ……！」と思った。

私が「経験はありませんが、薄い本で培った知識ならあるので！」と言って彼のベルトを解き、オルフェ様のオルフェ様をファスナーの中から取り出し——

ドピュッ！

「え？」

「あ……」

顔に付着した生温かい物を指で拭う。

その白濁の正体に気付き、唖然としながらオルフェ様を見上げると、彼は真っ赤になってフルフル震えていた。

オルフェ様が緊張のあまり暴発した事に気付いた、その瞬間——

グオオォォォオオオオオオオオオオオオオオンッ!!

「お、オルフェ様!?」

彼は魔獣の姿に戻り、叫びながら窓ガラスをブチ破り、そのまま森へと消えて行った。

(——やっぱりあの人、面倒クセー……)

死ぬほど恥ずかしかったのだろう。

オルフェ様が帰って来たのは、それから三日後の事だった。

4 喪女と魔獣の健全に眠れないお話。

――確かに私はあの夜「少しなら」と言った。

しかしこれを「少し」と言って良いものか。

「やっ……あ、っンン！」

本来なら排泄《はいせつ》に使う場所に打ち込まれた楔《くさび》の抽送は、次第に激しさを増して行く。

子宮を裏側からゆすられる感覚に必死に歯を喰いしばるが、歯裂からはすぐに甘やかな吐息が漏れはじめた。

「っ！」

オルフェ様は後孔を穿《うが》ち続けながら手を私の下腹に回すと、赤く膨れ上がった小粒に触れる。

「痛くないか？」

「は、はい……っ」

「良かった」

言って優しく微笑みながら、オルフェ様は花芯を摘む。

「多分、こうすれば楽になると思う」

彼の指が敏感な小粒を擦ると、なぜか触れられてもいない、何も挿し込まれていない前の虚にじ

わりと熱が生まれた。すぐに体は甘く切ない疼《うず》きに襲われて、秘所からはしとどと熱い蜜が溢れ出す。

「う、ううっ」

ん？　とオルフェ様は首を傾げる。

オルフェ様に限ってそんな事はない……と思うのだが、もしかしてこの人、わかってやってるんじゃないのか？　と邪推してしまう。

「ロゼッタ、そんなにきゅうきゅう締めないでくれ。気持ち良すぎて、つらい」

「そんな事、いわれてっ、も……！」

そうは言われても、後ろで激しく抜き挿しを繰り返しながら、そうやって花芯に触れられるとこちらもつらいのだ。

体がビクビク痙攣《けいれん》し、オルフェ様を受け入れた場所が収縮しはじめると彼は切なそうに眉を寄せては溜息を吐いた。

「君がそんなに締めるから、……クッ！」

オルフェ様が白濁を吐き出すのと同時に、体がガクガクと痙攣してベッドに立てていた両の腕が崩れた。

枕の上で荒い呼吸を繰り返していると、今度は正常位らしい。

ベッドの上に仰向けにひっくり返される。

「え、え……ま、まだやるんですか……？」

「嫌か？」

しゅんとした表情で言われ、思わず反射的に首を左右に振ってしまう。――が、それがいけなかった。

「そうか、良かった」

「へ？」

後に埋め込んだままの熱とは別に、蜜を溢れさせてやまない前の虚にも指を挿しこまれ、淫らな抽送がはじまった。

前は自分の蜜で、後は先程彼が放った精で、グチュグチュといやらしい水音が室内に響く。

「あっあ、あ……やぁ……っ！」

「ロゼッタ、可愛い」

「オルフェ様、そ、そっちは……」

「大丈夫だ、君が良いと言うまで奪わない。私は約束を守る男だ」

それから前と後、花芯の三点攻めがはじまった。

花芯を慰めながら、異物感にまだ慣れない前を指で解きほぐされて。最も秘めやかな場所を激しく突き上げながら、胸の頂きを唇で啄《ついば》まれる。

「ひ、あっ……ぁ、ああっ！」

耳朶を舐め回されながら花芯を押し潰された瞬間、目の前が真っ白になった。

――また、達してしまった。

もう何度も絶頂を迎えたというのに、彼の責め苦は終わらない。

「オルフェさ、ま、待っ、まって！　もう、嫌……ですっ」

「嫌か？　ロゼッタはいいこだろう？」

「つあ！　やあっ、あ！　い、いいこ、です……いいこですっけ、ど!!」

「そうだな、私のロゼッタはとてもいいこだ。嘘を吐かない、素直で愛らしい女性だ。――ここも、とても素直で可愛らしい」

蜜をいっぱいに溢れさせているその部分は、私の意に反し、男の子種を搾り取るように収縮し、彼の指を離したくないとヒクついていた。

（オルフェ様のばかぁ……っ！）

羞恥のあまり、涙目で睨みつける。

「大丈夫だ、ロゼッタの心の準備ができるまでここは奪わない。私が欲しくなったらいつでも言ってくれ」

「つぅ……うう」

「そうだ、いいこにはたくさんご褒美をあげよう」

にっこり微笑むオルフェ様に、やってしまったと後悔するがもう遅い。

オルフェ様は指を引き抜くと、蜜で濡れた指で達したばかりで敏感になっている花芯に触れた。

強く擦られてびりりと大きすぎる快楽に総身が跳ねる。

「やんっ！　あ、あっ…ぁあ、あああぁっ！」

ブワッと涙が溢れて、悲鳴のような甲高い声が上がった。

痛いのか、気持ち良いのかわからない。

「やあ、っだ、だめぇっ！」

理性と知性と共に、自我までが遠のいて行くのを感じる。

指を抜かれた空虚感で、中がヒクヒクいっていた。

（なんで抜いちゃうの、奥、つらい、よぅ……っ！）

頭がおかしくなりそうだ。甘く、狂おしい疼きにも悶《もだ》え泣くしかできない。

「どうした、ロゼッタ？」

皇子様のこぼれるような笑顔は、今夜も艶やかだ。

さっきからずっとご機嫌で、楽しくて楽しくて仕方がないといった表情《かお》のオルフェ様に確信する。――この人、確信犯だ。

私は唇を嚙み締めると、このまま欲しいと言ってしまいそうな自分を必死に抑えた。

オルフェ様の背中に腕を回し、ギュッと目を瞑ると、寄せては返す波のような快楽を必死にやり過ごす事だけを考える。

「ロゼッタ」

オルフェ様は、自分にしがみついて喘《あえ》ぐ私を抱き締める。

気が付けば彼の瞳もだいぶ余裕を失っており、夢中で唇を重ねてきた。

オルフェ様は、もしかしたらまだ獣時代の名残りが残っているのかもしれない。

彼は何度か私の肌に歯を立てては「す、すまない」と謝った。

五回謝られたところで、少しじれったくなってきた私は「痛くしないなら、咬《か》んで良いですよ」と言った。

オルフェ様は最初は戸惑いの表情を浮かべたが、すぐに嬉しそうにガジガジと甘噛みをはじめる。

鎖骨を噛まれ、首筋を噛まれ、乳首を噛まれ、花芯を押し潰されて責めたてられる。

甘噛みした後、噛んだ場所をチロチロと舐められると官能が擽《くすぐ》られ、我知らずと排泄孔に埋め込まれたままのオルフェ様を締め付けてしまった。

収縮に触発されたらしいオルフェ様が、中でビクリと脈動する。

「うごいて、いいか？」

「は、はい」

オルフェ様は私の体をベッドの上にひっくり返すと、腰を掴み、荒々しく奥を穿ちはじめた。

体がガクガク慄え出し、脳髄まで痺《しび》れるような、眩暈《めまい》がするような快楽に、またしても世界が白んで行く。

「あ……ぁぁぁあっ！」

私が達するのと同時に、オルフェ様も私の中に煮えたぎる劣情を吐き出した。

（お、終わった……？）

自分の中で熱い物が溢れて行く感覚に、ほっと安堵の息を吐く。

「ロゼッタ、気持ち良かったか？」

「は、はい……」

彼はベッドの上でぐったりしている私を抱き寄せると、優しく頬を撫でた。

「そうか、なら良かった。明日もまたしよう」

「はい」

満面の笑顔で微笑まれて、チュッと額に口付けられながら考える。

（……って、ちょっと待て）

乱れた呼吸を整える事しばし、熱に浮かされた頭にふと冷静な思考が戻って来た。

オルフェ様は「私と結婚したくなったら、前に挿《い》入れて欲しいと言ってくれ」と言っているが、

……ねえ、これどうなの？　処女相手にちょっと酷くね？

（駄目だ、眠い。続きは明日、考えよう……）

――その日、私は初めてオルフェ様の腕の中で爆睡した。

＊　＊　＊　＊

「納得いかん」

うららかな昼下がり、場所はお城の屋根の上。

むすーっとしながら呟く私の隣で、日向ぼっこをしていたメケメケが欠伸混じりに答える。

「何が？　良かったじゃん、ケモチンと一緒に熟睡できるようになって」

最近のメケメケは、塩対応だ。

どうやら「ジジむさい」と言われた事を根に持っているらしい。執念深い雄猫である。

「このままじゃオルフェ様のペースに乗せられて、結婚するって言っちゃいそうで怖い。何が『四百年ぶりなので、自信がない』よ。騙されたわ、あの人エッチ上手すぎる」

「本当に結婚したくないんなら、寝室を別けるとか実家に帰るとか色々あるだろ」

「駄目だって、そんな事したらまたオルフェ様が泣いちゃうよ。私、オルフェ様の事好きだから、もう泣かせたくないんだ……」

「はあ、惚気《のろけ》を聞かされるこっちが辛いよ」

メケメケが大口を開けて欠伸をしたその時、私が捲《めく》った魔導書に影が落ちる。

「どう、上手くいってる？」

「リリスさん！」

屋根の上に突如現れた魔女は、今日は日傘をさしていた。

実はこの魔女《ヒト》、暇なのか最近良く遊びに来るのだ。

彼女が遊びに来るたびオルフェ様は渋い顔をしているが、私は女友達が少ないので彼女にはとても良い相談相手になってもらっている。——特にその、オルフェ様関連の事とか。メケメケはこの通りだし、周りに相談出来る人が本当にいないので。

「その顔、また何か悩んでるのね？」

言い当てられて、私は魔導書を閉じた。

「……実はですね、私、昨夜オルフェ様に菊の花を摘まれたというか、無理くりこじ開けられたのですが」

「菊の花？」

「いわゆる肛媾《こうこう》と言う奴ですね」

「……あの男もだけど、こっちもいきなり直球で物凄い話をするのよね」

「はい？　婚前交渉が禁じられている我が国で、肛門性交は一般的ですよ？」

エステルちゃんもそう言ってたし、元職場の同僚達も結婚する前は今の旦那さんや昔の男としてたって言ってたし。

「今の子って怖い……」と呟く魔女に、メケメケも続く。

「今の若い子って皆こんな感じなんだって。僕もついていけない」

「ジジネコうるさい」

「もういいよ、ジジネコは黙ってるから」

「あー、で、相談の内容は？」

「そうでした」

私はかくかくしかじかと事情を話す。

「このままだと、うんと言ってしまいそうな自分が怖くて」

「じゃあ一緒に寝なきゃいいじゃない」

「ほらみろ、夜の魔女も僕と同じ事を言ってるじゃないか」

魔女の答えにメケメケがほれみた事かとブーブー言い始める。

ジジネコは黙ってるんじゃなかったのかよ、畜生。

「だって、一緒に寝ないと言うとオルフェ様泣いちゃうんですよ、それはそれで可哀想だし」

「……上手く行っているようでなによりだわ。もう、さっさと結婚すればいいんじゃない？」

「僕もそう思うよ」

「人が真面目に相談しているのに」

夜の魔女は本当に暇らしい。

それから三時のおやつと夕飯まで食べて、お風呂にまで入ってから帰って行った。

彼女曰く、不老不死とはどう暇潰しをするかにかかっているのだとか。


――そして、あっと言う間に日が暮れて夜がやって来た。

「オルフェ様、昨夜はリードして下さってありがとうございます。今夜は私があなたをリードします」

「君が？」

期待と不安が入り混じった顔で、ソワソワしはじめるオルフェ様をベッドに誘導する。

昼間作った魔力を込めたリングで、彼の手首をベッドの柵に固定して行くと、途中でハッ！　とオルフェ様が顔を上げた。

「ま、まさか、ロゼッタ……」

「なんですか？」

「あのクローゼットには男達が隠れていて、今から私はその男達に犯されるのか……？」

オルフェ様は若干頬をこわばらせながら、私の後にある大きなクローゼットに目をやると、なんとも心躍る素敵な事を言い出した。

(クッソ、美味しいプレイだな畜生……じゃない、じゃない)

オルフェ様のズボンに手をかけていた私は、思わず、魔具によって拘束されたオルフェ様が男達に辱められる図を想像してしまった。

「い、いや。君が男に犯され、よがり泣く私を見たいと言うのなら、私は……私の覚悟はもとよりできている。その恥辱、耐え忍ぼう」

(マジかよ)

青ざめフルフル震えながらも、虚勢を張りながら言うオルフェ様が可愛かった。

思わず私の腐った心が騒めき出し、衝動的に召使いさん達を叩き起こして、友情出演の申し出をしてきたくなったが……そ、そうじゃない。違う、違うんだ。今夜はそういう夜じゃない。

「そのプレイ、見たいか見たくないかと言ったら、ぶっちゃけ物凄おおおおおっく見たいんですが、……残念ながら今夜は違います」

「私に何をするつもりだ？」

やめてくれ、そんな怯《おび》えた顔をしないでくれ！　本当に男達を連れて来て、ズコバコ犯してもらいたくなっちゃうじゃないか畜生！

（オルフェ様が受けか……うん、いいな。受けてるオルフェ様、可愛いな。とっても可愛いな）

最近は、腐った界隈《かいわい》でガチムチ受けが流行っている。

オルフェ様はとても良い筋肉をしているし、とても良い雄っぱいをしているし、今流行のガチムチ受けだ。……見たい。クッソ、見たい。一度想像してしまうと、物凄く見たくなってきてしまった。

私はしばらくオルフェ様の下腹の上に跨《また》がったまま、自分の煩悩と戦った。戦った。戦い続けた。

——そして、己の欲望に打ち勝った。

褒めて。

お願い、誰か褒めて。

「ロゼッタ？」

苦悩する私を戦々恐々と見上げるオルフェ様の様子に気付き、私はごほん！　と咳払いをする。

「私、色々考えたんですけど、昨夜のあの流れは不本意だなって」

「は？」

「つまりですね、私と結婚したいならオルフェ様が頑張ってください」

取り出したソレが何かわからないようで、彼は首をかしげた。

これは私の自作で非売品であるので、彼が知らなくて当然だ。

その筒状のものの長さは、勃起状態のオルフェ様の物にフィットするように作った。中には蠢く無数の触手がびっしりと生えている。

その触手はめしべ草と言う魔法生物の雌蕊《しずい》になる。

めしべ草とは有性生殖タイプの雌雄異株であり、青い月の夜、夜な夜な異種族のおしべを求めて森を彷徨い歩いている。

めしべ草を受粉させたいおしべ草と違い、めしべ草は異種族のおしべを求めているのがこの魔法生物の特徴かもしれない。ちなみにおしべ草に追いかけられると、めしべ草は全力で逃走するらしい。人間の私からすると、「同種族同士、仲良く番《つが》えよ……」と思わずにはいられないのだが、めしべ草からするとどうやらそうはいかない事情があるらしい。

おしべ草は「闇の森」に行けばそこそこ生息しているのだが、めしべ草は中々お目にかかる事ができない。準絶滅危惧種に指定されている。

先日、森で弱っためしべ草を見かけた私は、城に連れ帰って来たのだ。

この手の植物を見つけたら保護し、繁殖させるのが私達魔導士組合に所属している魔導士の義務の一つである。

城のバルコニーの例のランプの隣で水をやり、肥料をやり、森で採取してきた花のおしべを与えて育てて来た成果が実り、最近彼女（？）は元気を取り戻して来た。

活き活きとしているめしべ草から、数本雌蕊を別けてもらい、薬草学の権威である私が増殖させたものがこの筒に入っている。

めしべ草は普段はピンク色の花の中央に、「あ、めしべですね……」と言った形の極々普通のめしべが付いている花なのだが、近くに雄がいると、その雌蕊は雄から種を絞ろうとあの手この手の触手として変化していく薄い本向きの魔法生物でもある。

雄肉が近くにあれば射精させる為に蠢きはじめる。

めしべ草は既に雄肉が近くにある事に気付いているのだろう、ザワザワと音を立て、ドロドロした粘液を噴き出しながら筒の中で蠢いている。

「ど、どういう事だ？」

きゅぽん！　と蓋を開け、オルフェ様の半勃起の物に被せると、彼の喉がゴクンと鳴った。

「こ、これは……？」

筒で上下にオルフェ様の物を扱き出すと、彼の腰がビクつく。

どうやら中の触手さん達が良い仕事をしてくれているようだ。

「私と結婚したいなら、オルフェ様が私に挿入《い》れたい！　って言うべきなんです！」

「え、ええええええっ!?」

静かな夜の城の中に、オルフェ様の悲鳴じみた声が響き渡った。

5　喪女と魔獣の一つになる夜のお話。

「ロゼッタ、いれたいっ！　きみに、いれた、い……っ！」

オルフェ様はというとすぐに落ちてしまった。

絶え入るような締泣《ていきゅう》に身を顫《ふる》わせるオルフェ様に、私は困り果てていた。

(困った。私が想像していたのと、何かが違う……)

若干の萎えを感じつつも、私は手に持った筒をスコスコ上下に動かし続ける。

(なんつーか、もっと抵抗して欲しかったんだけど、……この人、なんでこんなに素直なんだろうな)

いや、そこがオルフェ様の可愛い所でもあるんだけどさ……。

でも、ほら？「クッ、殺せ！」的な事をリアルに言いそうな顔してるんだわ、この人……。だから一度こういうシチュで言って欲しかったんだけど、……人生って難しいな、うん。思い通りにいかねえわ。

「ええっと、……そんなに私に挿《い》入れたいんですか？」

「いれたい！　いれた、いっ！」

涙目でコクコク頷かれ、賢者タイムに突入しながら私はどうしたもんかと考える。

「そっか。どうしましょうね……」

「ロゼッタ、意地悪しないでくれっ！」

涙目で懇願されて、私は虚ろな瞳のまま虚空を見上げた。

困った。いや、別に困ってもいないのだが、……このまま挿入して良いものなのだろうか。

——私は今夜、彼にすべてを捧《ささ》げるつもりだったのだ。

しかしこんな初夜は、流石の私も想像していなかった。

喪女処女の私は、この流れから一体どうやって挿入に持って行けばいいのかわからない。

——その時、

「……君達、一体何やってるの？」

「メケメケ」

呆れ声に振り返ると、部屋の入口には半眼になって立っている使い魔の姿があった。

彼はベッドの上で展開されている謎プレイを目にすると、かなりドン引きした様な表情になった。

「なに、そのマニアックなプレイ。お姉ちゃんって、そんな趣味があったの？」

「いや、ないよ。なかったんだけど、なぜか流れでこんな事になってしまったんだよな……」

「意味がわからない」

「私も意味がわからないよ……」

思わず正直に答えた後、私はごほん！　と咳払いをする。

「それよりも、色々とアレなアレの真っ最中なのですが。一体何の用ですか？」

「ケモチンのひっどい叫びが、部屋の外まで聞こえてくるんだもん。召使いさん達も皆、心配してるよ。僕は様子を見て来いって言われたんだ」

「そ、そう……」

言われてみれば、オルフェ様声大きいもんな……。

これからは防音系の魔術をかけてから、事に及んだ方が良いだろうと固く決意する私であった。

「で、まだ結合してない訳？」

「お恥ずかしながら」

ちなみにこの会話の最中も、私はスコスコと筒を動かしている。

メケメケ（ヒト型）はそんな私達の様子を、閉めた扉に背を預け、腕を組みながらしばし見つめていたが、私の言葉に少々憤った顔になるとこちらにやってきた。

「オルフェウス。これさ、男としてどうなの？　情けなくないの？」

「メケメケ？」

メケメケはベッドに飛び乗ると、オルフェ様の胸倉を掴み刺々しい口調で言う。

リングで両の手首を戒められたオルフェ様は筒でスコスコされながらも、そんな使い魔の言葉に不快そうに顔を顰《しか》めた。

「私はロゼッタの意思を尊重するつもりだ、彼女の心が決まるまで待とうと思っている」

「知ってる？　優しいだけの男は、女の恋愛対象になる事なんてまずないんだ。運良くその対象になれたとしても、飽きられるのも早い」

「め、メケちゃん……？」

そう言いながらメケメケはオルフェ様の胸倉から手を放すと、なぜか私を広いベッドの上に押し倒した。

「女と言う生き物は、何だかんだ言いながらも本能の部分で僕達男に男らしさを求めている。潔さ、責任感、決断力、判断力、頼りがい。――そして強引さ。ろくにリードもできない男に、恋する女なんていない」

「っ、な、なに……？」

シュルっと音を立ててネグリジェの胸のリボンが解かれる。

首筋にぬるっとしたものが這う感覚に、啞然《あぜん》とする。それはオルフェ様も同様のようで、彼は私達を信じられないような形相で見守っていた。

「もう、いい加減まどろっこしくて仕方がないよ。――これだけ時間をあげたのに決着をつけられないのなら、姉さんは僕がもらう。こんな男にロザリア姉さんを幸せにできるとは思えない」

「メケメケ……？」

(ロザリア姉さん？)

――って、ちょっと待て。

「オルフェ様が、みてる……！」

裸の胸に顔を埋められ、思わず叫んでしまった。

しかし使い魔はそんな主の言葉を気に留める素振りも見せず、下肢に手を伸ばす。

「凄い、もうこんなに濡れてる。もしかして、オルフェウスに見られて感じてる？」

「ちが、違……」

胸の頂きをペロリと舐められて、敏感な赤い芽に指で触れられた瞬間、甘い声が漏れてしまった。

「……使い魔殿。ロゼッタの使い魔とは言え、それ以上は断固として許容する事はできない」

「ふーん。で？」

「やめろ。それ以上続けるのなら、――私は、貴殿の事を殺してしまうかもしれない」

低く押し殺した声に振り返れば、オルフェ様は怒りに震えていた。

魔獣の様な恐ろしい表情に私は言葉を失うが、メケメケと言えば小馬鹿にした口調で嗤うと、音を立てて私の胸の尖《とが》りを吸う。

「やっ……！」

「魔具で拘束された皇子様に、僕が殺せるとでも？」

次の瞬間、パリン！　と言う音と共に彼の手首のリングは砕け、オルフェ様は魔獣の姿になった。

重量を増したベッドのマットレスが大きく沈み、私達の体が軽く宙に浮いて弾む。

（まずい）

メケメケは猫でもヒトではない。

上体を起こすと本性を現わそうとしている使い魔の気配に、私は慌ててベッドの上に立ち上がった。

そして、使い魔に向かって爪を振り上げる魔獣の前に立つと、両手を大きく広げる。

「オルフェ様、駄目です」

「…………」

寸前のところで、彼が振り上げた爪は止まった。

自分の顔の真ん前にある魔獣の大きな手を握って、頬擦りした後、私は大きな溜息を吐いた。

「メケメケ、出て行って」

「…………」

沈黙の後、背後で使い魔が溜息を吐く音が聞こえた。

ベッドを降りる使い魔の気配を感じながら、私はフーフー言いながらも必死で必死に殺気を押し殺し、自我を保とうとしている魔獣に語りかける。

「オルフェ様、私はあなたが好きです。他の誰でもない、あなたの事が好きなんです。……メケメケも、私達の仲がなかなか進まないから心配してくれたんだよね。ごめんね、ありがとう」

私の言葉に、使い魔が立ち止まる気配がした。

「……まあね。あとは二人で上手くやりなよ」

メケメケはそう言うと、寝室を出て行った。


パタン、とドアが閉まる音と共に、部屋には私達二人が残された。

私は安堵の息を吐くと、そのままベッドにへたりこむ。

「オルフェ様、入れてくれませんか？」

「いいのか……？」

我を取り戻したらしいオルフェ様は、驚きを隠せない表情で私の前に腰を下ろす。

「はい。本当は、この城に来た時から覚悟はできていたはずなのに。それなのに、こんなに待たせてしまってすみませんでした」

言っていて少し――いや、だいぶ気恥ずかしいが、これもちゃんと言っておかなければ駄目な類の事だろう。

「でも、私はあなたのそういう優しい所が大好きなんです。だから、私もあなたと結婚したい。オルフェ様、私を抱いてください」

そのままモフモフした胸に抱き着くと、獣独特の野性的な雄の匂いがした。

私が一人でモフモフ感を楽しんでいると、彼は戸惑いがちに言う。

「し、しかし、……君にそんな事を言われてしまったら、嬉《うれ》しすぎてしばらく人間の姿に戻れそうにない」

「じゃあ、このままましましょうか」

「この姿のままでは、君の体への負担が大きすぎるだろう」

「いいんです、抱いてください」

私、ケモナーだしな。

痛いのは嫌だけど、……まあ、そのうちケモチンのサイズにも慣れるだろう。

物理的に考えて、赤ん坊が出てくる穴なんだからオルフェ様のケモチンが入らない事もないだろう。

確かにオルフェ様のケモチンは大きいが、赤子の頭ほどの大きさはなかったと思う。それに、以前先っぽを挿入した時、全部いけそうな感じもしたし。

「……本当に、いいのか？」

「はい！」

――そして私は、先程から剝き出しのままのオルフェ様のオルフェ様を、改めてじっくり鑑賞させて戴いた訳だが……。

（すげぇ……ってか、なんだこれ）

フリーズした私を見て、オルフェ様はオロオロしながら弱りはてた口調で言う。

「人型の時の物とは大分色も形も違うのだが、気持ち悪くないか……？」

「ご立派だと思います。……ただ、これ本当に入るんでしょうか？」

灯りの下でオルフェ様のケモチンを見て、私は改めて思った。

（やっぱ、無理じゃねえか……？）

人間バージョンのオルフェ様のブツは、大柄な彼の体格に見合った大きさだった。よって魔獣バージョンのブツも、体に見合った大きさなのだろうとは思っていたが――恐らくこれは先程のメケメケの出現で萎えた、半勃ち状態だろう。しかし、その状態でも色も太さも大きさも凄い。凄いとしか言いようがない。根元から先端にかけて、赤黒くなっていくグラデーションは美しく、雁首《かり》は磨き抜かれた黒鉄の鎧《よろい》のように黒光りしている。形は以前、人外ペニス大図鑑で見たケンタウロスの陰茎に似てる。

恥叢《ちそう》と言うべきか毛皮と言うべきか悩ましい、くろぐろと盛んな繁茂からでろりと垂れたそれは、私の視線に触発されたのかグロテスクな変化を遂げはじめた。

鎌首をもたげた凶悪な獣肉は、彼の体に寄生した何か別の生き物のように息づいている。

「大丈夫だ、こないだ先っぽは入った」

「そ、そうでしたね」

シーツの上に押し倒され、青ざめながらも覚悟を決める。

オルフェ様はというと、私を押し倒すと顔を顰めた。

彼の視線を辿《たど》ると、あのジジネコ、私の胸元にキスマークを付けていたらしい。

「……使い魔殿に触れられた場所を、消毒しなくては」

「オルフェさ――ぁあっ、んっ」

怒りを押し殺すような低い声で呟《つぶや》きながら、オルフェ様は私の肌を甘噛みし、一つずつ己の所有印をつけて行った。

メケメケがキスマークを付けていない太腿《ふともも》の際どい部分にまでキスマークを付けられて、私はもう、恥ずかしくて恥ずかしくてどうしたら良いのかわからなくなってきた。

「これで、君は私のものだ」

満足そうに微笑みながら口元を拭うオルフェ様を、私は上目遣いに睨《にら》み上げる。

「オルフェ様は、おバカさんです。……そんなものつけなくても、私はあなたのものなのに」

私の言葉に、オルフェ様は大きく目を見開くと、大きな獣の口を大きな手の平で覆った。

オルフェ様は、そのまましばらく黙りこくった。

静寂の中、寝室の空気が震える。

私が一番はじめに気付いたのは、彼のヒゲだった。微かに震えているオルフェ様のヒゲを怪訝《けげん》に思い、顔を上げる。

「オルフェ様……？」

震えているのはヒゲだけではなかった。

彼の肩がカタカタ震えているのに気付き、私は不安になってきた。馬鹿は……言い過ぎてしまったただろうか？

「オル――ふ、っん……んん！」

謝ろうと思った私の唇を、大きな獣の口が塞ぐ。

一体何なんだと彼の胸板をぼかすか殴る。

彼は溜息混じりに口付けを中断すると、大真面目な顔で言う。

「今のはロゼッタが悪い。幸せすぎて死ぬかと思った」

「なっ」

赤面する私の顔に口付けを落としながら、彼は私の下肢に手を伸ばすと、柔らかな肉のはざまをなぞり、ぬめりを持った花びらを掻き分ける。

「君がそんな事を言って私を煽《あお》るから、もう手加減できないかもしれない」

「て、手加減してください！　体格差を考えて!?」

「善処する」

言って彼は、爪を引っ込めると太くて長い指を深々と挿しこんだ。

慣れて来たのか、一本目は余裕でスルッと入った。

それでもこの姿のオルフェ様の指となると、今夜も二本目はだいぶ苦しくて、お腹の中の異物感が半端なかった。

「は、はあ、オルフェさ、ま……っ」

彼の指が三本馴染むようになるまで、一体何度達しただろう。

頭も体も快楽に支配され、呼吸さえままならない。

「ロゼッタ、愛してる。私の運命の女神《ひと》」

オルフェ様は自分の背中にしがみついて、ただ喘《あえ》ぐ事しかできない私を抱きしめると、恍惚《こうこつ》の表情で囁いた。

熱を帯びた瞳に、胸がドキドキした。

「もう、いいか？」

「ふえ？」

息も絶え絶えで意識が朦朧《もうろう》としている私の太腿を、オルフェ様が持ち上げる。

「つあ、は、はぁ、ッ――！」

次の瞬間、メリメリと音を立てながら、オルフェ様が体の内に押し入って来た。

巨大な獣肉で体を抉《こ》じ開けられ、肉壁を押し広げられて行く衝撃で一瞬意識が飛んだ。

体が真っ二つに裂かれて、死ぬかと思った……。

「ぜんぶ、はいった」

オルフェ様は目を細めると、切なげに笑いながら吐息を吐いた。

愛欲で濡れた獣オルフェ様の低音ボイスの破壊力はかなりのもので、今、私は彼の声だけでイキかけてしまった。

「痛くないか？」

「は、い……」

挿入の衝撃はかなりのものだったが、不思議な事に痛みはなかった。

(オルフェ様が前戯に時間をかけてくれたから……？)

もはや自分が誰だったのかわからないほど、混濁している意識の下で考える。

それにしたってあの大きさだ。痛みがないのはおかしい気がする。

(そうか、めしべ草だ)

先程私がオルフェ様に使ったあれだ。媚薬効果のあるめしべ草の触手の粘液が、オルフェ様に付着したままだからだろう。

オルフェ様もすぐにめしべ草の存在を思い出したらしく、ベッドに転がったままの筒に手を伸ばす。

「なるほど、めしべ草の粘液は女にも効果があったのか」

「お、オルフェ様……？」

何をするのかと思えば、彼は筒中の触手から出る粘液を私の胸に、そして赤い小粒の上にとろりと垂らした。

「ひあっ」

ひんやりとしたピンク色の粘液が、肌に落ちる感覚に甲高い声が上がってしまう。

敏感な部分に、その粘液を丹念にぬるぬると擦りつけられる。

「あ、あぁっ、や……んんッッ！」

すぐにその部分が更なる熱を持ち、痛いくらいジンジンしてきた。

ジンジンしている胸の尖りを口に含まれて、腫れあがった下肢の小粒に指で触れられると、気持ち良すぎで涙が噴き出した。

「もう、動いてもいいか」

「ッ!?　あっ、ま、待……っ、」

「良かった、これで、君に痛い想いをさせずに済む」

オルフェ様はそう言って柔らかく微笑みながら、私の腰を掴むと腰を突き出しはじめた。

「つぁ、いああ…ッ！」

もう、何がなんだかわからない。

めしべ草の媚液で痛みこそないが、大きすぎる獣肉で子宮口を、内臓をも押し上げられて、脳みそまで揺さぶられているようで、頭がグラングランする。

(からだ、あつ、い……)

熱い。ただただ熱い。奥へ、奥へと送り込まれる熱が熱い。自分を抱き締める魔獣の太い腕が、分厚い胸板が熱い。

「きもちいい、か？」

彼の巧みな抽送に、ボロボロ涙を溢しながら頷く。

事実、凶悪な頭部で抜き挿しされて、膣壁をぐちゃぐちゃに掻き乱される感覚と言ったらなかった。

オルフェ様は毛むくじゃらの顔に汗を滲《にじ》ませながら、譫言《うわごと》のように何度も好きだ、好きだと呟いていた。

「ロゼッタ、好きだ、好きだ、好きだ。もう、絶対離さない。誰にも渡さない、君は私のものだ」

「あつ、ぁ……あぁぁッ！」

オルフェ様の突上げが激しさを増して行く。

次の瞬間、彼の獣肉が奥の最も深い場所を抉《えぐ》る。

「————っっ!?」

総身が戦慄《わなな》き、目の前でチカチカと光が弾けた。

(いった、の……？)

今度は声も出なかった。

脊髄に鳥肌が立つほどの快楽が全身を走り抜ける。生まれて初めて知る、凶悪な快楽の波濤《はとう》に得体の知れぬ恐怖を感じた。

「悦かったか？」

「あ……はあ、ぁ、あ」

オルフェ様は腰を使いながら、とても嬉しそうに顔を綻《ほころ》ばせる。

「悪いな、私はまだイってない。もう少し付き合ってくれ」

「なっ……」

汗ばんだ肌と肌がぶつかる音と、卑猥《ひわい》な水音も徐々に激しさを増して行く。

「だめ、です……っ！　このまま、じゃ、あたま、ヘンになる……っ!!」

「大丈夫だ。ロゼッタの可愛い顔は、私しか見ていない。何も考えないで、私の与える快楽を受け取ってくれ」

「そんな、あっ！　いやぁ……っ！」

「ロゼッタ、可愛い」

「ッや、やだ、やだ、だめ、っ！　オルフェさまの、ばかぁ……っ!!」

「あれも嫌だ、これも嫌だ、ロゼッタは案外我儘《わがまま》だな」

「オルフェ様は、あんっ！　あんが、い、いじ、いじわる、です……!!」

ぴたりと、彼の腰が止まる。

「……嫌いになったか？」

泣き出す寸前の顔で覗き込まれ、私は唇を嚙み締めた。

(ううう……)

――この人は、本当にずるい。

せめてもの抵抗に、私はなるべく不機嫌そうな顔を作った。

そして枕の上で彼から顔を背けると、そっけない口調で言う。

「……だ、だいすき、ですけど」

「ロゼッタ！　私も好きだ！」

「ちょっ、オルフェさ、まっ!?」

「好きだ！　好きだ！　愛してるっ!!」

「はげし、はげしすぎるっ！　ま、まって！　待っ……いやぁあああっ！」

――そんなこんなで、その夜私達は無事一つになった。


(ん、なんだ……？)

視線を感じ重い瞼《まぶた》を開くと、私の寝顔をずっと眺めていたらしいオルフェ様と目が合った。

「ロゼッタ？」

(うっ)

気恥ずかしさから、彼から目を反らして横を向く。

このまま寝たふりを決め込もうと思ったが、この後も寝顔観賞され続けるのかと思うとそれはそれで恥ずかしい。

ちらりと視線を上げて、枕に肘を突いて私の寝顔を見ているオルフェ様の方を見やる。

私と目が合うと、オルフェ様は吹きこぼれる喜びを抑えられないと言った顔で微笑んだ。

「すまない、起こしてしまったか？」

その通りなのだが、私もだいぶオルフェ様に甘い。

「眠れないんですか？」

「君とやっと夫婦になれたんだ。嬉しすぎて一週間——いや、一カ月は眠れないかもしれない」

「体を壊します、お願いですから寝てください」

私はうとうとしながら、眠れない王子様に付き合う事にした。

オルフェ様は私を胸に抱きながら、色々な話をしてくれた。

それは魔獣になってから四百年間の事だったり、昔の友人や両親の話だったり、本当に色々だ。

オルフェ様は明け方まで浮かれていた。

興奮のあまり、いつまで経っても人型に戻らないオルフェ様に苦笑する。この様子では、しばらく——もしかしたら、本当に一カ月くらい魔獣の姿のままかもしれない。

尻尾の大振り具合に彼の喜びが伝わって来て、私もとても幸せな気持ちになった。

世界は広いと言えど、私と体を繋げただけでこんなに喜んでくれる人はオルフェ様しかいないような気がする。

「ロゼッタ、式はどうしようか？　君はどんな式が挙げたい？」

「現実的な事を言ってしまうと、オルフェ様が魔獣になっても大丈夫なように、森にある教会で身内だけ呼んでこっそり挙げるのがいいかもしれません」

この様子だと恐らく、人間バージョンのオルフェ様と式を挙げるのは不可能だろう。

タキシードも最初から、魔獣の特注サイズで注文した方が良さそうだ。

「リゾートビーチでダイヤを撒《ま》いた砂浜で挙げたいとか、披露宴はドラゴンに乗って登場したいとか、ライスシャワーの代わりに金貨を巻きたいとか、そういう希望はないのか？」

(なんだそら)

一瞬真顔になって考えてしまった。

そう言えば、オルフェ様は四百年前のバブリーな時代のカルヴァリオを生きた皇子様だ。私はというと、生まれた時分からカルヴァリオは貧しかった。

私達の金銭的な価値観は、もしかしたらだいぶ違うのかもしれない。

今後、その辺りの価値観のすり合わせをする必要がありそうだ。

「オルフェ様となら、別にどんな式でも……」

割と本心なのだが、オルフェ様はその言葉にえらく感動したらしい。

心なしか瞳が潤んでいる。

「ああ、ロゼッタ！　君は、君という女性は本当に私にはもったいない！」

「はあ？」

「思い起こせば四百年前、私には私の権力と金目当ての女しか言い寄って来なかったように思う。——当時の私はとても傲慢《ごうまん》で、冷徹な男だった。女達からしてみれば、私にはそれ以外の価値は何もなかったのだろう」

「はあ」

「君は……本当に私の事が好きなんだな」

「好きですよ」

今更何言ってんだ。

「ありがとう、私も君が好きだ。……だからこそ、私は今、自分が権力らしい権力を持っていない事が申し訳なくてならない。君にできる事がないんだ。何か欲しいものがあるのなら、私にねだってくれないか？　金ならば少しは持ち合わせている」

何やら真剣な表情で話しているオルフェ様には申し訳ないのだが——もう窓の外からは、朝鳥達の囀《さえず》りが聞こえている時間だ。今夜、オルフェ様に散々啼《な》かされた私は眠かった。とてつもなく眠かった。

「じゃあ、モフらせてください」

「は？」

「オルフェ様に初めてお会いした時から、ずっとモフりたいと思っていたんです」

魔獣のふさふさの胸毛に顔を埋め、モフモフ感を楽しみながらうつらうつらしていると、彼はギュッと私の事を抱きしめる。

「ロゼッタ、好きだ。どうしようもないくらい、君の事が好きだ」

「私も大好きです」

(あ、そうだ)

眠りに落ちる直前、ふと思い至って私は彼の毛むくじゃらの手を握った。

「オルフェ様、今日は手を繋《つな》いで眠りましょう」

「し、しかし……」

手を繋いで眠ると言う行為にトラウマを抱えているらしい彼は、困ったように耳と髭を下げる。

「絶対に大丈夫です。オルフェ様、私を信じてください」

頭は半分眠りかけてこそいたが、今の私には絶対の自信があった。

「――私、手を離さない。約束します」

「ロゼッタ」

自信に満ち溢《あふ》れた瞳で言う私を、どうやら彼は信じてくれたらしい。「ああ」と言って、はにかみながら頷いてくれた。

＊　＊　＊　＊

目が覚めた時、昨夜の私の想像通り、私達の手は離れていなかった。

オルフェ様よりも先に目覚めた私は、繋がれたままの自分達の手を見て笑みを溢《こぼ》す。

（良かった）

実の所、魔獣型のオルフェ様の手は大きいから大丈夫だろうと言う確信があった。

オルフェ様は、私と一つになれて本当に嬉しかったらしい。

彼は私の想像を裏切らず、目が覚めても魔獣の姿のままだった。

人の手と違い、魔獣の手にはフサフサな毛が生えている。

私は昔からモフモフしたものを抱きしめていないと、眠れない女だ。

実家暮らし時代、毎晩一緒に寝ていたメケメケを朝まで離した事もない。メケメケがいない夜は、モフモフしたぬいぐるみを抱っこしないと眠れなかった。

そんな私は、モフモフした獣オル様の手なら、絶対に朝まで離さないという自信があったのだ。

（本当に可愛いなぁ、この人）

自分の寝顔を見られるのは恥ずかしいが、こうやって大好きな人の寝顔を眺めている時間は、とても幸せな時間だった。

明日世界が終わっても良いくらい幸せで、信じられないくらいの多幸感に包まれていた。犬の鼻みたいに少し濡れている、オルフェ様の黒いお鼻を指でツンツンとつついてみる。

「ん……？」

「ふふ」

幸せな時間が、穏やかに流れて行く。

どうやら遊びすぎてしまったらしい。彼の瞼《まぶた》がぼんやりと開いた。

もう少し寝顔を観察していたかったので少し残念だという気持ちと、彼のアメジストの瞳に自分の姿が映る喜びが交差する。

「おはよう、ロゼッタ」

「おはようございます、オルフェ様」

寝ぼけ眼のオルフェ様は、「今日も大好きだ」「愛してる」と言って、甘えるように濡れた鼻先を私の額に擦り付けてきた。

「オルフェさま、やだっ、くすぐったいです！」

「そうだ、手……！」

やっとその事を思い出したらしい彼は飛び起きると、私達の手が繋がれたままである事を確認して、――それはそれは幸せそうに微笑んだ。

「やった！」

「絶対手を離さないって、約束しました」

クスクス笑いながら言うと、彼はギュッと私の手を握る手に力を籠めた。

「今度は私が約束をしよう。――ロゼッタ、私は君を一生離さない」

「じゃあ、ずっと一緒ですね」

「ああ、ずっと一緒だ。……ロゼッタ、死ぬまでずっと私と一緒にいてくれるか？」

「はい！」

不健全にもカーテンの隙間から、星月の光が射し込む時刻に目を覚ました私達は、またしても不

健全に寝台の上で唇を重ねた。——その時、

「ふあ……なに、まだやるの？」

「メケメケ!?」

「使い魔殿!?」

その時ベッドの下の方からのそのそと這い出て来た黒猫に、私達は素っ頓狂な声を上げる。

「どうしたの？　なんでこんな所に？」

不貞腐れた様子のメケメケ曰く、このお城に来てから、毎晩一緒に寝ていた私と眠る事ができなくなって、彼も彼なりに寂しかったらしい。

「僕、いつの間にかロゼッタに蹴られながらじゃないと眠れない体になっちゃったみたいなんだよね」

呆気にとられる私達の目の前で、その黒猫は「ボン！」と音を立てて白煙に包まれる。

ヒト型になった使い魔は、私の胸に飛び込むとオルフェ様に向かってべっと舌を出した。

「責任取ってね、おねえちゃん！」

メケメケがちゅっ！　と音を立てて私の頬に口付けた瞬間、オルフェ様が大絶叫する。理性を失い暴れだす魔獣に、私は大きな溜息を吐いた。

——それから毎晩、私達のベッドに忍び込むメケメケとオルフェ様の戦いが始まるのだが、それはまた別の話。

6　【零話《こぼればなし》】封魔の魔女と黒の悪魔

オルフェウスは、寝台の上で死んだように眠る愛しい人の前髪を搔《か》き上げると、その額に口付けを落とす。

もしかしたら少し張り切りすぎたかもしれない。明日はもう少し手加減をしようと思いながら彼は寝台を降りると、寝室からそっと抜け出した。

まだ起きているであろう少年と、二人きりで話がしたかった。

案の定、寝室の続き部屋に顔を出すと、出窓のアルコーブをソファーにしたものの上に黒髪の少年が片膝を抱えて座っていた。

恐らく使用人に持って来させたのだろう。彼の前にはテーブルが置かれ、その上には牛肉をローストしたものや、魚介をトマトと赤ワインで煮込んだものなどが並べられている。

料理に手を付けた様子はない。

彼は赤ワインを瓶のまま呷《あお》り、青い月を見上げていた。

「ロゼッタは？」

オルフェウスの気配に気付いたらしい彼は、こちらを振り返りもせずに言う。

アルコーブの上に置かれた、シルバーのワインクーラーの中で溶けた氷が軽やかな音を立てて崩れる。

「寝ている」

「そう」

ロゼッタとこの城で暮らし始めて早いもので、一ヶ月が経過した。

オルフェウスはその間ずっと、彼女のこの使い魔に聞きたい事があった。

彼女が寝ている今が良いチャンスだろう。彼は部屋の中央に置いてあるテーブルから椅子を一つ、少年の前に持って来た。

オルフェウスは椅子に座ると、冷めきったローストビーフを指で摘んで口の中に放り込む。

適度な粘度があり、血の様に真っ赤な赤ワインソースが、肉の赤身の色を引き立てている。

元魔獣の自分とヒトではない彼が、人の生き血に似たソースと生肉を彷彿《ほうふつ》とさせるその肉を頬張りながら話す様は、見る人によってはもしかしたら惨烈な光景かもしれない。

「僕に何か用？」

「一度、君と二人きりで話がしたかった」

「……なに？」

そこではじめて、その少年はオルフェウスを振り返る。

薄っすらと赤く染まり出す瞳に、やはり彼が魔性である事を再認識しながら、オルフェウスはクーラーの中からワインを一本取り出した。

「君とロゼッタはどんな関係なのか、いつかしっかり確認しておかなければならないと思っていた」

「僕は彼女のただの使い魔だけど」

「では、何故その姿なのだ？　メケメケと言う名前は誰が付けた？」

「なんでそんな事を聞くの？」

ピンと張り詰めて行く空気に、意を介した素振りも見せずにオルフェウスはタオルで瓶の水滴を拭う。

「ロゼッタには弟がいたらしいな、名前はメケゼパル。ロゼッタは弟の事をメケメケと呼んで、とても可愛がっていたとか」

「…………」

「王都に滞在中、彼女のご両親に子供時代のロゼッタ達の絵姿を見せてもらってね。とても仲の良い姉弟だったと聞いた。――メケゼパルが生きていれば、恐らく今の君くらいだろう」

スウッと細められた使い魔の少年の瞳が、赤く妖しく光る。

「今、君が化けている少年の姿は、彼女の弟のものなのだろう？」

「…………」

緊迫感溢《あふ》れる空気の中、二人はしばし無言で睨《にら》み合った。

長い沈黙の後、ロゼッタがメケメケと呼んでいる使い魔は目を伏せると、諦めたように一つ溜息《ためいき》を吐く。

オルフェウスが両親に話を聞いたと話したので、隠しても無駄だと思ったのかもしれない。

「……まあ、あんたには話しておいた方がいいのかな」

空になった瓶を床に置くと、彼はアルコーブに置いたクッションに背を預けながら大きく伸びをした。

「少し長い話になるけれど、付き合ってくれる？」

＊　　＊　　＊　　＊

ロゼッタと契約する前、僕はただの悪魔だった。

妖魔ではないのかって？

うん、妖魔じゃなくて悪魔だよ。そ、僕は元々人間だったんだ。神を憎み続けると人間が悪魔になるって話は本当だよ。その生きた証拠が今、あんたの目の前にいる。

神への深い憎悪と、ちょっとした魔力があれば、人はいつだって悪魔になりうる可能性をもっている。

僕は魔女の家に生まれた男児だったから、悪魔になる素質があったんだろうね。魔女の家に男が生まれると、ヒトか悪魔になるのが相場だから。

あはは、教皇国で神を憎むなんて罰当たりもいいとこだって？　僕もそう思うよ。でも、僕は憎かったんだ。――僕を……そして、姉さんを救わなかった神って奴の存在がさ。

ロゼッタは、僕の姉さんのロザリアに良く似てる。――彼女のひいひいひいひいばば上のロザリアは、僕の実の姉になる。

ロザリアは――僕の姉さんは、昔から本当に馬鹿だった。

常々馬鹿な姉だと思っていたけれど、姉さんが「人間の男に恋をした」と言いだした時は、流石の僕も飽き果てて言葉が出てこなかった。母さんも僕も、何度も止めたんだ。

最終的に姉さんは、僕以外の魔女の血族すべてに見放されて絶縁された。

姉さんは昔から頑固でね、一度決めたらこうって人で、人の話を全然聞かないんだ。その辺り、ロゼッタは姉さんにそっくりだよ。もう嫌になるくらいそっくり。

姉さんが結婚した男？

もう名前も顔も覚えてないよ。くだらない男だった。今でもあの男のどこが良かったのか、僕には全くわからない。

姉さんは魔女である事を隠して、あの男と結婚した。

でも、姉さんが魔女だと言う事がバレてしまって……ご存知の通り、この国は魔女は見つかり次第火炙《あぶ》りの国だ。姉さんはあの男に何度も殺されそうになった。そして何度も役場に引き渡されて、処刑される寸前まで行った。

本当にくだらない男だと思わないか？

魔女なんてちょっと魔力があるだけで、姿形だって人とそう変わらないじゃないか。それなのに、そんな些細《ささい》な事で人を区別して、馬鹿みたいに喚き立てるんだから。

結婚生活であの男に自分が魔女だとバレるたびに、姉さんは〈封魔の砂時計〉を使った。

一度目は、魔獣に襲われたあの男を助ける為に魔術を使った。

二度目は、病に臥《ふ》せったあの男の妹を助ける為に魔術を使った。

三度目は、失態を犯し王の怒りを買い、処刑される事になった男を助ける為に魔術を使った。

——そのたびに男に魔女だとバレて石を使い、己の命を削って行った。

あの男は、いつだって自分を助けた姉さんに感謝する事はなかった。

姉さんが魔女だと知るたびに激怒して「よくも俺を騙したな、この魔女め！」と彼女を罵《ののし》り、彼女の髪を掴んで地面を引き摺《ず》りながら役場へ連れて行こうとするんだ。

本当に、何度別れろと言ったかわからない。

何度殺してやろうかと思ったかわからない。

でも、そのたびに姉さんは泣きながら「彼がいなければ生きていけないの」と言って僕を止めるんだ。

だから僕は、いつもギリギリのところで踏みとどまった。……でも、今でも僕は、あの時の自分の選択が正しかったのかわからない。

今でも思う。姉さんに止められても、姉さんを泣かせても、僕はあいつを殺してやるべきだったんじゃないかって。

——結局、姉さんは封魔の使い過ぎで死んでしまった。

姉さんの死後、僕があの男を殺さなかったのは……彼女の遺言があったからだ。

『×××××、愚かな姉を許してくれる？』

『許すもなにも！』

『もし私を許してくれるのなら、私とあの人の愛の結晶の幸せを、末ずえまで見届けてあげて』

僕の姉さんは、馬鹿だけどずるい女だった。

そう言えば、僕があの男を殺せなくなるとわかっていたんだろうね。――何故なら、子供には父親が必要だから。

姉さんに渡された赤子には魔力はなかった。

あの男も魔女ではない普通の娘である彼女を可愛がり、彼女は良家に嫁ぎ、幸せな生涯を送った。

それから僕は野良猫を装って、姉さんの子供達の行く末を見守って来た。

姉さんの祈りが届いたのかもしれない。彼女の娘にも、そのまた娘にも、そのまた娘にも、そのまた娘にも魔力は遺伝しなかった。――でも、なぜかロゼッタの代で魔力が戻ってしまったんだ。

ロゼッタが産まれた時、僕は不安で堪らなかった。また姉さんのようになってしまったらどうしようと、気が気でなかった。

不幸中の幸いか、今はとても良い時代になった。

魔術が普及しはじめたと言うのも大きい。魔女や魔女の血を持つ者は「魔導士」として人に紛れて生きていけるようになったんだ。

ロゼッタは僕の心配をよそに、健やかに成長した。すぐに彼女の下には弟が――メケゼパルが生まれた。

二人はとても仲の良い姉弟だった。……うん、そうだね、彼女はもうメケゼパルの事を覚えていないんだ。忘れてしまったよ。


きっかけ？　そうだな、あの日の事は運が悪かったとしか言いようがない。

あの日、二人は森にきのこ狩りに行ったんだ。

君も知っての通り、昼間、森で魔獣に遭遇する事なんてまずないんだ。妖魔なんてよっぽど運が悪くなくちゃ遭遇しない。……そう、二人は本当に運が悪かった。

僕が駆けつけた時には、メケゼパルは絶命していた。

タチの悪い妖魔だった。

その人妖は弟の肉を千切り、少しずつ喰らう様を彼女に見せ付けながら殺して行ったんだ。

命からがら妖魔の元からロゼッタを救い出した後、僕は途方に暮れた。

彼女は完全に正気を失っていた。

取り合えず家の前に送り届けたけれど、彼女はそれからしばらく心の病院に入院する事になった。

退院した時の彼女は、以前の彼女ではなかった。

ロゼッタは元々明るい子だったんだ。でも彼女は、弟の死をきっかけに全く笑わない子供になった。

レオ？　ああ、幼馴染《おさななじみ》だからね、勿論《もちろん》その事は知ってるよ。

なんであんな残念な男に育っちゃったのかわからないんだけど、レオナルドも昔はとっても良い子だったよ。「もう、メケゼパルの様な不幸な子供を出したくない」と言って騎士の道に入った。

当時は僕も、レオならロゼッタを幸せにできるんじゃないかって期待していたんだけど。……なんであんなアホになっちゃったんだろうな。

ロゼッタと言えば、退院を機に魔導の道に入った。――すべては弟の仇《かたき》の人妖を殺す為に。

彼女は薄々自分が魔力を持っている事に気付いていたんだろうね。

まずいと思ったよ、このままではロゼッタは殺されてしまう。このままじゃ姉さんの遺言を守る事ができない。

残念な事にただの魔女が妖魔に勝てる訳がないんだ。しかもロゼッタは、だいぶ魔女の血が薄くなっている。姉さんの魔力を百としたら、ロゼッタの魔力は十程度だ。

メケゼパルを殺した妖魔は、最高危険種と言われる、魔の物達の中でも一番やばい奴だ。

あの時、僕だって奴の前からロゼッタを連れて逃げるので精いっぱいだったんだ。

それなのに、あんな奴を人間とほとんど変わらないロゼッタが殺せる訳がない。

しかし、ついにその日が来てしまう。

――そしてあの夜、彼女は家を単身抜け出した。

それは、赤い月の夜だった。

今でも鮮明に思い出す事ができる。

ロゼッタは僕の想像を越える魔導士に成長していた。彼女ほど優秀な魔導士を僕は知らない。

だって、普通はやらないよ。例え思い付いたとしても実行しない。――魔性達が凶悪になる赤の月に、あえて森に出向くなんて。

でも、彼女は赤の月の夜だから森に行ったんだ。赤の月の夜だからこそ、血に酔い痴れ正気を失っている妖魔を罠にかけられるチャンスと踏んでね。

ロゼッタが周到に張り巡らせた罠に、メケゼパルを殺した妖魔は見事に引っかかった。

彼女は反撃を与える暇すら与えずに、その最高危険種を打ち滅ぼした。

僕は心底驚いた。だってあの時のロゼッタは、たった十歳の子供だったんだ。

そう言えばあの男は本当にくだらない男だったけど、頭だけは良かったんだよね。

城の宰相閣下の秘書として、彼の助言役をしていた。姉さんの娘もそう言えばとっても賢い子だった。人間の国の役職名は良くわからないけど、そこそこ上の方の役職に就いていたし。

そう言えば「第二等民でなければ、女でなければゆくゆくは大臣辺りになれただろうに」って言われてたな。

ただの馬鹿に見えるかもしれないけど、これでもロゼッタはやる時はやるし、とても優秀な主なんだよ。ああ、知ってた？　ならいいけど。

まあ、そういった意味では、ある意味レオと同じだよね。……なんでこんなに残念な子になっちゃったのか、正直僕も良くわからないよ。子供の頃のロゼッタは本当に凄かった。一体どんな大人になるんだろうとワクワクしながら見守っていたんだけど、……そうだね。うん、今はこの通りです。


——弟の仇《かたき》を討っても彼女の心が救われる事はなかった。

なぜか？　そう、彼女は〈封魔の砂時計〉を持っている。

自分がこの石を使って、時を巻き戻せば弟の命を助けられる事を彼女は知っているんだ。

しかし失敗すると待っているのは「死」だ。幼いロゼッタには、石を使う事は恐怖だったらしい。

〈封魔の砂時計〉を片手に溜息を吐くロゼッタを、野良猫に扮した僕は毎日窓から見ていた。

僕が偶然を装い、彼女の使い魔になったのはその辺りかな。

魔女も人間も、魔の物と契約する時は代償が必要になる。

僕はロゼッタに血肉ではなく、「記憶」をもらうと言ったのさ。

ロゼッタは僕が言う「記憶」と言うものが何を意味するのか、いまいち良くわかっていなかったようだけど、僕の言うがまま契約を結んでくれた。ロゼッタが自暴自棄になっていた時期だったのも幸いした。

そして僕と契約を結んでから、彼女は弟の事を徐々に忘れて行った。

日に日に明るさを取り戻して行くロゼッタに僕も、彼女の両親も安堵した。

今はもう、彼女の口からメケゼパルの名前が出てくる事もない。

でも、やっぱり大好きだった弟の事をどこかで覚えているんだろうね。

だから僕はロゼッタに「メケメケ」なんて呼ばれているし、彼女の事を「お姉ちゃん」だなんて呼ばせられている。

――そして、彼女の弟の姿で生きている。

「やはり君のその姿は、ロゼッタの弟君のもので合っていたのか」

「うん、僕は化け猫のふりをして彼女に近付いたんだ。僕と契約すれば、どんな姿にでも化ける事ができると言ったのさ。すると彼女はメケゼパルの肖像画を持って来て、死んだ弟の姿になって欲しいと言った。……ロゼッタはもう覚えてないだろうけど」

(やはり、メケメケ殿はロゼッタの事を……)

この黒猫は、いつも自分とロゼッタの付かず離れずの距離にいる。

いつも自分達を遠くから見守っている黒猫の視線は時に寂しげで、時に温かい。

ロゼッタと一緒に暮らし始めるようになって、オルフェウスはすぐにこの使い魔の少年が彼女に抱いているであろう気持ちに気付いた。

そして今の話を聞いて確信した。

恐らく彼は、姉のロザリアの事を愛していたのだろう。――そして今の彼は、姉に良く似たロゼッタの事を……。

「ふあぁ……僕ももう寝ようかな」

欠伸《あくび》を噛み殺しながら伸びをして、背骨をパキパキさせる少年をオルフェウスはしばらく無言で見つめていた。

彼は喉元まで出てきた言葉をそのまま飲み込んだ。

＊　＊　＊　＊

オルフェウスは、今の自分がこの少年に何を言っても嫌味になってしまうであろう事を知っている。

きっとこの少年の中では、自分も姉の夫程度には憎たらしい男だろう。

「私は……君の主の事を愛している。ロゼッタは私のすべてだ」

「知ってるよ、じゃなかったら殺してる」

艶然と微笑むとその少年は黒猫の姿に戻り、アルコーブの上から飛び降りた。

「石は、もう二度と使わせない」

主人の眠る寝台へ歩いて行く黒猫の背中にオルフェウスがそう言うと、彼は一瞬だけこちらを振り返った。

「ニャー」と鳴いて返す黒猫がなんと言ったのか、オルフェウスはわかったような気がした。

「あ……」

そのまま続き部屋に消えてゆくあの黒猫の姿に、彼は息を飲む。

恐らく彼は今日も自分達のベッドで眠るつもりなのだろう。

(まあ、いいか……？)

毎晩ロゼッタの抱き枕になっている彼に思う所がない訳ではない。

本当は「今日から違う部屋で寝てくれ」と言うつもりだったのだが、あの話を聞いてしまったオルフェウスは彼に何か言う事ができなくなってしまった。

「って、良いわけがないだろう……」

エピローグ

リンゴーン！

リンゴーン！

教会の鐘が森の中に響き渡る。

バージンロードには特注のタキシード姿の魔獣と、ウエディングドレス姿の魔女の姿があった。

「クッ！　これから俺は何を心の支えにして生きて行けばいいんだ!?」

「隊長、ご安心ください！　僕が全力で支えます!!」

「あーん、悔しい！　皇族相手じゃ伯爵家《うち》の権力では敵いませんわっ!!」

「フッ、人妻になったロゼッタと俺の、許されざる恋……」

参列席には、見覚えのあるメンバーも並んでいる。

新婦は友人達に手を振りながら、苦笑いをした。

「やっとくっ付いた。本っっっ当に長かったわ」

「本当にね」

教会の鐘の脇にも、お馴染《なじ》みのメンバーが立っていた。

溜息を吐きながら呆《あき》れ顔で——でも、どこか嬉《うれ》しそうな瞳で肩を竦《すく》める夜の魔女の言う通り。

あれからまた、色々な騒動があった。

ロゼッタとオルフェウスは、二人で獣人や半妖の人権を認めるよう、皇帝陛下に直談判しようと城に乗り込んだのだ。しかし帝都のど真ん中でオルフェウスが魔獣化し、兵に捕らえられ処刑される事になった。それで（珍しく）本気を出したロゼッタが、皇帝陛下の寝所に単身侵入し、封魔を使い彼を脅迫し、オルフェウスの助命と一緒に、身分制度の見直しや富の再分配などを認めさせたり。なぜかそれで皇帝陛下に気に入られてしまい、「自分のものにならなければオルフェウスは返さない。お前の一族郎党皆殺しにする」と逆に脅されて、パパ上とママ上が泡を噴いて倒れたり。金獅子隊の協力を元にグデアグラマ領を取り戻し、皇帝陛下にオルフェウスを返すよう交渉を持ち掛けたり。その間、またレオナルドやアレンに口説かれたり。——本当に色々な事があった。

そんなこんなで、喪女と魔獣が無事この日を迎えるのに1年以上の歳月を要した。

夜の魔女の隣には、新婦と良く似た顔立ちの赤毛の魔女が黒猫を抱いて立っていた。

「孫たちの結婚式は、何度見てもいいものね」

「僕はもう飽き飽きだよ」

「そう？」

リリスは、ふと思い出したかのように黒猫と話す赤毛の魔女を振り返る。

「ロザリア、あなたはそろそろ次の生へ行けそう？」

「ええ、『封魔の砂時計』の後継者も見つかった事だし、私は魂の洗浄場に行くわ。——メケゼルペ、これからもあの石とあの子の事を見守っていてくれる？」

「……姉さんの頼みを僕が断れる訳ないだろ」

赤毛の魔女は小さく微笑むと、黒猫を自身の腕から降ろした。

黒猫が後を振り返ると、彼の姉の姿はもうそこにはなかった。

（姉さん、さようなら）

「あなたああああああ！　ついに、ついにこの日が来たわ!!　これは夢!?　夢じゃないのよね!?」

「ああ、そうだよママ！　夢じゃない!!　現実!!　現実!!　孫！　孫も産まれるらしいよ!?」

下ではロゼッタのパパ上とママ上が抱き合って、大号泣している。

黒猫は屋根を下り、姉と良く似た顔立ちの主の元へ走った。

お腹が目立ちにくいデザインのドレスを着てこそいるが、よくよく見てみると彼の主――新婦のウエディングドレスのお腹は、少し膨らんでいる。

ぴょん！　と肩に飛び乗ると、彼の主は破顔した。

「メケメケ！　心配したよ、どこに行ってたの？」

「ごめん、祝いの席に懐かしい顔があってさ」

「お友達の野良猫？」

「ま、そんなとこ。――ところでオルフェウス、あんたは本当に僕の主を幸せにできるんだろうな？」

「ああ、この命に懸けて」

「もう、あんた達。そのやり取り何度目よ」

「ロゼッタは黙ってて。大事な事だから何度だって確認するよ」

「メケちゃん、猫の癖に舅《しゅうと》クセーぞ」

「う、うるさいな」

主の言葉に傷付いた顔になる黒猫ごと、新郎は新婦の肩を抱きよせる。

「ロゼッタ、何度でも約束する。私が君の事を世界一幸せな花嫁にしよう」

「私がオルフェ様の事を世界一幸せにするんです！　負けませんからね！」

「ロゼッタ、ああ、もうっ！　愛してる!!」

「お、オルフェ様!?」

誓いのキスは終わったと言うのに、また新郎が新婦の唇を奪い、観客席から非難の声が上がった。

「キイイ！　わたくしのお姉様が!!　お姉様が!!」

「見せ付けやがって！　オルフェウスの野郎!!」

「隊長、僕達も見せ付けてやりましょうよぅ！」

「……やっぱり祝福するだなんて無理な話だった。ロゼッタは俺のものだ！」

「親友、加勢するぜ」

観客席で抜刀する騎士二名に、伯爵令嬢が続く。

「お前達！　お姉様を取り返すのよ!!」

「はっ！　畏《かしこ》まりました、お嬢様!!」

さっきまでの幸せムードが一変して殺気立つ教会前に、新郎新婦は顔を見合わせる。

「やはりこうなるのか」

「だからあいつ等は呼ばない方がいいって言ったのに……」

「教会でロゼッタは私のものだと見せつければ、彼らも諦めがつくと思ったんだが」

「で、どうすんのオルフェウス」

呑気《のんき》に頬を掻く新郎を、黒猫がジト目で睨むと彼は不適な笑みを浮かべた。

「剣なら私も自信がある。――今日は記念すべき日だ。ロゼッタに、私の自慢の剣技を見せてやるとしよう」

「へっ!?」

近くに立ててあった国旗を引き抜き、構える新郎に、新婦は素っ頓狂な声を上げる。

「お前等、ロゼッタが欲しいのなら、私を打ち倒してみるが良い！」

「お前達、やってしまい！」

「はっ！」

「良い機会だ。オルフェウス、お前とは一度手合わせをしてみたかった」

「フッ、血死のバルジャジーア戦線で、更に鋭さを増した俺達の剣に、引きこもり歴四百年の皇子が敵うとでも？」

「隊長！　及ばずながら僕も助太刀します!!」

新婦は溜息混じりに教会の入口の階段に腰を下ろした。

「……私の知ってる結婚式と、何かが違う」

「安心して。僕の知ってる結婚式ともだいぶ違うから」

新婦と黒猫の元に、爽やかな風が初夏の森特有の緑の香りと、野鳥のさえずりを運ぶ。

新婦は自分のドレスの膝に飛び乗る黒猫の様子をマジマジと見つめていたが、ふと相好を崩した。

「メケメケ」

「ん？」

「いつもそばにいてくれて、ありがとう」

肉球を舐めて手入れしていた黒猫の動きが一瞬止まる。

黒猫は肉球を舐めるのをやめて、新婦の膝の上で丸くなった。

「……僕は、これからもずっと君のそばにいるよ」

「うん」

新婦が胸にかけた、ウエディングドレスには少し不格好な懐中時計――祖母の形見の〈封魔の砂時計〉が、木漏れ日の光りを反射して光る。

（よっし！）

彼女は黒猫を抱いて立ち上がると、新郎の応援をはじめる事にした。

「オルフェ様ー！　頑張れー!!」

その時、教会の横の広場で、オルフェウスの召使い達がたくさんの風船を繋いでいた紐を切った。

色とりどりの風船が、ゆらゆらと揺らめきながら空を昇って行く。

教皇国では結婚式に風船を飛ばすのが一般的だ。

その風船の中には、一つだけ新婦の手書きのメッセージが入っている。そのメッセージ入りの風船を手に入れた者が、次の幸運を掴むと言われている。


――抜けるような青空の向こうで、今まさに消えようとしていた赤毛の魔女の元に一つの風船が届いた。

（え？）

彼女がなんとなく手に取った瞬間、その風船はパチンと音を立てて割れてしまう。

次の瞬間、彼女の手の平に小さく折りたたまれた小さなメッセージがはらりと落ちた。

彼女は怪訝《けげん》に思いながらメモを開き、――そして、弾かれたように遙《はる》か下方を振り返る。

（ロゼッタ……？）

下では笑顔の新婦が、彼女に向って大きく手を振っていた。

彼女のいる場所からは、遠すぎて新婦が下で何と叫んでいるのかわからない。しかし、メッセージを手にした彼女は、新婦が何と言っているかわかったような気がした。

気が遠くなるほど高く青い空を、たくさんの風船が流れて行く。

遠くに見えるカルカレッソでは、花火が上がっている。

国中のあちらこちらから空に届く笑い声は、長きに渡る冬の終わりを喜ぶ声だ。――戦争は終わった。カルヴァリオは、きっとまた豊かな国になるだろう。

「ありがとう」

そう言って微笑みながら消えてゆく赤毛の魔女を、新婦と黒猫はいつまでも、いつまでも見送った。

きっとまた会える事を信じて。

あとがき

初めまして、踊る毒林檎です。まずはこの本をお手に取って戴き、誠にありがとうございます。

ロゼッタとオルフェウスの勘違いからはじまる恋物語、いかがだったでしょうか？

花岡先生のロゼッタがとってもキュートで、オルフェ様は美しすぎるし、作中であんな酷い台詞（ケモチ……）を連呼させてしまった事を、内心申し訳なく思っていた作者です。笑
私は小さい頃からディズニーの世界が大好きで、学生時代は年パスで放課後毎日ランド・シーに入り浸っていた根っからのディズニーファンです。デビュー作も『白雪姫』モチーフの小説でした。

今回はムーンドロップ様より美女と野獣モチーフの小説を出版させて戴き、心から嬉しく思います。

「ひとりぼっちの晩餐会」「愛の芽生え」、そして主題歌の「Ｂｅａｕｔｙ ａｎｄ ｔｈｅ Ｂｅａｓｔ」。『美女と野獣』は、ディズニー映画でも屈指の名曲揃いの作品だと思います。私がディズニーアニメで一、二を争う大好きな作品です。

そんな私ですが、実は美女と野獣は初見で挫折しています。

最初の「朝の風景」のシーンで、本の虫で空想ばかりのベルが自分と重なり、辛くて最後まで観る事が出来ませんでした。いつまでも空想の世界で遊んでいないで、そろそろ現実を見て、現実を生きなければ……と思っていた時期だったからかもしれません。

私はベルと違い、識字率が低い時代を生きている訳ではありません。しかし私が子供の頃も、友

達と外で遊ばないで、休み時間に教室で一人読書をする事はとても悪い事でした。同時に〝可哀想〟な事でもありました。

自分の人生を振り返ると、いつだって私の隣には本と音楽がありました。

生きて行くにあたり折り合いを付けたり、諦めたり、妥協したり、手放す物が多々ありましたが、本を読む事と書く事だけはどうしても止める事が出来ませんでした。先生に外で遊ぶようにと叱られても、親に書いていた小説を捨てられても、クラスメイトに笑われても止める事が出来ず、結局またこの世界に戻って来てしまいました。

私自身が何度も本に心を救われているので、私もいつか、自分の空想（セカイ）と文字の力で誰かを救う事が出来ればいいなと思っています。それが今の私の夢です。


残念な事にそろそろページも残り少なくなってきたので、〆の御挨拶とさせて頂きます。

まずは花岡美莉先生。とても素敵な表紙と挿絵を描いて下さって、本当にありがとうございました！　そしていつも的確なアドバイスを下さるチャーミングな担当編集様（大好きです）、この小説を出版して下さった竹書房様、関係者各位（愛してます）、そして最後にムーンライトノベル時代から応援して下さっている読者様方（天使かな）、この小説を読んで下さったあなた！（結婚しませんか？）　本当に本当にありがとうございます！

また皆様とあとがきでお会いできる日を祈っております。

喪女と魔獣

呪いを解くならケモノと性交!?

2018年6月18日　初版第一刷発行

著	踊る毒林檎
画	花岡美莉
編集	株式会社パブリッシングリンク
装丁	百足屋ユウコ+マツシタサキ(ムシカゴグラフィクス)

発行人	後藤明信	
発行	株式会社竹書房	
	〒102-0072	東京都千代田区飯田橋2-7-3
	電話	03-3264-1576(代表)
		03-3234-6301(編集)
	ホームページ	http://www.takeshobo.co.jp
印刷・製本	中央精版印刷株式会社	

ISBN 978-4-8019-1499-5
Printed in Japan

MOON DROPS